El Trueno Lejano
La Venganza del Príncipe del Mar

José Francisco Medina Balderas

Copyright © 2023 José Francisco Medina Balderas

Todos los derechos reservados.

ISBN: 9798856076713
Independently published by
Khan Medina

Dedicatoria

Este libro lo empecé a escribir para ti, papá. Desde que aquel cuento se empezó a convertir en esta obra, la dedicatoria era para ti. Padre, lamentablemente nunca pudiste ver el resultado final, ni te lo pude leer en persona, pero esta novela es en tu memoria.

Gracias por formarme como el hombre que soy. El esfuerzo que hiciste para educarme, guiarme y cuidarme se quedará en mi memoria para siempre. Todo consejo que me diste lo medité y lo reformulé para mí. Tanto apoyo que recibí en mi formación académica me sirvió tanto. No sé si pueda lograrlo, pero ojalá un día sea mejor persona de lo que tú siempre esperaste que fuese. No tengo acciones o palabras para describir el aprecio de tus acciones hacia mí. Me duele el alma saber que ya no me acompañaste a presentar este libro, pero derroché mi inspiración y espíritu en completarlo.

Donde quiera que estés, que tu alma descanse en paz y que vivas para siempre en la gloria que te mereces.

Prólogo

La traición ha desatado la tempestad en Tiburón; tras el amotinamiento, Azariel ha jurado venganza sobre quien lo ha despojado de todo, su hermano Fets. Él ahora va de puerto en puerto y de barco en barco, causando desolación y caos mediante una flota impenetrable y una insaciable sed de conquista. Ante la imposibilidad de seguirle la pista al Trueno Lejano, Azariel debe acudir a la única persona capaz de lograr tal hazaña, Ann, su vieja amiga y la hechicera más talentosa que él conoce en Anápafse. Pero la venganza no solo es un viento que puede impulsar cualquier vela, también es un viento que extravía, una lluvia que corroe a quienes sucumben ante el odio y la incertidumbre. ¿Podrá realmente Azariel culminar su cometido dando muerte a su hermano?

El Trueno Lejano, es una obra narrada a través de dos voces que se alternan, que a veces entran en conflicto, pero que al final del día, congenian para sostenerse, para compenetrarse. Es la puesta en escena de dos miradas que observan con tonalidades distintas una misma realidad. Ann, desde su personalidad calculadora, sus descomunales habilidades mágicas y su perspicacia, es el balance perfecto que guía y acompaña al valiente Azariel, el mejor capitán que ha surcado los mares, pero parece estar hechizado por la sed de venganza. De tal suerte, que el mar, no es solo un escenario, es también una metáfora sobre la vida misma que rodea a los personajes; hay en las profundidades de cada alma, secretos, miedos y emociones que ponen a prueba el espíritu y su quebranto. ¿Cuánta marea puede resistir un corazón antes de romperse o tornarse opaco, sin vida?

    Janim Escobar

El Trueno Lejano

Las velas rojas y la bandera de un cerdo decapitado son la señal de que debes huir, pues habrá problemas. El Trueno Lejano fue el navío más temido hace unos años gracias al mejor capitán que ha existido. Era respetado por toda la flota de mi reino y era temido por todos los piratas. Ahora el barco tiene a la peor tripulación que existe: unos condenados rufianes y malhechores que solo abusan de su fama, que además son peores que los piratas.

Su actual Capitán, Fets, es un maldito monstruo que mata a sangre fría y que ha aprovechado toda esta situación para satisfacer todos sus egoístas deseos.

Se preguntarán cómo sé todo esto. Pues bien, el Capitán Fets es mi hermano… y voy a recuperar mi navío y hacerle pagar por todas sus atrocidades…

Capítulo 1

La brisa del mar me llegaba al rostro y me hacía sentir vivo. Era un respiro de todos los problemas que había acumulado. Najib, mi fiel compañero, me hacía compañía en la pocilga de navío que le robamos a unos piratas junto a un puñado de prisioneros y almas en desgracia que rescatamos. Estábamos en una misión. Debíamos rastrear al Trueno Lejano e ir a cobrar mi venganza, pero antes, tenía que hablar con la persona indicada para tal proeza.

Najib era mi mejor amigo y la única persona que no se amotinó en la rebelión de mi hermano. Su cuerpo robusto se diferenciaba con su rostro siempre afectuoso. Llevaba como de costumbre su cabello atado en una cola de caballo que, haciendo juego con su color entrecano y unos lentes sofisticados, parecía todo un noble de cuna alta.

—¿Qué piensa, Capitán? —me preguntó con cautela.

Le di un sorbo al remedo de ron que robamos y tiré la botella al piso mugroso.

—El barco que robó mi hermano Fets no se puede rastrear. El hechizo que tiene cargado evita que podamos seguirle la pista —dije mientras preparaba nuestra llegada al muelle—. Prepárate para abarloar, amigo, da la orden —dije poniéndole una mano en el hombro—. No se esmeren mucho, porque vamos a abandonar este cochitril apenas lleguemos a Martillo —ordené—. Le dices a la tripulación que son libres como los perros de calle que son.

Me quedé un momento en el muelle para espabilar y estirarme. Empecé a caminar lentamente sin rumbo fijo. El ajetreo del muelle era una melodía conocida para mí. Pesqueros, ahumantes, piratas y todo tipo de marinos andaban de aquí para allá. Pude apreciar que había carruajes con caballos percherones que dejaban a los adinerados en el entarimado listos para abordar algún barco lujoso.

»Hay una persona que nos puede ayudar con la misión de darle muerte a mi hermano —expliqué a mi colega—. Ann Racxo, la mejor hechicera que conozco —dije y alcé un dedo—. Ella es perfecta para esta misión.

—¿Quién? —me preguntó Najib a mis espaldas.

—Una vieja conocida —comenté—. Ya te he hablado de ella. Era mi mejor amiga hace unos años. Siempre sedienta de aventuras —comenté con nostalgia.

Najib se quedó un momento callado y escuché que detuvo sus pasos.

—¿Es una chica pelirroja? —preguntó.

—Así es —confirmé—. Muy atractiva, además.

—¿Vive en las Islas Tiburón?

—Así es. Parece que la conoces —dije por encima del hombro—. Hechicera sin igual. Muy talentosa, aunque es joven todavía. Deberíamos ir a buscarla mañana por la mañana, pero lo haremos en un navío decente, no en un trozo de mierda como en el que llegamos.

—Jefe —me dijo nervioso—, yo creo que deberíamos ir por

ella hoy.

—No creo, Najib. Tengo flojera. Ya habrá más tiempo —expresé mientras me estiraba.

—Para usted —me dijo mientras me tocaba el hombro—, porque a ella la van a ejecutar hoy al mediodía.

—¿Qué dijiste? —pregunté alarmado.

Najib me señaló un tablero de anuncios. En él se veía un retrato de mi amiga con el informe de su ejecución en la hoguera.

—Dice que la van a matar por brujería, señor.

—¡¿Qué estupidez es esa?! —grité—. Ella es hechicera, no bruja. ¿Y quién fue el imbécil que declaró la brujería como delito?

Arranqué el cartel y empecé a leerlo. La ejecución sería en esta misma isla, ordenada por el Gobernante Lois. "Quemada en la hoguera por atentar contra la vida por el uso de brujería", leí. ¡Qué ridiculez!

»¡Debemos detener esto! ¡Hay que salvarla! —exclamé decidido—. Conseguiremos armas y nos infiltraremos en la ceremonia. Bajé la mirada y Najib ya había conseguido dos sables y me tendía uno a mí. No sé cómo lo hacía, pero era muy eficiente. Nos lanzamos al lugar, pues faltaba máximo una hora.

—Deberíamos conseguir otras armas al llegar, capitán —sugirió mientras corríamos.

¡Qué fastidio había sido ser capturada! Y para variar, por un crimen que no cometí. ¿A qué hora iban a acabar su perorata? Me estaba hartando y el Sol me calaba en la piel. Bueno, estaba a punto de ser quemada viva, ¿qué importaban unos cuantos rayos de mediodía? Busqué con la mirada a mi joven aprendiz, pero no la veía por ningún lado. ¿De verdad me habría hecho caso al decirle que huyera? Un carraspeo me sacó de mis pensamientos.

—Le pregunté —me habló un juez enano condescendiente—, ¿está usted de acuerdo con los cargos que se le imputan? —alzó una ceja.

—Sí, sí. Brujería, no investigan una mierda, morir en la hoguera, soy una criminal, una sarta de sandeces —puse los ojos en blanco—. Tardan demasiado —me quejé.

El tipejo me miró con repugnancia y siguió leyendo. Me estaba aburriendo. El plan era simple: esperar a que encendieran la hoguera y se alzaran las llamas; fingir que gritaba, suplicar por mi vida, avivar yo misma las llamas, hechizo ilusorio para fingir mi muerte, escapar cuando ya no hubiera nadie. Pan comido. Después llevar una vida tranquila con mi "yo" muerta y mi aprendiz. Al menos eso pensé hasta que escuché el alboroto en las gradas.

—¿Podrían guardar la compostura, por favor? —preguntó el remedo de juez a la audiencia—. Guarden la excitación para cuando esta bruja arda en llamas.

—Por última vez —quise aclarar—, no soy bruja, soy hechicera. Ustedes solo me juzgan porque el estúpido de Lois no pudo conseguir favores sexuales de mi parte. Ni siquiera ha publicado la nueva ley en el Palacio Legislador.

—¡No te atrevas a mancillar el nombre de nuestro querido

gobernante! —regañó el enano pedante—. Deberías ser más humilde, pues estás a punto de ser incinerada.

Vi que uno de los guardias cayó inconsciente a sus pies mientras hablaba. Los presentes del ruedo empezaron a alarmarse y escuché algunos gritos mientras se sembraba el caos.

El Plató de Juicios era un antiguo edificio que antes había servido como teatro circular, pero ahora solo se usaba para condenar a los enemigos y opositores del Gobernante. Había cuatro entradas principales que señalaban cada punto cardinal.

El juez trató de pedir ayuda a la Mesa de Ministros, el tribunal del recinto, pero todos ya estaban noqueados. Creo que intentó llamar a los guardias, pero estos armaron un alboroto a mis espaldas.

—¡Huyan! —se escuchaba gritar a una chica entre las gradas—. ¡Fuego! ¡Alguien incendia el lugar!

"¡Vaya, qué buena actriz es esa muchacha!", pensé mientras intentaba aflojar mis cadenas. Así que se había provocado un incendio, seguramente era en la entrada sur donde no alcanzaba a ver.

La multitud echaba a correr para escapar del perímetro. Los guardias al pie de la hoguera se veían indecisos en su actuar. Uno de ellos parecía querer correr a ayudar mientras sujetaba la empuñadura de su espada. El otro guardia echó a correr supongo para ayudar a sus colegas, pero un sujeto de cabello largo le cortó el paso. Blandía un sable simple y portaba un cuchillo en su cinturón. Llevaba una camisa blanca holgada y unos pantalones de color oscuro. Su cabello a los hombros con partido en medio enmarcaba su rostro incauto. Llevaba una barba de unos pocos días y tenía la misma sonrisa confiada de siempre. Era el mismo idiota que había conocido cuando niña. ¿Qué estaba haciendo aquí?

Si el guardia hubiera tenido oportunidad, no lo sabré nunca, pues el recién llegado de mi amigo lo desarmó con facilidad, lo noqueó con una bofetada y su respectivo revés. "¡Qué estúpidos! ¿Por qué no cargaban cascos?"

El guardia indeciso cayó con una embestida por la espalda por parte de un sujeto corpulento. De seguro era aliado de mi amigo.

—¿Y ustedes quiénes son? —preguntó furibundo el diminuto juez—. No importa —dijo y dibujó una expresión de fastidio—. ¡Guardias, atrápenlos! —ordenó a gritos.

Escuché a los guardias precipitarse, pero cuando volteé sobre mi hombro vi como caían uno a uno víctimas de una bomba aturdidora. Los pocos que se levantaron corrieron hacia mis torpes "rescatadores".

Tres guardias voluminosos se precipitaron hacia el temerario dúo. Uno intentó golpear al fortachón con cola de caballo, pero este lo esquivó y le dio un golpe con la guarda de su espada. Los otros dos se lanzaron contra el otro impertinente. Ya sabía cómo iba a resultar eso. Un tajo vertical que esquivó con facilidad, sujetó la mano del guardia, le dio dos golpes veloces al rostro y lo dejó tendido en el suelo. El otro intentó varios cortes y estocadas, pero eran esquivadas con habilidad. Un embate, desarme y una patada en la parte interna de las piernas. Apenas se dobló, se acercó a rematarlo. Completamente limpio, sin sangre. Es más, podría apostar que sin cansancio. Se sacudió las manos y se acercó a la hoguera para liberarme.

—¿Qué rayos te pasa, Azariel? —pregunté furibunda—. ¡Acabas de arruinar mi escape! —me miró confundido y trató de balbucear algo—. Iba a esperar a que todos se fueran para salir de aquí —lo señalé con un dedo—. ¿Por qué te entrometes? —inquirí casi a gritos.

—¿En qué momento te soltaste? —preguntó claramente confundido y alzó una ceja.

—¡Tenía todo controlado! —alcé la voz y los brazos exasperada.

Un balbuceo a espaldas de él me detuvo de soltarle improperios.

—¿Eres Azariel? —se sorprendió el juez—. ¡Imposible, deberías estar muerto! —lo señaló con los ojos desorbitados.

Creo que intentó decir algo, pero cayó de rodillas y luego se le pusieron los ojos en blanco. Mi alumna apareció atrás de él.

—Tu mente está nublada —susurró—, todo el caos lo provocó un incendio —recitaba mientras hacías círculos con una mano.

Su piel olivácea hacía contraste con los ojos ambarinos de la chica. Vestía una blusa ajustada que remarcaba su delgada figura y sus amplias caderas. Su habilidad con la brujería era peculiar, pues era torpe con los embrujos complicados, pero hábil con cualquier contraembrujo. Bajó de las gradas con gracia y se acercó con cautela a mis "salvadores".

—¿Así que tú eres el famoso Azariel? —preguntó la pequeña al dirigirse a mi amigo.

—Un gusto —le tendió una mano.

El otro tipo que no conocía miró con extrañeza a mi discípula.

Saludó con una cabezada, pero no le despegaba la mirada.

Me solté por completo de mis ataduras y bajé de la estructura. Miré con recelo a Azariel y resoplé con enojo.

—Quiero aclarar —empezó a decir a la defensiva mientras alzaba las palmas—, que no sabía que tenías un plan de escape. De ser así, me quedaba afuera a esperarte.

—Tenía que pasar por muerta —musité molesta—. ¡Ahora tengo que pasar por fugitiva! —grité, pues me encontraba furiosa.

—Pero Maestra —empezó a decir mi alumna—, hacer papeleo estando muerta es un fastidio —trató de calmar la situación.

—De acuerdo, Noemí —concedí—. Tal vez exageré un poco. ¿Fuiste tú quien provocó el incendio?

—Solo avivé lo que ellos iniciaron —se encogió de hombros.

El juez estaba por levantarse y también uno de los guardias que derribó Azariel. No quería que se levantaran armas nuevamente contra ellos, después de todo, solo seguían órdenes.

—Chica, ocúltanos, por favor —le pedí a mi aprendiz.

Un embrujo de ocultamiento se levantó alrededor de nosotros al tiempo que ella sacaba un tótem de su blusa.

—Dime, ¿por qué viniste a salvarme a pesar de que no lo necesitaba? —pregunté llena de curiosidad mientras me sentaba al pie de la hoguera.

—Necesito que me ayudes a buscar al Trueno Lejano.

—¿Quieres buscar tu propio barco? —pregunté y alcé una ceja.

—Me lo robaron y quiero matar al culpable —contestó muy seguro.

—¿Quién es el desdichado? —pregunté con media sonrisa.

—Mi hermano —respondió secamente—. Voy a recuperar mi barco y matarlo —aseguró.

Ann se me quedó viendo con una expresión monótona. No podía descifrar qué sentía o pensaba. Estaba igual a como la recordaba. Su cabello rojizo como el vino, su expresión desafiante, unos ojos cobrizos y una nariz respingada. La chaqueta esmeralda y su blusa blanca remarcaban su figura. Su pantalón y botas de marina la hacían lucir espectacular. Casi se me va el habla de admirarla.

Me aclaré la garganta antes de continuar:

—También quiero evitar que mate al rey Abraham —dije con determinación—. Juro por mi sangre que no lo dejaré salirse con la suya.

Miró al piso y suspiró antes de contestar.

—De acuerdo, te ayudaré a encontrar a Fets, a que recuperes tu barco y que evites la muerte del rey; pero —recalcó— lo que hagas en cuanto lo encontremos preferiría que lo meditaras mejor.

Su aprendiz se acercó a curarle las heridas causadas por sus ataduras. Cuadró los hombros y me sonrió antes de hablar.

—¿Cuál es el plan entonces, Capitán?

—Vamos a recuperar el navío de mi padre —dije devolviéndole la sonrisa—. La fortuna nos sonríe porque está en esta misma isla la Centella Mortal.

Capítulo 2

El guardia al pie del portón sentía mucha flojera, pues estar de vigía en un día tan soleado era muy pesado para él. Su poblado bigote y su melena hacían que el calor fuera menos llevadero. Se encontraba en el muelle amurallado de Martillo, una edificación que pertenecía a la Marina del Gobernante Lois. Al norte, se encontraba el mar y las embarcaciones. Todo el perímetro en tierra estaba rodeado por muros altos y torretas. Al sur había una colina con arietes mágicos y un montón de armamento de contraasedio.

Caminó un poco por la muralla al oeste y se movió hacia una de las bodegas para aprovechar la sombra un momento. Se quitó su estorboso casco y bebió agua de su ánfora. Dentro vislumbró a dos colegas cuchicheando y rondando por el lugar. Les iba a reclamar, pero no era su trabajo. Eran muy dispares para estar en el mismo rondín. Últimamente desertaban muchos guardias para unirse a la piratería y no podían ponerse exigentes con los nuevos reclutas.

Los dos guardias voltearon a ver al recién llegado y saludaron con una cabezada. Uno era un tipo menudo con piel olivácea. La armadura lo cubría como se supone debería hacerlo, a excepción de un poco de cabello que le sobresalía del casco. Tenía un andar un poco danzarín, seguramente era un niño de mami. El otro era un tipo fornido, lleno de músculos y con aspecto torpe, le sacaba al menos dos cabezas al pequeñín. No usaba casco y se apreciaba su cabello entrecano y el porte de un noble. Su armadura se acoplaba apenas a su corpulencia, parecía como si hubiera tomado la primera que vio.

—Ustedes son los nuevos, supongo. ¿Ya se acostumbraron al salitre y las aves cagonas? —preguntó el guardia bigotón tratando de entablar conversación.

El más bajito contestó con una cabezada y el otro con un encogimiento de hombros. No les hizo mucho caso y se fue a sentar un momento. De seguro su suplente no tardaría en llegar, de modo que tomó un respiro de sus actividades.

—El barco que tienen exhibiendo está bien equipado, ¿verdad? —preguntó el grandulón.

—¿La Centella? ¡Uf, es una chulada! —dijo haciendo como que se besaba el pulgar y el índice—. Perteneció a un antiguo mercenario, pero ahora se lo quedó el Gobernante. La verdad es que la historia de que se la ganó en una apuesta no me la creo. Yo pienso que se robó esa nave —dijo con franqueza—. Dicen que nadie puede navegarla como se debe, por eso no está tan bien vigilado, sería inútil robárselo.

—Dicen que solo un verdadero marino podría maniobrarlo —concedió el hombretón—. Supongo que ninguno de nosotros podría, ¿no? —preguntó y le dio un ligero codazo a su compañero. Este solo asintió torpemente mientras agitaba su casco—. ¿De verdad no temen que se lo roben?

—Bueno, sí hay guardias alrededor, pero bastaría con una ligera distracción para que despejaran el área y…

Lo que iba a decir se vio interrumpido por un estruendo en la muralla sur. El lugar retumbó y casi lo tumba de su asiento.

—¡Guardias en turno, vayan al sur! —gritó una voz desde afuera—. ¡Alguien impactó un ariete mágico!

Con ánfora en mano, el guardia bigotón desenvainó una de sus espadas con soltura y se puso de pie con destreza.

—¡Rápido, novatos! Tomen sus armas, alguien atacó este muelle, hay que ir a ayudar.

El más pequeño sujetó su espada con torpeza y casi se le cae; pero al momento de incorporarse se le aflojó parte de la armadura y reveló una blusa entallada. Su delgada cintura y contraste con sus caderas se hicieron evidentes. Sus compañeros se le quedaron viendo sin decir palabra por unos instantes.

—¿Eres una niña? —preguntó sorprendido el guardia aún con cántaro en mano—. ¿Cómo? ¡No se permiten mujeres aquí! —alzó la voz.

No pudo alzar su espada cuando una manaza lo estrelló contra la pared. La muchacha se le acercó con cautela.

—Usted no podrá levantar su espada hoy —musitó la pequeña acercando una varita de madera al desmayado—. Me refiero a su arma de metal —dijo sonriente.

Su compañero aflojó la presión y depositó con cuidado al guardia en el piso.

—Señorita, le dije que se ajustara la armadura.

La chica se encogió de hombros, ajustó su vestimenta y salieron ambos de la bodega.

Todo el muelle estaba en movimiento, los arietes mágicos dispersos afuera de las murallas habían sido volteados para apuntar a la edificación. Parecía que alguien los estaba activando desde la colina y ya habían impactado dos.

—¡Primera fila —gritó uno de los capitanes—, vayan a investigar!

Una cuadrilla de hombres avanzó colina arriba para indagar, cuando un tercer ariete salió disparado.

—¡Refuerzos! —volvió a vociferar—. ¡Los que no estén en labores de mantenimiento que vengan a ayudar! ¡Quiero rango en lo alto!

Marinos y guardias corrieron a auxiliar a la entrada principal. Prepararon lanzas para defenderse, pero los arqueros no llegaban. Uno de ellos se acercó al capitán para informarle.

—Señor —dijo casi disculpándose—, estamos montando las cuerdas en los arcos. Todas fueron cortadas, no hay un solo arquero listo ahora.

—¡¿QUÉ DICES?! ¡Filipo, estás a cargo! —acto seguido entró a la fortaleza a investigar. Sospechaba que había algún intruso por algún lado.

Por el trayecto no observó nada sospechoso, hasta que vio de reojo a un hombretón entrar a una de las tiendas con suministros. Llevaba sujeto de la mano a un guardia más menudo. Jamás había visto a aquel par.

Apenas entró, reconoció a una persona que examinaba el mapa del muelle. Un hombre que había creído muerto.

—¡Tú! —gritó—. ¡Azariel, malnacido de…! —no terminó de decir su insulto, pues su voz se apagó de golpe.

Una chica menuda con piel olivácea salió de las sombras por

un costado del almirante, cargaba un frasco con una poción para canalizar su hechizo. El pobre intentó gritar, pero la voz no acudía a su garganta. Trató de golpear a la muchacha, pero ella se deslizó a un lado y luego fue embestido por el tipo que examinaba el mapa.

—Espero que no le importe, almirante —musitó—, pero vengo a recuperar el navío que le robaron a mi papá.

Azariel desarmó al militar sin esfuerzo y lo golpeó en el rostro. Le conectó una patada directo al estómago que su rival alcanzó a bloquear y se incorporó torpemente. El almirante se limpió la sangre de la mejilla y se preparó para combatir a puño limpio. Lanzó dos golpes al intruso que este esquivó y luego evitó una patada giratoria agachándose. Al bajar la pierna recibió una combinación de golpes al tórax que lo dejaron sin aire. Su oponente sabía pelear muy bien.

—Te mereces lo peor, Almirante —murmuró Azariel—, pero hoy no cobraré mi venganza contra ti.

Lo estrelló contra el suelo para hacerle perder el conocimiento.

Un marino novato acababa de limpiar el entarimado del muelle donde resguardaban el barco de exposición. El navío en cuestión lo habían remolcado después de robarlo hacía años y llevaba mucho tiempo atracado ahí porque nadie era capaz de maniobrarlo. Sus suntuosas velas, su carcasa lujosa y el color blanco con remates azules le daban un aspecto imponente al buque. El muchacho se limpió el sudor y vio a una chica muy bonita correr al lado de un robusto guardia. El sujeto cargaba un mazo muy pesado. Vio que la muchacha arrastraba una especie de raíz por las tablas y estas cambiaban de color.

"¿Sería una técnica de barnizado?", pensó el novato.

Desvió su mirada a algo rojizo en el agua. Le pareció que era una chica que se sumergía debajo de aquel barco. Vio a otro hombre encima de este, cerca de donde estaría el timón del barco. *"¿Qué está pasando?"*, se preguntó el muchacho.

—¡Detengan a esos intrusos! —gritó uno de los capitanes con una comitiva detrás.

Sus hombres intentaron correr por el muelle, pero el tipo inmenso golpeó el entarimado y las tablas chirriaron; cuando el capitán y sus refuerzos pisaron la madera se precipitaron al agua. Las cuerdas que sujetaban aquel barco se soltaron como por arte de magia y este empezó a navegar. El novato se quedó perplejo sujetando la mopa sin saber todavía qué pasaba.

—¿Todavía recuerdas cómo se maneja esta nave? Yo lo recuerdo vagamente —preguntó la pelirroja Ann, por completo empapada.

—La manija que giraste debajo del agua sirve para asegurar el barco al lecho marino. Es un ancla mágica —explicó Azariel—. Y esto —dijo al señalar una esfera de color azul de un metal líquido—, como recordarás, es el timón. Metes la mano y le indicas la dirección —dijo mientras lo hacía.

El barco empezó a moverse. Una serie de ruidos metálicos empezaron a sonar por todo el lugar. Najib subió hasta la cabina de popa, donde estaba su amigo.

—Aún recuerdo todo sobre esta nave, Capitán —se regocijó.

—Excelente, Najib. Necesito que vayas a la cubierta y prepares el Maremoto. Llévate a Noemí para que se vaya familiarizando.

El par corrió hasta una especie de engrane gigante cerca de la vela central. Le hizo señas a la muchacha para que empezaran a girarlo.

—Creo que preparan una catapulta —señaló Ann tocando el hombro de su amigo.

Azariel ni se inmutó, desvió la mirada a una especie de cañón que estaba detrás de él, en la popa.

—Apúntales con el Tempestador y dispara dos veces. Una a la catapulta y otra al agua cerca de la orilla. No necesitas magia —aclaró.

El arma en cuestión era un cañón con grabados de olas y viento. La hechicera lo manipuló con facilidad, apuntó y disparó un proyectil invisible. En un instante, la catapulta retrocedió una distancia considerable y se desarmó. El siguiente disparo chocó contra el agua y levantó un torrente altísimo.

Otros navíos empezaron a aproximarse por los costados, estaban preparando sus *magnos escorpiones*, unas ballestas gigantes. Había un barco para preocuparse en las inmediaciones del muelle, el gran Malleus, que lo capitaneaba el Almirante Noah, el más grande marino al servicio del rey Abraham. Sin embargo, este no se movió ante el escape de la Centella.

—¿Quieres que les dispare a ellos también? —preguntó Ann con expresión decidida.

—No hace falta —respondió su amigo sonriendo—. ¿Listos? —preguntó a Noemí y Najib.

Ellos asintieron y se prepararon para accionar el arma central. Uno de los barcos estaba prácticamente listo para disparar sus proyectiles cuando Azariel gritó la orden de accionar el mecanismo. El lecho marino se cimbró y un poderoso oleaje como una onda se precipitó a los barcos. Cuando la marea se calmó un poco, ya no vieron a la Centella Mortal.

—Impresionante, Azariel —se asombró Ann mirando al mar por encima de sus cabezas—. Me sigue sorprendiendo.

—Este barco es sumergible. Tiene todo un arsenal de armas y utensilios. ¿Sabes qué es lo mejor? —preguntó retóricamente—. Esta maravilla solo necesita cuatro personas para operarse. Podrían ser hasta dos, si uno es un hechicero que enlace todo por un encantamiento.

Noemí subió a la cabina y se reunió con su maestra abrazándola por un costado.

—No tenemos muchos suministros —anunció mientras se separaba de ella—. Realmente pudimos saquear muy poco. ¿A dónde vamos?

—Dicen que a tu hermano lo han visto por Calamar —mencionó Ann—. ¿Vamos para allá?

—Primero iremos por un contrato naval a Tortuga, porque necesitamos dinero. Después, ya veremos —anunció confiado.

Capítulo 3

El navío en el que viajábamos era una maravilla. Parecido a un barco pirata de alta velocidad, solo que las velas eran plegables, tenía cabinas de cristal retráctil y contaba con un arsenal mágico por todo el barco. Las armas se recargaban con el maná que absorbía del mar y el poco que tomaba del aire. La tecnomagia, la rama de la tecnología aplicada a la magia, que usaron en este barco era de admirar. Nunca supe quién fue el verdadero responsable de esta creación, pues a excepción de lo sumergible, parecía ser un diseño del legendario tecnomago Madaria. El barco del padre de Azariel había sido el más temido por los rufianes hasta que se retiró y llegó El Trueno Lejano.

Me había dado un paseo por todo el barco, desde la sala de armas y las bodegas, hasta el camarote del antiguo capitán, Darío Relámpago. Él fue el corsario más efectivo de Narval hasta que se retiró y se volvió mercenario. Aún reposaba ahí el escudo de la familia: El predador sigiloso del mar y la tormenta ruidosa en el cielo. Se veía mejor que el escudo de la mía, un horrible pajarraco con las alas extendidas.

Había recorrido todo el barco solo para recordar y ahora estaba recostada en un futón junto a una barra en miniatura. Ya la había asaltado y me había servido una buena copa de vino. Veía como Azariel manejaba el navío con pereza mientras revisaba un mapa. Este era de los pocos navíos que podían ir directamente de Martillo a Tortuga sin tener que bordear Tormenta o Piraña. Aún lo recordaba de cuando era niña.

Estaba a punto de hacerle una pregunta cuando mi amigo me habló primero.

—¿Cómo rayos una hechicera es maestra de una bruja? —preguntó por encima del hombro.

Jugué con la copa que tenía en mi mano antes de contestar. Casi no hablaba de ese tema.

—Ella era una bruja en Crepuscular —expliqué—. Tenían su aquelarre ahí y formaban a chicas desde una edad muy temprana. Ella era una promesa —dije aclarándome la garganta—, o al menos eso le pareció a la matrona. No tiene familia, no tenía amigos antes de ser formada —bajé la mirada a mi copa y traté de que no se me quebrara la voz.

Seguramente tenía una pregunta formándose en él. Podía notarlo por su postura y su actuar. Yo tenía que dar más explicación antes de llegar a la parte triste.

»Tiene un talento nato, la chica —continué—. Sin embargo, le cuesta fabricar sus propios embrujos complejos. Dice que la complejidad de algunos es mucho para ella, aun así, superaba ya a algunas de sus maestras. Los contraembrujos son lo suyo. Es más fácil desmenuzar algo que crearlo de la nada, o eso me dice. Me ha sorprendido bastante lo rápido que aprende. Respondiendo a tu pregunta inicial, tengo algunos libros de brujería en Tiburón. Le enseño lo teórico y le explico lo que sé del comportamiento de la magia. Las brujas no tienen maná propio, lo toman de la naturaleza y lo usan para sus artes y encantamientos. Poseen afinidad mágica como las hechiceras, pero no cuentan con maná para expulsarlo. Ella practica por su cuenta e intercambia conocimientos conmigo. Ahora yo sé combatir brujas y ella sabe contrarrestar hechiceros.

—¿Qué le pasó al aquelarre? —inquirió. Era la pregunta más obvia.

Suspiré resignada. Me estiré un poco y desvié la mirada porque me pesaba esa respuesta.

»No lo sabe —sentencié—. No era muy querida por algunas de las brujas superiores, aunque sí tenía una mejor amiga y una madrina. Querían expulsarla, así que fue a probar su valía yendo a una misión suicida hacia Noche Eterna. Fue idea de las superiores. Cuando volvió, no encontró a ninguna de sus compañeras. Todas habían desaparecido. No había rastros de violencia. No obstante, todo estaba ahí, es como si se hubieran esfumado. Deambuló por la isla sin rumbo tratando de encontrarlas, pero fue en vano. El hecho de no poder despedirse de su mejor amiga o su maestra la devastó. Luego se coló en un barco hacia Delfín, pero no corrió mejor suerte. El capitán del navío la encontró y la noqueó —tragué saliva.

El recuerdo de cómo la encontré me remordió el corazón.

»En uno de mis viajes a esa isla, la vi pidiendo limosnas en una esquina. Estaba muy maltratada y delgada. Me acerqué a ella y me percaté de que era bruja inmediatamente. La tenían controlada por medio de un sello que evitaba que usara algún encantamiento —di un largo sorbo a mi copa y la vacié—. La liberé del sello y me contó lo que le pasó. Era muy chica y flacucha para ser prostituta; y muy débil para ser guardaespaldas. La mandaron a las calles a mendigar. Me llené de rabia y fui a negociar su liberación.

Azariel dejó el orbe de navegación y se fue a sentar junto a mí. Puso torpemente una mano en mi hombro tratando de consolarme y la retiró inmediatamente.

»Ahí estaba el mandamás y la matrona —expliqué—. Me miraron con altivez en cuanto crucé. Les pedí que me vendieran a la chica, pero se negaron. Por supuesto, sabían el potencial que tenía. Seguramente estaban esperando un postor para venderla a altísimo precio como bruja personal. Les dije que el dinero no era problema, pero me intentaron correr de ahí y a ella me la arrebataron de mis manos para someterla y golpearla —apreté los puños antes de continuar, pero mi amigo me interrumpió.

—Les diste su merecido a los infelices —no fue una pregunta.

—Los fulminé en el acto —confirmé—. También a los desdichados que llegaron después. Recordarás que cuando tengo estos arrebatos de ira —expuse mirando la palma de mi mano—, no controlo mi poder. Cuando acabé con ellos y con el caos rodeándome; el mariscal de Delfín me miró con horror, ni siquiera se acercó a intentar arrestarme. Tomé a la chica y la llevé conmigo a Dorsal, en Tiburón. Ahí la escondí hasta que se recuperó. Ha sido mi aprendiz desde entonces.

—Tú la amas —comentó él con franqueza.

—Como si fuera mi hermana —aseveré—, pero no quiero que ella se quede conmigo eternamente, tiene que ir a la Universidad, tiene dotes de sanadora. Ella se merece algo mejor que estar con una descarriada como yo.

—Te juzgas muy duro —dijo poniéndome una mano en el hombro y dándome una palmada. Acto seguido se levantó y fue por una tablilla de bocadillos para colocarla sobre mis piernas—. Eres asombrosa y se nota que también te ama como si fuera tu familia. Ya veremos qué pasa en cuanto acabemos este viaje. De momento, hay que buscar el contrato naval más jugoso y reclamarlo. Necesito mucho oro.

—¿Todavía no llegamos y ya estás pensando en llenar tus arcas? —pregunté mientras degustaba un chocolate.

—¿Quién dice que no hemos llegado? —preguntó al tiempo que se abría la cabina de cristal y dejaba pasar la luz del sol.

Ya había emergido y estábamos a punto de llegar a Tortuga. El navío seguía siendo tan veloz como recordaba. La sonrisa de mi amigo me llenaba de confianza. Este iba a ser un viaje interesante.

Capítulo 4

Apenas tocar tierra, Ann se fue al mercado y después acompañó a Noemí a la costa. Se me hizo muy extraña esa costumbre. Resulta ser que así recopilaban información. Ann estaba de curiosa entre la gente y luego Noemí hacía una especie de enlace con la naturaleza mientras meditaba. Así sabían de las nuevas, el tiempo y otras cosas.

Najib se adentró en el muelle y llegó hasta nosotros con dos contratos bastante jugosos. Uno era solo de oro y el otro era menos, pero con piedras preciosas y dotaciones. No sabía por cuál decidirme.

—Yo sugiero si me lo permite —interrumpió mis pensamientos—, el contrato surtido. Es buscar a unos piratas, destruir su barco, traer al responsable ante el cliente si es posible. Fácil —sentenció—, como en los viejos tiempos.

El otro contrato era escoltar unos barcos. Más lucrativo, pero más tardado, dependiendo del cliente. Mi amigo tenía razón, el de cacería era mejor opción.

Las chicas se fueron a una tienda de magia a hacer trueque, mientras que nosotros fuimos al mercadito a comprar las pocas provisiones que alcanzamos con el dinero que tenía el barco al recuperarlo.

—¿Te puedo hacer una pregunta personal, camarada? Noté algo cuando rescatamos a Ann —pregunté a Najib cuando regresábamos al navío.

—Sospecho qué me va a preguntar —replicó y suspiró—. No estoy obsesionado con ella —me respondió.

Esa era exactamente la pregunta que le iba a plantear. Era muy bueno para leerme.

»Es idéntica a mi hermana, la que perdí —contestó apesadumbrado—. La vida me ha golpeado muy duro, he de admitirlo, pero esto fue un remate. Traer a alguien que es idéntica a mi querida hermana, es una sucia jugada del destino —calló por un momento y se detuvo—. Si pusiera a Noemí junto a mi hermana, no podría distinguirlas. A menos que me acercara, pues la bruja tiene una marca de nacimiento en el cuello. Además, mi hermana no era bruja ni tenía dotes para la magia —se encaminó de nuevo adelantándose.

Jamás le había preguntado detalles personales a Najib, me daba pena admitirlo, pero siempre me interesé más en lo que hacía que en lo que pensaba o sentía. Caso contrario, él sabía mucho de mí. ¿Cómo podía considerarme su amigo? Se lo tenía que reponer, de algún modo.

»Nunca he superado la pérdida de mi hermana —se sinceró—, pero cuidaré de Noemí en honor a ella.

El resto del camino intenté entablar conversación con él, pero las palabras no acudían a mí. Simplemente me limité a escuchar los temas triviales que él comentaba.

Llegamos al mismo tiempo que las chicas y alistamos el barco para zarpar en un santiamén. El barco ya estaba completamente cargado de magia y mi tripulación ya se había familiarizado con el navío de mi padre. Era hora de ponerse en marcha.

—Han visto a los piratas en unos islotes entre Tiburón y Piraña —informó Noemí—. No solo eso, mi maestra ya prepara un hechizo rastreador. Qué confiados fueron al dejar un arpón en el barco que atacaron —comentó altiva.

Miré a Ann que ya tenía listo su hechizo en forma de flecha. Nos llevaría hasta donde se encontraba nuestro objetivo.

—Supongo que esto es lo que quieres que haga con el Trueno Lejano, ¿no es así? —dijo mientras posaba el hechizo frente al orbe de navegación—. Solo necesito algo que haya estado en ese barco.

Negué con la cabeza y metí las manos al orbe para zarpar.

—Es más complicado que eso —mencioné—. Tiene un sello antirrastreo, es imposible seguirlo así. Necesitas conocer el hechizo que lo oculta para poder rastrearlo. ¿Podrás hacerlo? —inquirí levantando una ceja.

—Podemos hacerlo —contestó Noemí en su lugar—. No necesitamos estar en presencia de él. Solo estar cerca de alguien que haya estado en contacto con el sello y podremos seguirlo o, acercarnos lo suficiente al barco para poder hacer un contrahechizo. También podría funcionar un encantamiento que disuelva la magia. Es fácil —dijo encogiéndose de hombros.

Levanté la vista y Ann asintió con la cabeza. Pues estaba hecho, era hora de ponerse en marcha.

Llegamos hasta unos pequeños islotes cavernosos cerca de Piraña, estábamos ocultos bajo un hechizo de glamur (de esos que son meramente ilusiones) y esperábamos a que saliera el navío. Me desperecé y fui a la cubierta, me senté junto a mi tripulación que se preparaban para un ataque.

Noemí afilaba unas dagas que había adquirido en la tienda donde fue con Ann. Parecían unas agujas de cristal con un aspecto mortífero.

—En materiales conductores de magia —empezó a explicar a la chica— esta intentará buscar las puntas, de modo que esas dagas tienen doble utilidad.

Ella por su parte parecía limpiar unos guanteletes que, por lo que sabía de hechicería, servían para enfocar la magia a las manos de manera más efectiva. Se puso de pie una vez que terminó y le hizo señas a su aprendiz para que hiciera lo mismo.

—Trata de imitarme —le pidió—. La magia es un flujo y, por lo tanto, funciona mejor con movimientos fluidos. Siempre controla la respiración —empezó a hacer unas formas de combate mientras su alumna la imitaba.

Najib subió a cubierta al acabar de revisar las armas, me indicó con una cabezada que todo estaba en orden. Se fue a la armería y regresó con un sable en mano.

—Es increíble que lo dejaran casi intacto, ¿no lo cree, Capitán? —comentó mientras se situaba a mi lado.

Asentí. La verdad es que me sentía aliviado que el navío estuviera intacto. Salvo por un golpazo menor en el ancla mágica, claro.

Estábamos prácticamente listos para emboscar a nuestras presas cuando divisamos un barco militar acercarse. Más bien, era un buque militar inmenso como una ballena. Lo conocía, era el Vórtice, un barco robado de la flota del rey en Ballena. Lo enfrenté una vez, con su capitán de ese entonces, era una flota de un solo barco.

—Capitán, ¿ya vio eso? —me preguntó Najib y tragó saliva.

Si el capitán actual era tan bueno como el anterior, era posible que estuviéramos en desventaja.

Los vimos atracar en un muelle pequeño y empezaron a descargar cofres y cajas con montones de mercancía mientras canturreaban canciones y fanfarroneaban. Típico de piratas de mierda. Era una tripulación de una treintena de hombres, como mínimo. Bajó el capitán seguido de una bruja con la mirada fija al piso. A diferencia del resto de la tripulación, ella tenía una vestimenta muy raída y descuidada. Vi de reojo que Ann se acercó a la barandilla con los puños apretados. De seguro la bruja la tenían cautiva.

—Noemí —la llamó—, ¿qué dicen?

Noemí se acercó también a la barandilla y lanzó un disco metálico que rodó hasta cerca del capitán sin hacer ruido u ocasionar desmadre. Nos tendió unos alambres a cada uno.

—Enróllenlos en su dedo y colóquenlo cerca de su oreja —ordenó.

Lo hicimos y en el acto escuchábamos con una claridad como si estuviéramos ahí junto al cabecilla.

El infeliz se regodeaba de haber atacado una flota de tres barcos y haber salido victorioso. Se había llevado el botín de dos de ellos, pero al tercero lo hundieron y no pudieron hacerse de sus tesoros. Tomó una copa de licor y la alzó frente a sus hombres.

—*Lo único malo* —dijo burlón—, *es que nos gastamos casi todo nuestro arsenal en esos pordioseros* —se empezó a carcajear.

Najib me miró significativamente. Pensamos lo mismo. Era hora de poner en marcha una distracción y llevarlos a una trampa.

Noemí se ofreció como voluntaria para carnada. Era como lanzar un charal a un banco de tiburones. Aunque me rehusé al inicio, era la mejor para el trabajo por ser tan menuda. Nos alistamos los demás mientras ella preparaba un encantamiento adecuado. Me llevé de nuevo el artilugio a la oreja para escuchar. La chica ya había bajado del navío cuando alcé la vista.

—*Bueno, hay que preparar el atraco de mañana* —empezó a decir el capitán—, *de todas formas, no creo que nos vayan a detener.*

—*Yo podría* —dijo Noemí muy altanera alzándose sobre una caja de mercancía—, *se ven muy debiluchos, marineros de agua dulce* —insultó muy sobrada y tomó un collar de oro que tenía a la mano.

A toda la tripulación la tomó por sorpresa la presencia de la pequeña bruja. El capitán tiró la copa que sostenía por el asombro de ver a una intrusa.

—*¿Quién rayos eres?* —chilló al volver en sí—. *¿Cómo entraste?* —exigió saber—. *¿Qué esperan, estultos? ¡Atrápenla!*

La tripulación empezó a seguirla mientras ella se escabullía entre las cajas. Parecía una buena idea, hasta que dos de ellos cayeron inconscientes al acercarse demasiado a la chica. Otro más recibió una explosión fétida en la cara y comenzó a hacer arcadas. Los otros que siguieron en persecución súbitamente se hundieron en fango salido de la nada. La chica llegó hasta la orilla y pareció elevarse en el aire como si estuviera subiendo una pasarela invisible. Un cúmulo de flechas voló hacia ella, pero algo las detuvo. El capitán ladeó su cabeza muy confundido.

—Vaya, veo que no pueden con una niña pequeña —dije al aparecer a la vista de todos mientras flotaba en el aire—. Es una lástima, creí que serían dignos rivales —me encogí de hombros—. Una lástima, en serio —expresé con falsa pena—. Tendré que notificar a las flotas en Delfín para que vengan por ustedes. ¡Nos vemos, presos de cuarta! —me burlé y di media vuelta.

Me sentía asombrosamente bien, pues interpretaba de nuevo el papel de marino. Era como ponerse un guante de terciopelo a medida o calzarse unas botas viejas. Me sentía bastante cómodo. No solo eso, tender una trampa y ser astuto hacía arder una llama en mi interior.

—¡Azariel! —gritó el Capitán—. ¡Se supone que deberías estar muerto! ¿O acaso eres un fantasma vengativo? —preguntó a punto de cagarse de miedo mientras yo flotaba en el aire.

Me di media vuelta para seguir con la teatralidad. Dibujé media sonrisa y expresé muy soberbio:

—Ah, cierto. Traía un navío digno de una buena batalla —dije orgulloso—, pero ustedes no lo valen —expresé con una seña desdeñosa.

En ese instante, el hechizo de glamur se terminó para revelar a la Centella Mortal. Nuestros rivales quedaron sorprendidos. Escuchaba entre susurros la extrañeza de ver ahí mi barco.

—¡Nos vemos, rufianes! Tal vez los visite en la cárcel —me burlé dándoles la espalda y empecé a carcajear.

Escuché como toda la tripulación corría al barco mientras su líder bramaba órdenes a toda prisa. Al llegar al muelle, una fuerte explosión se oyó a mis espaldas y pude ver de reojo cómo salían llamas de una zona del barco. Sin embargo, se extinguieron casi al instante.

—¡Necesitarás más que eso para vencernos! —gritó mi enemigo.

No me esperaba que eso hiciera daño, para ser honesto. Solo medía la fortaleza de aquel barco. Ann apareció y se secó con magia por un costado mío. Miraba confiada la escena.

—Buena bomba —la felicité—. Eso me da una idea de cómo enfrentar a estos marinos de agua dulce.

Ella solo asintió, sonrió y se movió a su lugar. Salimos a la luz solar, dejando la cueva detrás y viramos para ocultarnos de la vista de nuestros ahora perseguidores. Corrí al orbe de navegación y sumergí el barco. Vimos cómo el Vórtice surcaba las aguas por encima de nosotros, desplegaba las velas y desaceleraba de golpe al ya no vernos. Se adentró un poco al mar para tratar de localizarnos seguramente.

Salimos por un costado de ellos y alteramos la marea. Su sorpresa fue obvia, vimos una hilera de bocas abiertas y al capitán con una cara de idiota. Éramos un tiburón que saltaba por su presa.

Najib y Ann dispararon la galería de flechas perforantes y dañamos el estribor de su barco. Estuvieron a la expectativa de mi siguiente orden.

Nos dispararon una ráfaga de saetas incendiarias, pero nos sumergimos en un instante y cruzamos por debajo de ellos. Justo por debajo, accionamos el Disipa Tormentas, un poderoso disparo de vapor que abría los cielos. El barco enemigo crujió, pero resistió el golpe. No me esperaba eso. Salimos a superficie y ya apuntábamos a babor. Su tripulación reaccionó con una velocidad increíble.

Noemí ya tenía listo su encantamiento y lo lanzó al agua. Un torrente verdoso salió disparado a nuestros rivales y algunos fueron afectados de inmediato. Las arcadas y mareos no se hicieron esperar y derribaron a la mitad de los arqueros y lanceros. El capitán fue cubierto por un encantamiento protector y nos miraba con furia. La gelidez de su mirada me hizo sentir incómodo, pero después solté una carcajada.

Ann, por su parte, tenía listo su propio hechizo, unos cristales de hielo se formaron sobre la superficie del agua y se estrellaron contra el casco del barco con tanta violencia que lo agrietaron sin piedad. Najib accionó una palanca para lanzar los ganchos y nos preparamos para el abordaje. Noemí con su daga, mi amigo con su sable, Ann con sus guanteletes que ayudaban a moldear la magia y yo con unas espadas dobles. Sus fuerzas estaban mermadas, pero aun así había gente en posición de luchar. Doce contra cuatro. No me gustaban esos números porque era demasiada ventaja para nosotros.

Caímos al unísono con la precisión de un mecanismo de tecnomagia y comenzamos la batalla. Noemí corrió entre tres adversarios y los rozó con sus agujas. Los pobres intentaron golpearla, pero estaban muy mareados, apenas podían mantenerse en pie. Najib se enfrascó en una pelea contra cuatro de esos disque marineros, blandía su sable y repelía todos los ataques. Parecía muy torpe por su aspecto, pero era tan diestro que los alejó de nosotros sin pestañear ni sudar. Ann cargó sus guanteletes con maná y detuvo con facilidad un tajo vertical que venía hacia ella con una sola mano. Hizo crujir la espada y la desvió hacia un lado mientras golpeaba a su portador con la mano libre. Una estocada de frente que detuvo con ambas manos y que después rompió la hoja con esfuerzo. El último sujeto, un inmenso rival, cargó contra ella a puño limpio. Sus manos destellaban maná de color azul, era un hechicero. Lástima para él, no era tan bueno con los puñetazos como Ann. Una combinación al rostro, pecho y barriga le cayeron sin piedad. El sujeto cayó noqueado al piso. Me dolió la panza solo de verlo.

El capitán enemigo había retrocedido por instinto. Llevó su mano al pomo de la espada por mero reflejo. A su izquierda estaba su almirante y a su derecha la bruja que tenía prisionera. El primero en atacar fue el almirante. La confianza del pobre idiota me conmovió un poco. Un tajo en diagonal que rechacé con mi hoja. Un golpe de revés con mi mano libre, un cabezazo a su nariz y una palmada a su oído derecho. Noqueado. Fácil como hacer nudos.

La derrota se veía en el rostro del capitán. Su mano temblorosa delataba el nerviosismo que sentía. Me acerqué con cautela, pues no sabía cómo me atacaría. Escuché un chasquido a mi izquierda y esa era mi señal, lo habíamos planeado. Empujó a la bruja por la nuca y ella me miró distraída. Vi que un embrujo se formaba en sus manos gracias a los anillos que portaba. Lo lanzó hacia mí, pero se deshizo como si chocara con una pared invisible. Noemí blandía una varita de madera y la apuntaba primero hacia mi persona para luego dirigirla hacia la bruja. Ella abrió los ojos de par en par intentando correr hacia la chiquilla, pero al dar unos pasos se hincó como víctima de una fatiga repentina. La joven bruja se acercó a ella y la sujetó por los hombros, dándole unas palmaditas en la espalda.

—Supongo que aquí te rindes —dije al dirigirme al Capitán, ahora solo.

—Primero muerto —me respondió el muy estúpido.
Se lanzó hacia mí blandiendo su espada, pero yo esquivé su embate, le sujeté la muñeca y lo desarmé con facilidad.

—Te estoy diciendo —dije irritado al tiempo que le daba un puñetazo al rostro— que te rindas.

Trastabilló unos cuantos pasos y volvió al ataque con un puñetazo a profundidad. Le detuve su ataque con mi mano, lo aparté y empecé a golpearlo sin piedad. Al menos tres golpes a su rostro, dos a sus costillas y una patada elevada a su antebrazo. Intentó inútilmente darme dos rectos, pero me agaché para esquivarlos, yo contesté con dos iguales a su pecho. Cuando intentó recuperarse, lo mandé al piso con un gancho al mentón. Estaba derrotado.

Me desperecé y cuadré los hombros. Estaba un poco cansado, pero extasiado como un tiburón que acababa de estar en cacería. Miré a mi alrededor y Najib ya había amarrado a todos los tripulantes como puercos. Noemí atendía a su colega bruja, que sollozaba en silencio sobre su hombro. Sí, era una prisionera. Ann fue quien se acercó a mí con paso decidido. Levantó al saco de golpes que había sido mi enemigo y lo alzó de los hombros. Vi cómo canalizaba magia hacia él.

—Ahora me dirás la verdad —recitaba—. ¿Cuál era el objetivo de esta operación? —preguntó y lo sacudió—. ¿Quién es tu comprador?

—Queríamos juntar dinero para comprar un islote en Ballena —musitó con un poco de dolor en su voz—. Nuestro comprador es

Daigón, de la tripulación de Fets. Lo íbamos a ver en Calamar exactamente dentro de un ciclo —dijo esto último y perdió el conocimiento.

Ann me miró con cautela. Pensaba lo mismo que yo: era la primera pista sobre mi hermano. El viaje había sido más valioso de lo que esperaba.

Capítulo 5

El tonto de Azariel le había dicho al cliente a qué hora podría pasar a pagarnos la recompensa. Maldito presumido. No había pasado ni una hora de haber lanzado un hechizo bengala cuando vimos a su flota llegar. Diez poderosos navíos de guerra aparecieron en nuestra visión. Les dejé un encantamiento rastreador para que pudieran encontrar un anillo que portaba. Todo fue tan rápido.

Nos pasamos el resto de la tarde comprando en el mercado principal de Tortuga. Caída la noche, el presuntuoso de mi amigo nos dijo que nos olvidáramos de quedarnos en el barco. Consiguió que el cliente nos pagara habitaciones en la posada más lujosa de la ciudad. Una habitación para él, una para Najib y otra para mi alumna y para mí. Me metí a la inmensa bañera con mi aprendiz para explicarle algunos encantamientos con el agua, cuando escuché que llamaron a la puerta.

—Ann, ¿puedo hablar contigo cuando acabes? —preguntó a través de la puerta.

—Cuando nos acabemos de bañar te acompaño —contesté.

—Allá nos vemos.

Estaba de espaldas a mi alumna explicándole sobre sanación, realizaba un sencillo hechizo de disminución de dolor cuando se volteó y me sostuvo la mano.

—¿Se puede curar el corazón? —preguntó sin más.

—Las brujas pueden —contesté sonriendo—. Tú podrás —confirmé.

—Me refiero a un corazón roto —dijo un poco sonrojada—. Ya sabe, cosas del amor.

Tragué saliva, sabía a dónde quería llegar.

—Las personas con magia lo han intentado curar, pero requiere más de comprensión y empatía que de magia. ¿Quién te rompió el corazón siento tan joven? —me adelanté a un silencio.

—No soy tan joven —se quejó—, tengo dieciocho años —se sumergió y emergió del agua para limpiarse el rostro—. La ausencia de alguien me lastimó —dijo y salió de la pila para secarse.

Hice lo mismo y me sequé con magia, me vestí con mi ropa de dormir para ir con ella. Se sentó en una suntuosa silla. La alcancé, sequé y cepillé su cabello antes de continuar con mi interrogatorio.

—¿Quién era? —pregunté sin más.

—Alguien muy especial —contestó en voz baja—. Cuando entrenaba, era la persona más especial que conocí en mi formación —suspiró—. Era lista, atenta y muy extraña. Me acuerdo de que a veces decía que escuchaba la voz de la diosa entre sueños. Yo le creía y me fascinaba.

Ahora las cosas cobraban sentido.

—¿La amabas? —pregunté sin miramientos.

Se sonrojó al instante y recogió su cabello.

—Con toda mi alma —contestó—. Ahora que ya no está, no sabía cuánto apreciaba los momentos con ella. Quiero encontrarla —apretó los puños y bajó la mirada.

La rodeé para hincarme frente a ella y abrazarla. La sentí increíblemente diminuta.

—No te puedo prometer que la encontraremos —susurré—, pero pondré mi alma en su búsqueda cuando esto acabe.

Ella asintió con fuerza mientras sentía sus lágrimas en mis hombros.

—¿Así que ya sabías cuánto íbamos a tardar en la misión, presumido? —le pregunté a sus espaldas al entrar a su habitación.

Estaba sentado frente a una chimenea en su lujosa habitación. Viéndolo con esa luz y su ropa holgada de dormir, pude darme cuenta de lo delgaducho que estaba mi amigo. Sin embargo, eso no le quitaba lo bizarro y lo temerario. Además, parecía que su fuerza o habilidades no habían mermado tanto.

Se dio la vuelta sorprendido y se puso de pie torpemente.

—No te escuché llegar —habló.

—Es parte de mi encanto andar silenciosamente—dije y me senté en la silla que estaba a un costado de él—. Dime, ¿cómo rayos un habilidoso como tú perdió tan deplorablemente contra una piltrafa como tu hermano? —desembuché.

—Siempre te expresas con palabras largas. Con tantos "mentes", me vas a volver demente.

—No me da gracia, Azariel. Es parte de mi educación.

Suspiró, seguramente venía una gran historia.

—Me despertaron a medianoche, en medio de un mar picado

—comenzó y se frotó las manos, aquellas como de músico tan diestras que siempre me gustaba ver—. Daigón, de hecho, fue quien me arrastró fuera de la cama. No pude reaccionar cuando me golpeó en la cabeza y Porto me amarró de manos y pies. Ninguno de ellos vale medio céntimo —dijo riéndose—, pero lograron someterme. Me arrastraron hasta la cubierta, estaba dispuesto a pedir ayuda cuando vi que todos estaban ahí formando un corro, bueno, casi todos. Me di cuenta de que se estaban amotinando.

Se levantó, rodeó la silla y reclinó sus brazos sobre el respaldo. Algo había en su andar que me decía que ese recuerdo le dolía. Suspiró nuevamente antes de continuar.

»"¡Fets, ayuda!", comencé a gritar, pero todos alrededor se empezaron a reír. Mi hermano salió de entre las sombras blandiendo su espada. Me miró primero con desprecio y luego con altivez. Me dijo con repugnancia cargada en su voz: "Hermanito, es hora de tu despedida". Esa imagen de él me quedará grabada en la memoria para siempre —dijo y se movió a una mesita para servir unas copas.

Después de ofrecerme una volvió a su relato mientras se recargaba por un costado de la chimenea.

»Me azotaron y me sentaron con brusquedad. Todos los presentes clavaron sus armas al piso y escupieron a un costado. Me estaban exiliando. Uno de ellos, Ganzo, se acercó a darme dos patadas al pecho y se empezó a reír en mi cara. Quise insultarlo, pero puso su sucia pañoleta en mi boca. Cuando empecé a forcejear, me golpeó en la cara repetidas veces hasta que me aturdió. Traté de espabilar, pero sentí que habían puesto algo a mis espaldas. Me di cuenta un instante después de que era Najib, él había perdido el conocimiento. Había sido el único que no se había amotinado. Al menos eso fue lo que pensé en ese momento.

Mi amigo tomó un largo sorbo y jugueteó con la copa.

»Nos levantaron a empujones y nos condujeron hasta la plancha que ya estaba puesta. "Al fondo del mar, se va el capitán", empezaron a canturrear. Ya estábamos a media tabla cuando Najib recuperó el conocimiento y mi hermano lo picó con su hoja. Le dio un tajo en el brazo para que se diera la vuelta y me tuvo de frente. Me hinqué por el peso de mi adolorido amigo y mi hermano se postró frente a mí, burlándose con una reverencia.

Quise interrumpir su relato, pues sentía el veneno que se acumulaban en esas palabras. Tragó saliva sonoramente para volver a hablar:

»"Tú serás el primero de una lista de muertes que me llevarán hasta el asesinato del rey Abraham", me susurró el maldito y me tiró por la plancha junto a Najib —explicó y se fue a sentar a su silla—. En una pelea limpia, mano a mano, no podría ganarme. Nunca pudo.

Estaba atónita, el marino más peligroso de todo este mar había sido traicionado por su tripulación. Me puse de pie, pues las dudas no me dejaban estar en paz.

—¿Cómo es que no te diste cuenta, Azariel? —pregunté y alcé la voz, pues ese relato no tenía sentido—. ¿Cómo pasó una conspiración y subsecuente motín en tus narices? —dije controlándome para no gritar.

—"Subsecuente", ja —se rio—. Se nota que eres letrada —dijo

y estiró los brazos—. Mi hermano es muy buen actor supongo —levantó una mano adelantándose a mi regaño y se acomodó en su silla—. Cuando papá se fue, jubilamos a la Centella y nos hicimos cargo del Trueno Lejano. Éramos diez hombres y seis mujeres. ¡Qué tiempos! —comentó nostálgico—. Ese navío no fue construido para ser discreto como el de padre. ¡No, señor! Requería de mucha más tripulación y tenía más aditamentos. ¡Qué maravilla de barco! —exclamó emocionado.

—No has contestado mi pregunta —hablé con impaciencia.

—No supe en qué momento la tripulación cambió hasta ser completamente fiel a Fets. Papá siempre quiso que él fuera el capitán y se lo concedí. Sin embargo, la tripulación inicial era fiel a mí. Yo era el líder espiritual —dijo señalándose con el dedo— y también me llamaban capitán. Hacíamos misiones todo el tiempo, aceptábamos contratos verdaderamente riesgosos y surcábamos el mar como verdaderos marinos. Mi hermano era increíblemente bueno navegando, pero no dominaba ese barco como yo —dijo con orgullo. Se desperezó y se volteó en la silla para dejar sus rodillas en el respaldo, ese gesto infantil me trajo recuerdos de cuando éramos niños.

»Él no sabe hacerlo volar —explicó.

Casi escupí el sorbo de licor que bebía.

—¡Espera! —dije limpiándome la barbilla—. ¿Es verdad que ese barco vuela? —no pude ocultar mi asombro.

Asintió con la cabeza y me dio un puñetazo juguetón en la pierna.

—Solo conmigo —confirmó—. Ya cierra la boca, Ann, se meten moscas —se burló.

Cerré mi boca abochornada antes de que él siguiera hablando.

»No era capaz de hacer todo lo que Centella, pero ese era el objetivo. La Centella era un barco que podía ser de lo más discreto y sigiloso, pero el Trueno Lejano debía ser impactante, llamativo, aterrador, como el anuncio de una tormenta. Era un relámpago que anunciaba una tempestad de problemas; y eso éramos para nuestros rivales y los malhechores.

Se volvió a dar la vuelta y se levantó de la silla para ir hasta su cama y recostarse justo en medio. Lo seguí y me senté por un costado.

»Como te decía. No sé en qué momento cambió todo. No noté cuando jubiló a casi todas las chicas, excepto a Dara, ella era parte del navío como yo. Ella estaba presente hasta justo el día del motín. Sé que ella no me traicionaría, pero desconozco su destino —dijo con ojos cristalinos—. No sabes cuánto la extraño… Mi padre quería que Fets y yo fuésemos los mejores justicieros de todo el mar; pero mi hermano traicionó su legado —dijo con amargura.

Tomó su almohada y la sujetó sobre su tórax. Me vio con ojos somnolientos antes de seguir hablando.

»Si no fuese por Najib yo habría muerto con certeza. Jamás podré agradecerle que me haya salvado la vida —se recostó y puso una mano sobre sus párpados— ¿Me ayudas? —dijo con voz somnolienta y empezó a cerrar los ojos.

Me incliné sobre él y le di unos golpecitos en la frente con dos dedos. Se durmió enseguida. Salí de su habitación, partícipe de su dolor. Ahora entendía la razón de todo.

Capítulo 6

Al día siguiente paseábamos por el Mercado Principal de Tortuga, en Caparazón. Azariel se veía muy animado, como si la conversación del día anterior no hubiese pasado. Compró un morral de frutas y después de que yo las limpiara, empezó a degustarlas. Llevaba un atuendo de capitán en colores blanco y café impecable que recién adquirió: Un abrigo largo con bordados sencillos, una chaqueta y camisa del mismo color, un cinturón que portaba su espada, pantalones formales y sus botas pesadas para el mar. Increíblemente no se había manchado en absoluto. La comida lo distraía lo suficiente como para entablar conversación. Yo iba a entrar a una tienda de ropa cuando vi un cartel muy llamativo. Me acerqué, pues vi algo familiar.

Abrí los ojos de golpe y arranqué el anuncio. Era un informe de recompensa con el rostro de Azariel en él. ¡Ofrecían una corona de plata solo por información de su paradero! Miré más abajo y prometían la cuantiosa cantidad de cinco coronas de oro por capturarlo vivo y llevarlo a Martillo. ¿Por qué había un precio para su captura? Le di la vuelta al cartel para revisar los detalles.

Fugitivo presuntamente muerto ayuda a escapar a la Bruja Ann, quien estaba a punto de morir en la hoguera. Azariel, el cazarrecompensas ha burlado la tumba. Además, se le atribuyen los siguientes crímenes: el asedio al muelle fortaleza de Martillo, atacar a dos capitanes de dicho embarcadero y robar el navío de exhibición "La Centella Mortal". Cualquier información, acuda con su Juez

Superior. SOLO intente capturarlo si está seguro de ganar. Es sumamente peligroso. La recompensa es solo por atraparlo vivo...

Le di la vuelta al documento. El cartel no nos mencionaba al resto, pero eso no nos exentaba del peligro. ¿Cuál sería el motivo para solo ofertar por él? ¿Cuántos mercenarios estarían tras nosotros? Todo eso me preocupaba.

—Ese retrato mío está del culo —comentó mi amigo sobre mi hombro mientras masticaba otra fruta—. ¿Ofrecen tanto por mí? ¡Caray! El Gobernante Lois debe estar muy cabreado conmigo. ¿Crees que la podríamos cobrar nosotros mismos? —preguntó quitándome el cartel.

—¡No es gracioso! —le espeté y le arrebaté el papel—. ¿Sabes cuánta gente podría estar detrás de ti? —inquirí molesta.
Terminó de degustar la fruta y se limpió con un pañuelo. Su calma me fastidiaba.

—De hecho —dijo después de desperezarse—, hay un imbécil que nos muerde el polvo desde hace un rato —señaló sobre su hombro.

Miré por encima de él y, en efecto, había un tipejo con capucha observándonos. Se ocultó el rostro en cuanto lo descubrí y se perdió entre el gentío.

—¡Vámonos de aquí! —ordené y lo jalé de su camisa al tiempo que se le caía su morral con pocas frutas.

Yo llevaba una blusa un poco holgada y una chaqueta corta de hechicera. Mi pantalón y mis botas me permitirían correr en caso de ser necesario. Afortunadamente no me había puesto colores llamativos y tampoco me había colocado el corsé ese día.

Empecé a serpentear entre los puestos del mercado. ¿Llevarían animales de rastreo? Procuré pasar por los estantes y carros de comida para ocultar un poco nuestro olor. Puse mis sentidos en alerta, me concentré y agudicé al máximo mi vista con magia.

Percibí un movimiento por el rabillo del ojo a mi izquierda. Dos sujetos que portaban espadas nos seguían en paralelo, nos miraban de reojo. A nuestra derecha iban tres individuos con capuchas negras, todos llevaban armas debajo de su ropaje.

—Hay cinco, no, seis infelices justo a nuestras espaldas —musitó Azariel que ya había dejado de comer—. Creo que hay al menos otra media docena que están brincando por los puestos.

Diecisiete imbéciles venían por él. ¡Qué fastidio! Empecé a escabullirme entre el bullicio. Azariel me soltó la mano y se volteó la chaqueta con habilidad mientras pasamos un corro de personas, de seguro para intentar confundir.

—Son al menos una treintena de personas —calculó—. Esto va a ser difícil, solo traigo una espada corta. ¿A cuántos te puedes despachar tú? —inquirió en voz baja.

—Creo que puedo con casi todos —comenté—, pero aquí hay mucha gente. Debemos salir al claro que está al sur. ¡Sígueme! —ordené murmurando.

Un sujeto chocó con mi amigo de frente. Vi como este idiota trató inútilmente de clavarle una aguja envenenada, pero el hábil de Azariel le dio la vuelta a la situación y le enterró su misma arma al atacante.

—¿No te los puedes despachar aquí? —preguntó nervioso mientras su rival se desplomaba.

—No —confirmé—. Sería muy peligroso con mis métodos, debemos ir a un lugar solitario —apresuré el paso.

Nuestros perseguidores acortaban distancia, no sabía cómo atacarían. ¿Y si atacaban a gente inocente con tal de capturarlo? No podía arriesgarme a eso tampoco. El corazón me palpitaba con violencia y empecé a notar el sudor en mi frente. Traté de serenarme, pero la magia se acumulaba en mis manos, quería surgir con la violencia de un torrente, con la crueldad de un río desbordado.

Nos aproximábamos al borde del mercado y también de la ciudad. Solo un poco más, pero parecía que eso no sería suficiente. Tres encapuchados estaban a escasos pasos de nosotros, llegamos hasta dos puestos con enormes hornos. Estos desgraciados se abrían paso a empujones entre la multitud sin importar quien fuese. Tuve de pronto una idea, volteé hacia mi amigo y a él seguramente se le ocurrió lo mismo, pues asintió levemente y señaló a su derecha.

Me dirigí al comercio de la izquierda, el mercader cocinero me miró fijo cuando sujeté la plancha caliente con las manos desnudas. Apenas si sentí el calor.

—¿Cuánto vale todo su local? —pregunté a la desesperada.

—¿Cuánto por su negocio? —escuché a mi amigo hablarle al herrero a mis espaldas.

El dueño vio por encima de mi hombro y parecía que entendió lo que ocurría, intentó balbucear una respuesta, pero le tendí dos báculos de plata. Le brillaron los ojos en cuanto vio las monedas y apartó a los clientes con señas. Las ventajas de tener encanto nato.

—¡Váyanse! —ordenó—. Es peligroso, por favor retírense.

A mis espaldas se escuchaba un barullo similar. Apenas oí pasos amenazantes a mis espaldas concentré toda la magia en mis brazos y abdomen para estampar la enorme plancha contra mis dos atacantes. El primero soltó un alarido de dolor, pero el segundo alcanzó a esquivar. Giré sobre mi eje para atacarlo como si portara un disco inmenso y dio resultado, al menos dos costillas rotas. Ya teníamos dos atacantes menos.

Observé con asombro que el tercero de los encapuchados yacía en el piso inconsciente, mientras otros dos cazarrecompensas rugían de sufrimiento por los hierros al rojo vivo que Azariel clavaba en sus rodillas.

Se había acabado la sutileza, era hora de huir. Sujeté a Azariel de la mano y salí a la desesperada fuera del mercado. Llegamos a un claro a las afueras de la ciudad con nuestros cazadores a escasa distancia nuestra. Solté a mi amigo cuando sentí un chispazo de magia. Iba a ocurrir de nuevo.

Ann corría como el viento, me costaba mucho seguirla. Yo no estaba en forma, parecía un costal que tenían que arrastrar. Escuché el tensar del arco de un tipo que nos iba a disparar. Volteé por un instante para calcular el trayecto de la saeta, pero una pared de maná detuvo el impacto. Algo en mi amiga empezó a cambiar, su piel empezó a desprender un aura azul. Su andar empezó a flaquear y se sujetó su pecho como si sintiera dolor. Alcé un poco la vista y dos sujetos nos cerraban el paso. Una hechicera y un guerrero con una pesada armadura.

—Debimos aniquilarlos en la ciudad —comenté—, con la protección de los puestos y los edificios.

—No —respondió estremeciéndose—. Habría sido catastrófico. No creo que hubiera podido controlar mis poderes, te repito que sería muy peligroso.

La otra hechicera atacó primero, pero su magia apenas si rozó a Ann. Mi amiga se agachó cual lobo y se impulsó con maná para dar un rodillazo al rostro de su rival. Yo me adelanté al tajo del guerrero y clavé mi espada en las junturas de su armadura. Di otros dos cortes precisos y un golpe con el pomo de la espada en su casco. Cayó a mitad de un grito que se desvaneció mientras se desmayaba. ¡Qué imbécil fue!

Mientras hacíamos eso, nuestros perseguidores se cerraron en un corro de todo tipo de gentuza a nuestro alrededor. Perdimos mucho tiempo a pesar de que solo fue un instante.

Nos juntamos espalda con espalda como perros acorralados, ella sudaba mucho y empezó a jadear un poco. Uno de nuestros rivales, un tipo alto de piel clara y cara altanera dio el primer paso.

—Pensamos que cinco reales era mucha recompensa para cualquiera de nosotros —dijo confiado—, pero repartida entre todos, pues es una cantidad bastante justa por alguien que se supone está muerto. ¿Qué opinan ustedes? —preguntó al resto de malnacidos—. Después de capturarte —habló muy confiado—, veremos cuánto nos dan por el gordo y la muchacha que los acompañan.

—Esto no hubiera pasado si los hubiéramos machacado en el mercado —musité molesto.

—¿Qué clase de estupideces estás diciendo? —preguntó molesta Ann—. Tu vida no vale más que la de esos inocentes —se desplomó en el piso mientras sujetaba su abdomen y respiraba por la boca.

El grupo de mercenarios avanzó con lentitud hacia nosotros, me puse en guardia y me concentré lo más que pude. ¿Pelearían con nosotros hasta la muerte? Es decir, hasta su muerte, porque yo era muy bueno. ¿Tendría yo algún valor si me llevaban sin vida?

Uno de ellos sí avanzó y escuché los pasos a mi espalda. Con el rabillo del ojo pude apreciar que Ann se desplazaba veloz como liebre y extendió su mano derecha al frente. Una ráfaga de maná salió disparada hacia el pecho del infeliz. El impacto fue tal que le hundió el peto de la armadura y lo mandó a volar. Una bruja sacó una especie de tótem de piedra y trató de conjurar algo cuando mi amiga se lanzó hacia ella. En un parpadeo estaba agachada frente a la infeliz. La pobre chica no tuvo tiempo de reaccionar cuando un gancho al mentón cargado de maná la elevó por los aires. Al caer y escuchar el marranazo ya no se levantó.

Creo que todos nos quedamos como idiotas con la boca abierta. Ann se había convertido en una tempestad de maná puro. No perdí tiempo y corrí hacia el que se proclamó líder de esos mercenarios. Le di un tajo en diagonal y mientras retrocedía, lo sujeté del cabello por encima de su frente y lo azoté contra el suelo. Ese fue el segundo rival que me despaché y el último también.

Ann avanzaba a toda velocidad entre nuestros enemigos acabándolos con un solo golpe o hechizo. Al menos diez de estos idiotas habían caído ya por su mano. Unos intentaron huir, pero ella los alcanzó y los asoló con maná. Era una imagen que me erizaba la piel del miedo. Sus ojos empezaron a brillar en azul, estaba completamente fuera de control.

—¿Qué crees que haces, maldita hechicera de cuarta? —preguntó uno y empezó a cargar maná en sus manos—. ¡No impresionas a nadie! —gritó.

En un parpadeo alcanzó al mago y le reventó el hechizo en sus palmas. El alarido de agonía casi me lastima los oídos. El mago se desmayó con unas manos calcinadas y una expresión que denotaba sufrimiento. Más de la mitad de nuestros enemigos habían caído como ratas con veneno.

Cinco soldados con una simplona armadura de cuero la rodearon con una increíble determinación. Alcancé a distinguir unos chispazos azules que recorrían el cuerpo de mi amiga. Algo malo estaba por ocurrir. El quinteto de idiotas la atacaron al unísono. Un pilar de maná se elevó al cielo cuando ella levantó la mano y todos fueron derrotados al instante.

Algo en mi interior se empezó a agitar, me sentí incómodo y quería salir huyendo como una gallina. Era miedo. El temor crecía en mi alma al ver a mi amiga. No me había mentido cuando me contó que había fulminado a los captores de Noemí.

Dos hechiceros, hombre y mujer, blandieron una varita y unos guanteletes respectivamente. Lo que pensé que iba a ser un duelo más parejo me dejó boquiabierto. Un torrente de maná salió disparado desde la varita contra Ann, pero ella lo contuvo con una mano y lo devolvió con un giro como si nada. El pobre recibió el impacto de lleno y lo trató de contener con movimientos de ese palo, pero fue en vano. La violencia del flujo de magia lo derribó y lo hizo perder el conocimiento.

—¿Te encuentras bien? —preguntó su colega hincándose junto a él.

Ann avanzó hacia la hechicera como un lobo tras una presa fácil y esta intentó moldear magia con sus guanteletes. En un parpadeo, mi amiga sujetó las muñecas de su rival y le dio un cabezazo cargado de maná. Una onda azulada se expandió por el lugar y levantó polvo. La chica se mantuvo de pie, pero ya no concentró poder. Otro golpe y la derribó como un costal de papas. Desde donde estaba, vi que tenía los ojos en blanco.

Solo quedaban dos tipos con pinta de asesinos. Uno de ellos se hincó y soltó sus armas.

—¡Por favor, no me mates! —imploró el vil cobarde—. Solo pensamos que sería dinero fácil, lo juro —alzó las manos para rendirse.

Su compañero le dio un tajo en su costado y lo derribó de una patada.

—¡Eres un cobarde! —escupió al piso—. Yo mismo me encargaré de esta ramera y… —no terminó la frase.

Ahora se encontraba tendido en el suelo porque Ann le dio un codazo de lleno al rostro. Ella se colocó sobre él a horcajadas y empezó a propinarle puñetazos a una velocidad de pesadilla. Ni siquiera pude contarlos. Cuando acabó, tenía los puños rojizos, pero sin sangre. El sujeto que había recibido el tajo de su compañero observó la escena con horror. Ann se desplomó por un costado y el brillo azul que la rodeaba empezó a desparecer. Parecía que todo había acabado.

Me encontraba atónito, no supe en qué momento había envainado mi espada. Me acerqué a ella, pues la pobre estaba temblando, pero no me dejó ayudarla, me recordó mucho a un episodio que tuvimos cuando éramos escuincles. Me apartó con la mano y se levantó como pudo. Respiró hondo, pero el temblor solo disminuyó. Volteó a ver al único exento de su furia.

—Corre la voz —ordenó—, diles a todos que cualquiera que venga por Azariel, se las verá conmigo —se señaló el pecho.

El infeliz asintió y corrió despavorido.

No sabía qué decir, tenía un poco de miedo todavía, pero ella me reconfortó un poco con una sonrisa. Vi que tenía unos cortes pequeños en el dorso de la mano y uno pequeño por encima de la ceja izquierda, por lo demás, estaba salva.

»Te dije que podría con casi todos, ¿no? —dijo mientras se sujetaba el abdomen—. ¡Qué bueno que los traje para acá! —expresó aliviada.

—Nos hubiéramos podido ahorrar todo esto si los hubieras atacado en la ciudad.

Su expresión sonriente cambió de golpe por una cara de pocos amigos.

—¿Qué no viste lo que aconteció? —preguntó casi gritando—

¿Qué tal si algún inocente como un infante o un anciano era alcanzado por mi magia? ¡Pude haber matado inocentes!

—¿Qué importaba? Nadie es inocente —escupí—. Mejor ellos que nosotros —dije con fastidio—. No estoy para titubear ni para escatimar esfuerzos.

Se colocó frente a mí y me miró directo a los ojos.

—Los asuntos que tengas que tratar con tu hermano, son tu problema —me picó el pecho con dos dedos—, pero si vas a convertirte en una aberración como él, que masacra inocentes, yo misma detendré tu corazón. Prefiero verte muerto a ver cómo te conviertes en un monstruo —dijo con ojos cristalinos y bajó la mirada.

Me dolió lo que dijo, pero me partió el corazón ver que temblaba y trataba de controlar los sollozos. Me acerqué a ella.

—Yo —musité— lo lamento, Ann. No quiero alejarme de quién soy. Perdóname —y la abracé por los hombros mientras ella descargaba sus lágrimas en mi pecho y sentía una pesadez en mi corazón.

Mejores amigos

Había tenido una semana difícil de duro entrenamiento con papá y mi hermano Fets no ayudaba mucho con sus bravuconerías. Caminé sin rumbo cerca del Santuario en Dorsal. Alcanzaba a escuchar a la sacerdotisa hasta el atrio.

—Y así como la diosa Aionia nos brindó dones, también nos otorgó deberes. Esos deberes espirituales vienen con la consciencia, la libertad, la magia —remarcó—. Todos aquellos moldeadores de maná que desafiaron a la diosa sufrieron pesares peores que la muerte ¡Pero no vengo aquí a atormentarlos! Los invito a la reflexión, a que valoren todo lo que tienen y que hagan buenas acciones con lo que poseen. Es un deber divino.

La verdad es que aquel discurso no me animaba y decidí alejarme del lugar. Escuché unos pasos a mis espaldas y la voz de una niña me tomó por sorpresa.

—¿Tú no oras o qué? —preguntó Ann al alcanzarme.

Llevaba un vestido rojizo que hacía juego con su cabellera llameante atada en una coleta. Le llevaba apenas dos años, pero era casi tan alta como yo. Con nueve años, tenía una formación envidiable, era más lista que algunos de mis tutores.

—No soy muy religioso. ¿Tú sí, chaparra? —pregunté para fastidiarla.

—Tampoco —sonrió y ese solo gesto me animó bastante—. No me sé muchas de las tradiciones, pero tengo un don, la magia y debo aprender a ayudar con ella. El dios padre Sorrento nos dio la vida, pero la diosa madre Aionia nos dio conciencia y dones para ser civilizados —dijo como si recitara.

—Tus poderes los puedes usar para muchas cosas, ¿por qué solo ayudar a la gente?

Quería una respuesta sincera, de seguro yo también la usaría para ayudar al prójimo, pero quería que ella me contestara.

—Me gusta ayudar a las personas —contestó—. También la uso para divertirme —me sujetó del brazo—. ¿Quieres ir al jardín a jugar? Aprendí un nuevo truco con mi magia. Te enseño, ¿vamos? Ya le avisé a mi nana, no habrá problema.

Su energía era contagiosa, asentí y nos dirigimos al jardín detrás del santuario.

Había recogido varios pedruscos y los lanzaba en dirección a Ann para que ella los desviara con su maná. Algunos los manipulaba, giraba con ellos y me los regresaba procurando no golpearme. Era muy divertido. Papá decía que esos juegos también eran entrenamiento. Yo solo me divertía con Ann.

—¿Por qué no practicas con otros amigos magos? —pregunté y lancé una piedra por un costado de su cabeza.

Ella giró sobre sí misma y me regresó la pedrada justo a mis pies sin tocarlos.

—¿Qué gracia tiene estos juegos si solo los practico con hechiceros? —dijo suspirando. Se veía un poco cansada—. ¿Quieres jugar a otra cosa?

—Carrera sobre los árboles —contesté—. Ya conoces la ruta, el primero que llegue, le regala un dulce al otro —sugerí.

Puso los ojos en blanco y aceptó. Subimos al árbol que siempre marcábamos como inicio de la carrera.

—Supongo que quieres que use mi magia, ¿verdad? —preguntó.

—Sí, para igualar las cosas, tu equilibrio es pésimo —me burlé.

Me dio un golpecito en el hombro y se rio.

—Espera —dijo al tiempo que se acomodaba su vestido y se alzaba las calcetas—, debo concentrarme en reforzar todo mi cuerpo.

Iba a hacer un chiste sobre sus calcetas amarillas cuando un grito llegó a nuestros oídos.

—*¡Aléjate, no quiero hacerte daño!* —parecía la voz de la sacerdotisa.

El rugido de un animal se escuchó un instante después. Ann me miró a los ojos y concentró maná, su cuerpo entero despedía un aura verdosa.

—¡Sígueme! —gritó y empezó a correr entre las ramas de los árboles.

Me costaba mucho seguirle el paso, se había vuelto más ágil desde la última vez que practicamos. Al poco tiempo dimos con el origen de los gritos en un claro: la sacerdotisa estaba encaramada en un árbol y la acorralaba un oso. La chica iba vestida con una túnica blanca holgada de mangas largas. Su pantalón rojizo y bombacho ya había sido rasgado. Trataba inútilmente de espantar al oso con una especie de báculo que llevaba consigo. El animal daba ruedos por el tronco del árbol y trataba de encontrar cómo subir.

—Pinta mal esto —comentó Ann—. Voy a lanzar una bengala —y aventó un disparo de maná al cielo—. Esperemos que alguien acuda.

Pero no había tiempo, la chica iba a ser alcanzada por el oso tarde que temprano. Mi padre me había comentado que, a diferencia de otros animales, a los osos no se les puede asustar para que se vayan. Además, es difícil lastimarlos.

—Si estamos fuera de su alcance, podríamos intentar llamar su atención en lo que llega alguien —sugerí.

—¡Bien pensado! —y saltó entre los árboles hasta el otro lado del claro.

El oso no nos hizo mucho caso, pues seguía buscando cómo alcanzar a la sacerdotisa.

—¡Oye, osito, osito! —gritó Ann desde la rama baja de un árbol—. Deja a la muchacha, sé bueno —y empezó a agitarla.

El oso volteó a verla y se dirigió rápido hacia mi amiga. Ella subió en el acto y escapó de sus garras. Era mi momento, hice algo parecido gritándole al animal para que fuera por mí mientras Ann cambiaba de árbol.

»¡Osito, por acá! —chillaba nuevamente.

El oso volteó para ver que su posible presa estaba en una rama aún más baja y fue tras ella, igual sin éxito.

—Trate de estar a salvo —recomendé a la oficiante—. Ya pedimos ayuda.

La sacerdotisa aprovechó la distracción para subir un poco más el tronco. Hicimos nuestra finta tres veces más y parecía funcionar. El oso iba de acá para allá tratando de atraparnos. Todo iba bien hasta que tropecé y caí de bruces sobre el pasto. No me dolió, pero el sonido alertó a la bestia y fue directo hacia mí.

La chica bajó rápidamente del árbol y se puso entre aquel animal y yo. Puso la vara en ristre mientras temblaba.

—¡No te acerques! —alzó la voz—. No quiero lastimarte.

El animal dudó y se quedó viéndonos indeciso, pero inmediatamente dio un zarpazo a la vara.

—¡NO! —chilló Ann desde el otro extremo del claro—. ¡Déjalos en paz! —escuché cómo bajaba y corría hacia nosotros.

Un estallido diminuto y azulado se vio por detrás del animal. Este apenas se inmutó mientras otro le pegaba de lleno.

—¡Qué fuerte es! —escuché quejarse a mi amiga—. Ni siquiera se molesta en voltear.

El animal rugió encabritado y se alzó sobre nosotros cuan alto era. Justo cuando bajaba con sus garras un estallido mayor lo golpeó por la espalda y lo hizo perder el equilibrio.

Todos volteamos a ver a Ann, que estaba hincada en el suelo sujetándose el pecho. Parecía estar adolorida y respiraba por la boca como si estuviera cansada.

»Te dije —hablaba pausadamente— que los dejaras en paz, oso.

El animal parecía indeciso entre qué presa atacar. Nos volteaba a ver alternadamente y al final volteó de nuevo hacia la sacerdotisa y yo.

»¡BASTA! —chilló Ann.

Como si fuese una centella, Ann surgió ante nosotros. Se había movido tan veloz que casi me caigo de la sorpresa.

»¡Te dije que los dejaras en paz! —alzó la voz y lanzó un puñetazo que proyectó magia al oso.

Cayó de espaldas, pero se reincorporó enseguida para alzarse en dos patas. Ann empezó a tener un aura azulada alrededor de su cuerpo y chispas azules se formaban en su piel.

—¡No puede ser! —murmuró la señorita tapándose la boca.

El aura alrededor de Ann tomó una forma parecida a la del oso, igual de imponente. Esta empezó a imitar los movimientos de mi amiga, como si fuese una marioneta.

Nuestro depredador se lanzó sin chistar, pero la armadura bestial de Ann lo rechazó con dos zarpazos. El oso rival estaba confundido y flaqueó un poco. Ann estrelló sus garras de magia contra el suelo y una onda sacudió todo el lugar.

»¡Largo! —gritó al tiempo que se escuchaba un rugido antinatural de su maná osezno.

Lanzó un zarpazo más que empujó al oso varios pasos atrás. No parecía herido, pero se le veía atemorizado. Después de otro embate contra el suelo, el animal dio media vuelta y volvió al bosque.

—Su magia… —escuché decir a la señorita—. Pobre niña.

Ann se desplomó y cayó de rodillas sobre el pasto. Empezó a respirar entrecortadamente mientras se sujetaba el vientre.

—¡¿Ann, estás bien?! —grité mientras corría a su lado y la sujetaba del brazo.

Ella me apartó con una mano y se levantó con esfuerzo.

—No te me acerques, soy una aberración —decía al tiempo que veía que derramaba unas lágrimas—. ¡No me veas así!

Aún había chispas que recorrían su piel. Quería acercarme a ayudar, pero no quería molestarla.

—Esta magia es una ofensa, es un pecado —musitaba con la voz quebrada.

—No, niña —contradijo la sacerdotisa que se adelantó a ayudarla—. Es un remanente de un pecado de nuestros antepasados. Tú solo lo estás pagando, pero no eres la causante —se inclinó y la tomó de las manos antes de empezar a orar—. Madre querida, auxilia a tu hija a calmar su caos. No queremos que tu don lastime a alguien que lo usa para el fin que lo otorgaste.

El aura azul y las chipas empezaron a disminuir. La sacerdotisa continuó con otra plegaria hasta que se desvanecieron por completo.

»Todo bien, pequeña Ann —sonrió y me hizo señas para que me acercara.

Apenas me vio, Ann desvió su mirada y la clavó en el piso.

—Si quieres dejar de hablarme, está bien. Esto es parte de lo que soy y no puedo evitarlo.

—Ann, eso que acabas de hacer, tú, antes que cualquier cosa, eres mi amiga, miento, eres mi mejor amiga —declaré—, entiéndelo. Jamás te voy a abandonar, lo juro por mi alma y mi actuar.

La sacerdotisa se puso de pie cuando se escucharon pasos acercándose. Eran unos soldados con armaduras ligeras.

—Vimos la bengala mágica, ¿qué pasó? ¿se encuentran bien?

—preguntó uno de ellos.

—Hay que llevar a la muchacha con un sanador —ordenó la sacerdotisa—. Que el niño los acompañe.

El soldado vio la túnica con rasgaduras de la señorita y después volteó a ver a su compañero.

—¿Usted no irá? —preguntó a la clériga.

—No, me encuentro bien, conmovida también —y nos sonrió.

Fuimos llevados hasta el nosocomio para que atendieran a Ann. Yo me quedé con ella toda la tarde hasta que papá llegó por nosotros. Le contamos toda la historia y él nos creyó por completo.

—Estoy orgulloso de ustedes, por igual —nos dio unas palmaditas en la cabeza.

Ese día nos volvimos mejores amigos y juramos que siempre estaríamos el uno para el otro.

Capítulo 7

Nos encontrábamos en el muelle a punto de zarpar. No esperaríamos al día siguiente pese a que el mar se veía un poco picado, después de todo, la Centella podía sumergirse.

Ann estaba sentada a la orilla del puerto, con la mirada en el horizonte. Aún parecía fatigada por la pelea de hacía un rato. Me senté junto a ella un poco nervioso. Le había ayudado a caminar hasta aquí, pero no me había dirigido la palabra durante todo el trayecto.

—Mi magia está fracturada —mencionó sin contexto.

—¿Disculpa? —estaba confundido.

No sabía si agregar algún otro comentario.

—La magia está fracturada, rota —habló sin verme—. La magia así daña a su portador. Llega a matarlo. Nadie sabe por qué. Se supone que debería ser estable, dividida, un don. En cambio, yo —dejó un poco la frase en el aire— soy así de caótica. No soy la única. Además, se supone que las brujas deberían poseer maná propio, pero no lo tienen, tienen que tomarlo. Todo manejador de magia debería poseer energía propia. Al menos ese fue el designio de la diosa madre.

Quería decirle algo, pero no sabía qué decir.

—Lo lamento —dije sin más—. No he sido yo mismo desde que perdí mi barco.

Me cortó con un ademán de su mano.

—No te molestes, estás enfermo —sentenció—, enfermo de

la mente. Debemos buscar a alguien que te ayude, pero ya será después. Solo no quiero perder al amigo que tuve antaño.

Se desperezó y bajó la mirada. Seguramente iba a responder a una pregunta que aún no hacía.

»El maná acude a mi necesidad, pero a veces es muy destructivo. Quería detener su violenta salida, pero me lastimó. Cuando sentí que el ataque era inminente, lo dejé salir contra aquel imbécil al que le hundí el peto. Parece imposible —dijo y sonrió—, pero no murió nadie en ese arrebato. Incluso el estúpido hechicero al que le reventé su poder en las manos se recuperará. Yo no sé qué hacer, Azariel —me miró—. No puedo evitar ser lo que soy, pero a veces mi identidad lastima a la gente. ¿Siempre podré proteger inocentes de mí misma?

Esa pedrada sí la sentí. No supe qué contestar. Supongo que había tenido razón, después de todo, yo no debía herir inocentes por mis actos.

»Nadie sabe por qué nuestra magia es así —puntualizó—, caótica, violenta, pero debe haber una forma de repararla. Quiero que me ayudes a encontrar respuestas cuando este viaje acabe —me miró con decisión.

Asentí, por supuesto que le ayudaría. Escuché unos pasos detrás de mí y volteé.

—Capitán, el barco ya está listo —dijo Noemí mientras hacía un saludo formal con la mano en la frente.

Me reí por la burla, me caía bien esa muchacha. Me dirigí nuevamente a Ann.

—¿Lista para irnos? —ofrecí.

—¿Podemos ir a Dorsal, en Tiburón? —preguntó cansinamente.

Asentí y subimos al barco.

Capítulo 8

Llevábamos la mitad del trayecto hacia Dorsal y el viaje había sido de lo más aburrido, Ann se había quedado en su camarote en compañía de su discípula y no la culpaba de ello.

—Capitán, sugiero que ya debemos emerger —comentó Najib—. El lecho marino es muy irregular cerca de esta costa.

Asentí y empecé a hacerlo. Era media tarde y empezaba a soplar un viento fresco, pero eso no fue lo que me causó escalofríos.

—¿Sintió eso, Capitán? —preguntó Najib alarmado.

Las chicas salieron de su camarote. Noemí sostenía una varita en ristre y Ann ya se había puesto sus guanteletes.

—Alguien acaba de usar un hechizo de atadura que chocó con el casco del barco. El escudo vibró un poco —explicó Ann.

Estaba a punto de acelerar cuando vi que varios ganchos de abordaje cayeron a babor, todos ellos emergían del agua, lo que quería decir que nuestro rival era un inframarino, de esos que tienen barcos sumergibles como el nuestro. Me acerqué para examinarlos y noté que tenían una mandíbula de tiburón grabada en ellos. Sabía quién era, me relajé un poco.

—No se alarmen —anuncié—. Es un incantañero que conozco, o sea, uno de los mejores ladrones de artefactos mágicos que hay. Él era parte de la tripulación de papá.

Escuché como su navío inframarino emergió y varios piratas

empezaron a subir a mi barco. Un torrente de agua se elevó y de él surgió el capitán Chay junto a un hechicero. Ambos cayeron con gracia sobre la borda. El marino era un tipo de cabellera blanca alargada sujetada con una cola de caballo, tenía una cara de canalla de forma triangular y con una barba delineada de color gris. Era un poco más alto que yo y, aunque era más fuerte que muchos hombres que conocía, tenía una figura delgada. Llevaba una chaqueta y abrigo de capitán de color negro, un pantalón holgado a juego y unas pesadas y lujosas botas. A su espalda blandía una vara de combate, su arma favorita. Él no solía llevar cinturón, pues no cargaba con espadas. Su acompañante era un tipo robusto con una mandíbula prominente, una tupida barba negra y una cabeza afeitada al ras. Llevaba una túnica rojiza atada con un cinto dorado por debajo de una enorme barriga. Algunos miembros de su tripulación hicieron un corro detrás de aquel par.

—Me honra que esta tarde nos reciban como invitados —empezó a decir con una reverencia—. Saludos, queridas víctimas, yo... —se quedó pasmado.

—Saludos, Chay —contesté—. Bienvenido a la Centella Mortal.

Mis compañeros se situaron alrededor de mí en actitud desafiante.

—¡Me lleva! —musitó Chay y desvió la mirada hacia arriba—. ¿Ya me están apuntando las armas de los palos o me equivoco?

Asentí y nuestro invitado carraspeó sonoramente.

—Bajen sus armas, muchachos —ordenó con actitud derrotista—. Este no es un atraco. La Centella Mortal es letal en mar y abordo.

Toda su tripulación se acercó a la borda a desenganchar mi barco.

—¡Azariel! Me da mucho gusto que no estés muerto —continuó y se inclinó a dejar su vara en el piso—. Y qué pena, de verdad —rio torpemente—, de haber sabido que asaltaba la Centella Mortal mejor… ¡Qué estúpido me siento! —agachó la cabeza.

—No te preocupes, Chay, todos cometemos idioteces —concedí—. ¿Qué te trae tan lejos de tu zona de trabajo?

Sus muchachos se mostraron inquietos ante esa pregunta. Algunos miraron a su capitán expectantes.

—Ah, verás, es difícil trabajar con el imbécil de tu hermano que ataca al resto de piratas rivales —dijo con deje molesto—. Me alejé un poco de mi área. La semana pasada mató a unos ahumantes y a los corsarios de Ballena que eran sus enemigos. Las cosas se han complicado —me miró a los ojos—, dicen que mataría a su propio hermano para conseguir lo que quiere —dibujó una sonrisa en su rostro.

—Dicen, pero no es tan hábil para lograrlo —contesté.

—La pesadilla de muchos se ha vuelto realidad —dijo mientras desviaba la mirada al horizonte—: el Trueno Lejano ahora es un barco pirata y su capitán, Fets, es un monstruo.

Varios de sus compañeros se santiguaron al escuchar esos nombres.

»Si me lo preguntas —continuó—, me caía mejor el anterior. Aunque era un puritano de mierda. En fin —suspiró—, quiero retirarme con la poca dignidad que me queda. Debo "negociar" en otros lados, ¿me comprendes? —se dio media vuelta y caminó lentamente a la borda—. Voy a armarme bien antes de continuar.

—¿Qué piensas hacer con las armas que obtengas? —pregunté y crucé mis brazos.

—Tener un arsenal que me permita huir de ese navío de pesadilla —contestó sin chistar—. No estoy tan loco como para enfrentar al Trueno Lejano. No sin un plan de victoria o refuerzos. ¡Vámonos, mi gente! —gritó a su tripulación y estos empezaron a lanzarse al agua ayudados por el hechicero.

—¿Y si te dijera que no tienes que huir de mi hermano? —solté sin más—. ¿Me ayudarías?

El capitán detuvo su andar y me miró de reojo.

—Si de verdad crees que lo puedes enfrentar con el navío de tu difunto padre y ganar, yo mismo llegaré a la mitad de la pelea para asegurar tu victoria —sonrió malicioso—. Hasta entonces, ¡nos vemos! —y saltó al agua precedido por su hechicero personal.

—¡Vaya amistades que tienes, Azariel! —comentó Ann al escuchar el último chapoteo.

—Era un amigo mío cuando recién empecé a navegar este navío. Respetaba a papá y además le temía a este barco después de dejarlo. Prefiero tenerlo como aliado, más ahora que necesitaré mucha ayuda. Además, no es el colega más peculiar que tengo.

—¿En serio? —preguntó Ann y alzó una ceja.

—Varda también es aliada mía, es la corsaria más temeraria que conozco. No he sabido de ella en algún tiempo, pero sería buena idea hablar con ella.

—¿La Rosa Marina es aliada tuya?

—Y me debe un favor, además. Tal vez sí deba buscarla.

—¿De verdad vendrá a ayudarnos Chay? —preguntó Najib.

—Llegará —aseguré—, todos los perros de mar originales de la Centella Mortal eran gente de palabra.

—Entre tantos ladrones, ¿nunca quiso entrar al bandidaje, capitán? —preguntó Noemí inocente.

—Nunca quise ser pirata —contesté—, pero siempre me fascinó la vida en el mar. Mi sueño era ser corsario como lo fue papá antes de irse.

Capítulo 9

Llegamos a Dorsal y de inmediato vi el cambio en el semblante de Ann, parecía una persona llena de alegría. Después de todo, esta isla fue su hogar mucho tiempo. Por un momento se me olvidó lo fiera peleadora que era, brutal como un lobo en cacería. Pese a todo, seguía mostrando señales de cansancio. Estaba desempacando junto a Najib, cuando Noemí se me acercó cual cachorro avergonzado.

—Está muy cansada, Capitán —murmuró—. ¿Podríamos usar parte de mi paga para hospedarnos en una posada y dormir en una cama mullida? —solicitó.

Su solo gesto me dio ternura. De forma automática le di una palmadita en la cabeza y asentí. Después de juntar información, conseguí lugar en Luna Llena, la mejor posada de la zona. Noemí y Ann durmieron en la mejor habitación, se lo merecían. Pasaron un día completo sin hacer nada más que recibir atenciones de lujo.

—¿Podemos ir a una taberna? —fue lo primero que me preguntó Noemí en la mañana. Se había inclinado sobre mi cama y me miraba expectante. Yo ni siquiera me había despertado del todo.

Me desperecé y la aparté con cuidado, pues no sabía si tenía mal aliento. Rodé sobre la cama y me incorporé para buscar mis sandalias. Un momento, ¿cómo había entrado a mi habitación?

—Roncas mucho —escuché a mis espaldas—, deberías

revisarte.

Era Ann, estaba recostada transversalmente en un sillón.

»No te enojes —comentó—, es parte del entrenamiento de la chica —se desperezó cual felino—. Le dije que rompiera el encantamiento del cerrojo y pasara. Te traje unos informes, están en esos pergaminos a un lado de tu cama —señaló con una cabezada.

Ni siquiera me molesté por la intrusión. Pasé al baño a asearme, cepillarme y ponerme loción. Cuando salí, leí aprisa los pergaminos y noté que Ann estaba sentada en el sillón viéndome fijamente. Alcé una ceja.

—Entonces, ¿vamos a ir a una taberna o no? —preguntó—. Ya me aburrí de descansar. De momento no podemos hacer contra las atrocidades que hace tu hermano. Además, sigues muy flaco, preferiría que te hartaras de grasas. Yo —dijo señalándose con el pulgar— supervisaré lo que comes.

Puse los ojos en blanco e iba a protestar cuando Najib entró a la habitación cargando una bandeja con bocadillos.

—¡Momento perfecto! —exclamó Ann dando una palmada—. A comer, flacucho, necesito que vuelvas a estar musculoso.

No tuvo opción, éramos tres contra uno. Estábamos llegando a la mejor cantina del lugar, la conocía como la palma de mi mano, después de todo, ahí me invitaban algunos de mis clientes de hechicería.

—¿No está un poco turbia? —preguntó Najib preocupado.

La pregunta se me hizo un poco absurda para un hombretón de su tamaño. La fachada tenía una puerta de vaivén y una torre pequeña con el cráneo de un enorme dragón marino. La verdad, sí imponía, pero adentro era bastante seguro, al menos para mí.

Entramos al local y todo estaba como lo recordaba, hasta el bonachón camarero detrás de la barra. Apenas entramos me saludó efusivo.

—Ann, benditos los ojos que te ven —su sonrisa era radiante—. Toma asiento, por favor —me invitó.

El lugar estaba bastante limpio. Las mesas estaban bien distribuidas delante de la barra, había un escenario al fondo, dos baños y un lavador, por si venías muy sudado; una escalera que conducía al piso superior y a la terraza. No había nadie en el local, salvo por dos jóvenes camareras. Claro, era temporada de pesca, seguramente vendría más gente por la tarde.

—¿Puedo ir arriba? —preguntó Noemí—. Quiero ver la terraza.

No quería que subiera sola, arriba por lo general se hacían negocios turbios o lo frecuentaba gente de pocos escrúpulos. Para mí no era problema, claro. Mi cara debió ser muy evidente, pues Najib habló.

—Yo acompaño a nuestra joven bruja.

—¡Sí! —exclamó triunfal la aludida.

Azariel asintió satisfecho y mientras ellos subían, nosotros nos sentamos a una mesa. El camarero, Dan, se acercó a nosotros inmediatamente.

—Ya sé qué vas a pedir tú —me comentó—, pero ¿qué pedirá tu amigo? —lo miró.

—Yo ordeno por él —contesté—. Dos sendos cortes de carne con su guarnición de verduras y tu mejor vino. Y me refiero al mejor —remarqué—, podemos pagarlo.

Dan puso los ojos en blanco.

—Claro que puedes pagarlo —replicó divertido—. Además, conmigo tienes descuento —anotó en una hojita de papel y salió a la cocina.

Aproveché para murmurar sobre la información que le proveí: su hermano había atacado a la familia gobernante de Piraña; corría el rumor que él había asesinado al antiguo Rey Pirata, Ajab y que había atacado a uno de los piratas más temidos, Caleb. Eran actos demasiado osados.

Azariel se quedó meditabundo mientras le contaba todo eso. Fue cuando noté que mientras una de las camareras subía al otro piso, la otra nos vio de reojo y salió del local. Qué raro. ¿Faltaría algo o nos habría escuchado lo que hablábamos?

La comida estaba deliciosa, como siempre. Azariel vio con desagrado la carne de bisoronte, pero después del primer bocado, la degustó con voracidad. A este paso, recuperaría su físico muy pronto. El lugar estaba muy tranquilo, solo habían llegado dos clientes más que ordenaron hidromiel.

La comida me había dejado un poco letárgica, estaba pestañeando cuando escuché unos pasos en la puerta. Un tipo gigantón y una bella mujer en una larga túnica entraron al lugar precedidos por un tipo musculoso y muy apuesto. Su oscura piel resaltaba en su atuendo claro típico de pirata: Pantalones formales, botas bajas, chaqueta abotonada con camisa a juego y una pañoleta al cuello. Todo de un blanco impecable. Se me quedó viendo y sonrió. Me puse en alerta, pero la somnolencia era abrumadora, era como si hubiera bebido diez copas del vino que ordenamos. Miré a la barra, pero Dan no se encontraba, la camarera que nos atendió estaba estupefacta viendo a los recién llegados.

El sujeto se sentó a nuestra mesa volteando la silla para tener el respaldo al frente. Sus acompañantes se quedaron de pie junto a él.

—Saludos, capitán Azariel —dijo con su grave voz—. Es un honor tenerte entre los vivos. Ann —dijo mirándome—, también es un gusto conocerla al fin —me guiñó un ojo y vi que tenía un anillo rojizo alrededor del iris.

Inspiré sonoramente al identificarlo, era Caleb, acabábamos de platicar sobre él. Quise hablar, pero la voz no me salía. No solo eso, el cuerpo no me respondía. Miré de reojo y uno de los clientes que ya estaba en la taberna nos apuntaba con una ballesta mientras que el otro se levantó a cerrar la puerta. Claro, todos estaban a su servicio, nos emboscaron con la guardia baja. Seguramente la camarera que salió fue a alertarlo.

»Es un problema seguir a tu navío, ¿sabes? —expresó—. Te vi salir de Tortuga a toda prisa y me costó seguirte, pues la Centella es submarina —dijo entrelazando los dedos—. ¡Vaya relajo que armaron por allá! —exclamó divertido—. Una treintena de imbéciles recibieron su merecido —se rio— y dejaron huir a uno para que contara lo sucedido. Bien hecho —me miró sonriente.

Sacó un pergamino de su chaqueta y nos lo mostró. Se veía el retrato de Azariel junto a una cuantiosa suma de oro. ¡Diez reales! "Tráiganlo vivo a Martillo", rezaba. Azariel bajó la mirada, pero ni se inmutó.

»Esto es muy problemático, amigo —continuó—. ¿Sabes cuántos hay tras de ti? Este cartel apareció aquí justo dos días después de su pequeño espectáculo. Eso quiere decir que algo muy malo le hiciste al berrinchudo de Lois. O al menos eso parece, porque yo no me creo nada de estas acusaciones.

Quise concentrarme para llamar a mi maná, pero me era imposible. Apenas si salió un chispazo de uno de mis dedos.

»Ann —me habló—, eres la hechicera más talentosa que conozco, pese a lo que diga el estúpido de Lois, pero ni tú podrías con este embrujo —señaló sobre su hombro a la chica atractiva. Seguramente era su bruja de confianza—. Te presento a Ximena, una de las mejores brujas que existe.

Ella me mostró un pequeño tótem lleno de sellos mágicos. Estaba recitando algo mientras me miraba concentrada.

—Totalmente inmóvil, completamente quieta —musitaba.

—Todo el lugar está bajo los efectos de la magia —explicó Caleb—. Es inútil resistirse.

Tenía razón, no podía hacer nada, salvo escuchar. Me sentía completamente impotente. El precio por la captura de Azariel era elevadísimo, incluso Caleb se vio tentado por la recompensa. No obstante, si ese era el caso, ¿por qué nadie nos aprisionaba?

Caleb suspiró sonoramente y cuadró los hombros antes de continuar.

»¿Sabes que en todos estos años nunca fui a perseguirlos? —preguntó retórico—. Incluso aquella vez que competimos por una recompensa y me ganaron, no tuve el descaro de ir tras ustedes, ¿saben por qué? —chasqueó los dedos.

—Respeto —contestó secamente Azariel.

Nuestro captor chasqueó nuevamente los dedos y mi amigo enmudeció presa nuevamente del hechizo.

—Exactamente. Supongo que tu padre nunca te lo contó, Azariel, pero él me salvó la vida sin yo deberle nada. Jamás pude pagarle esa deuda. Él era un buen hombre, no como el imbécil de tu hermano —remarcó sus palabras con odio y llamó con una seña al fortachón que venía con él. Este le tendió un pergamino a su amo—. Esto que ves aquí —dijo mientras extendía el papel sobre la mesa—, es el recibo por los daños causados a dos barcos de mi flota. ¿Ven cuánto cuesta? —preguntó hoscamente.

Alcé un poco el cuello para ver y el documento tenía un listado de precios y la exuberante cantidad de veinte reales de oro. Caleb dio una palmada sobre el documento.

»¡Veinte malditos reales me van a costar las condenadas fechorías de tu hermano! —vociferó y se quedó callado un momento.

Así que eso era, pretendía cobrar la recompensa y recuperar algo del dinero que gastó en la reparación de sus barcos.

Enrolló el pergamino nuevamente y se lo tendió por encima

del hombro a su compinche.

»Azariel —habló con calma—, eso hizo el inútil de Fets y sus hombres con tu barco. Y ni siquiera lo sabe navegar bien —dijo riéndose—. ¡Si hubieras sido tú, yo estaría muerto! Solo que yo sé que no lo harías, porque tú eres honorable como tu padre. Es por eso por lo que te propongo un trato. Tú vas a ir por ese imbécil y me lo traerás ante mí para que yo cobre mi venganza por todas las que me ha hecho. Pensarás, "¿qué gano yo con trabajar para el mejor pirata en todo Anápafse?". Pues bien, yo anunciaré públicamente que estoy tras tu recompensa —dijo muy satisfecho y se cruzó de brazos.

No entendía exactamente qué estaba pasando, pero a Azariel se le notaba muy enojado.

»¿Por qué no voy yo directamente por Fets y me cobro como pueda? Seguro ya lo descubriste, porque no puedo —remarcó y se inclinó sobre la mesa—. Me cuesta admitirlo, pero salí perdiendo pese a que tengo una flota de veinte barcos, ahora dieciocho por culpa de tu hermano, y no creo que pueda vencerlo yo solo. El Trueno Lejano es la tormenta misma en el mar, pero tú —dijo señalando a Azariel— sí puedes. Ahora que tienes la Centella Mortal puedes encarar a tu hermano y estoy seguro de que vencerás. Por eso, te repito, te ofrezco este acuerdo: Tú me traes a tu hermano vivo y lo más entero que puedas y yo —dijo señalándose con las manos— te garantizo protección al ser tu acechador personal. Nadie vendrá por ti sabiendo que yo ando tras tu recompensa. Además, te daré el doble de lo que ofrecen por tu captura. Piénsalo, Azariel, salimos ganando los dos. Bueno —se rio—, tampoco es que tengas muchas opciones para negociar.

Todo eso era una fachada, Caleb parecía muy arrogante, pero estaba desesperado y para que un pirata de su calibre recurriera a esto, quería decir que la situación era peor de lo que pensaba.

La bruja se acercó y posó un sello pintado sobre un papel. Le dio vuelta y recitó un encantamiento. El pirata de oscura piel le tendió una mano.

»Este es un juramento a fuego de alma, no se puede romper. ¿Tenemos un trato? —sonrió mostrando sus blancos dientes.

Si Azariel aceptaba estaría condenando su alma, pues al saber que el juramento no se cumpliría, el embrujo lo quemaría vivo. No podía permitirlo, mi mejor amigo se estaría penando a sí mismo. La tensión era demasiada, casi me ahogaba.

Azariel posó los codos sobre la mesa y sonrió de oreja a oreja.

—Me parece un buen trato, pero lo declino —dijo y apartó el pergamino desdeñosamente.

¿Qué estaba ocurriendo? De repente la atmósfera cambió y el semblante de Caleb demostraba sorpresa y un poco de miedo.

»Te voy a decir qué vamos a hacer, ¿de acuerdo, mi feroz colega? —decía mientras se rascaba la barbilla—. Tú me quitas a todos esos rufianes de encima y yo voy de cacería por mi hermano. No solo eso, recupero mi barco, pago la deuda de los tuyos y te entrego a toda su tripulación de imbéciles para que les hagas lo que quieras. Espero te pongas creativo, porque esos perros traidores se merecen el peor de los castigos terrenales —golpeó la mesa al decir esto último—. Fets será mi víctima —expresó resuelto— y lo que quede de él te lo dejaré en una isla desierta —su ira se notaba en su voz—. Tú no eres un maldito pirata, Caleb, eres un comerciante y un cazarrecompensas. Mi padre siempre te tuvo respeto y yo honro su legado, pero no voy a dejar que te entrometas en mi venganza. Sé lo que quieres —se inclinó un poco sobre la mesa—, ser el hombre más temido como lo has sido por cinco años, pero mi hermano se entromete en tu plan. Quieres dominar todo Anápafse como marino, pues bien, eso te lo concederé. ¿Tenemos un trato? —extendió una mano.

—¿Cómo te atreves...? —se calló de repente y se quedó inmóvil.

Trató de forcejear, pero era inútil, ahora él se encontraba paralizado, al igual que el resto de sus colegas. La bruja Ximena me miró un poco aterrada. Su confusión se reflejaba en su semblante. La camarera pudo moverse al fin y Dan salió de la cocina. Ambos se les veía aliviados, parecía que Dan también estuvo paralizado.

—No sé si te lo dije —empezó mi amigo y retiró la mano—, Caleb, pero no solo tenemos a la mejor hechicera de todos estos mares, también tenemos a la mejor bruja.

Me levanté de golpe, pues el encantamiento había sido anulado por completo. Alcé la vista y vislumbré a Noemí bajando las escaleras junto a Najib. Ella sostenía su varita como de costumbre y la ondeaba junto a un tótem de lobo, un regalo mío.

—¡Maestra! —gritó entusiasmada—. ¡Descifré el hechizo y lo revertí! —corrió hacia mí y me abrazó—. Apenas sentí su efecto empecé a contrarrestarlo con la varita.

Esa chiquilla me llenaba de orgullo.

—Voy a hacer lo mejor para los dos, amigo —continuó Azariel—, pero bajo mis propios términos. ¿Qué dices? Sin juramentos mágicos —le volvió a tender la mano.

Noemí liberó el hechizo para que Caleb pudiera contestar, se le veía relajado, pero resignado.

—Te tuve a mi merced, pero escapaste con un hechizo de glamur —habló el pirata—. Tenías ventaja mágica de dos a una. ¿Qué te parece? —y le estrechó la mano.

—Me escapé por los pelos y quedé malherido—finalizó mi amigo y ambos sonrieron.

¡Qué bien! Dos marinos fanfarrones. Esto iba a ser de lo más interesante.

Capítulo 10

Salí triunfante de esa situación, pues no podía dejar que le pusieran condiciones a mi venganza. Me iba a encaminar al muelle por instinto cuando Ann me cortó el paso.

—¿A dónde crees que vas? —preguntó cabreada.

Retrocedí por mero reflejo y levanté las manos a la defensiva.

—Voy al barco por un buen vino, esto hay que festejarlo —expliqué.

—¡Ni hablar! —fue tajante—. Vamos a la posada a recoger nuestras cosas, ¡hay que salir lo más pronto de aquí y entrenar! —exclamó.

Alcé una ceja.

—¿Disculpa? —estaba atónito—. ¿No viste lo que pasó allá adentro? —pregunté como lo más obvio del mundo.

—¿Qué no viste tú —me picó el pecho con un dedo— lo que pasó? Prácticamente nos acorraló y casi pone tu alma en riesgo. ¿No temías por ella? —estaba furibunda.

—Tranquila —hablé sereno—, Noemí estaba ahí, me salvó.

—¿Y si no hubiera estado? Azariel, en mejores tiempos hubieras anticipado esa emboscada. Por favor, piensa en ti por un momento —me miró preocupada—. La venganza no lo es todo, concéntrate primeramente en estar en forma. Esta vez fue Caleb, ¿qué hubiera pasado si el almirante Noah hubiera ido tras de ti? No creo que hubieras corrido la misma suerte.

Tenía razón. Los mejores marinos de cualquiera de los reinos me hubieran podido atrapar con la guardia baja. Suspiré resignado y asentí.

Estábamos ya en el barco y sumergidos como caracoles marinos para que nadie nos encontrara. Sudaba bastante por los embates combinados de Noemí y Najib. Eran fieros peleadores. A pesar de que usábamos armas no letales, no podía descuidarme ni un instante, pues podía salir herido. Ann observaba todo desde una silla mientras degustaba unas uvas.

—Más rápido —ordenó perezosamente.

Noemí agitó su varita para fundirse con el entorno y se volvió casi invisible a mis ojos. Cuando estaba entornando la vista, Najib se lanzó contra mí con su escudo de frente. Era como un pequeño ariete, me embistió con una fuerza colosal y apenas si lo desvié con la espada de madera. Sentí un roce con una aguja en mi brazo y todo se tornó borroso. Levanté mi guardia a la derecha, pues sabía que venía un golpe de mi amigo. Salté torpemente para evitar la barrida que me lanzaba Noemí, era el movimiento más obvio. Agucé mi oído y me percaté de la segunda barrida.

—¿Cómo es posible? —escuché su voz asombrada.

Le pegué a Najib en el codo para quitarle el escudo y golpearlo en la espalda con él. Derrotado. Escuché los pasos de la joven bruja por mi costado izquierdo y anticipé su siguiente estoque. Una palmada a dónde debía estar su hombro y la hice retroceder. Solo que no toqué su hombro.

—Oiga, ¡mi nariz! —se quejó.

Una barrida y la derribé. Ahora sí estaba sudando a mares.

—Muy flojo, la verdad —escuché a mis espaldas.

Ann se limpiaba las manos y me miraba con flojera.

—Para alguien que solo observa, es muy fácil criticar, ¿no? —me mofé.

Ella alzó una ceja y me miró con recelo.

»Solo digo que vendría bien que tú también actuaras, en vez de estar solo quejándote sin hacer nada.

Se limpió la boca y se levantó sin decir palabra alguna. Giró su cuello, se estiró con esa elegancia felina y se aproximó a mí. Su rostro no revelaba nada. En el trayecto soltó de su cinto sus guanteletes moldeadores e hicieron eco en el barco. Eran muy pesados. Estando a un paso de mí, se puso en guardia alzando los puños y dando pequeños saltos.

—Sin magia, bocón —dijo decidida—. Un combate al primero que se rinda.

¿Hablaba en serio? La había visto pelear con magia, pero nunca sin una sola pizca de ella. ¿De verdad me iba a retar a un duelo a mí que llevaba toda mi vida entrenando?

—Que sea justo, querida amiga —contesté.

Noemí se colocó a un costado nuestro, sonreía como un infante.

—¡A una sola caída y sin límite de tiempo! —exclamó emocionada—. El primero que toque el piso o se rinda pierde, ¿listos? —preguntó con una marcada sonrisa.

Ann se irguió, aflojó su corsé con magia y tiró su chaqueta al piso.

—Lista —contestó y se puso en guardia.

Me puse en guardia también y asentí con la cabeza. Noemí alzó una mano y la bajó al tiempo que gritaba:

—¡Combatan!

La primera bofetada no la vi venir, el revés intenté detenerlo, pero me hizo girar sobre mis pies. No alcancé a espabilar cuando un rodillazo en la panza me sacó todo el aire. Retrocedí como reflejo hasta que ella me agarró por la camisa y me golpeó con técnica en el hombro izquierdo. Ahora no podía mover bien ese brazo.

—Te lo mereces, amigo —escuché a Najib atrás de mí.

Regulé mi respiración para recuperarme y lanzar una patada, pero ella alzó su pierna para bloquearla y la convirtió en una igual que conectó directo a mis costillas. El impacto me hizo estremecer. Bajé los brazos y ella aprovechó para lanzarme una sucesión de golpes al pecho que me dolieron al punto de arderme.

—Quedamos que sin magia —protesté apenas.

—Es sólo técnica, prejuicioso.

Saltó con un giro para golpearme en la clavícula, si no me la rompió fue solo porque midió su fuerza. Iba a gritar de dolor cuando unas palmadas en mis orejas me quitaron el equilibrio. No vi lo que pasó a continuación, pero sentí sus botas en mi cuello y salí propulsado de frente dando una voltereta. Gracias a Aionia que sabía caer de espaldas. Con el cuerpo completamente aporreado intenté levantarme, pero al estirar el cuello, vi como ella daba una vuelta de frente y caía con una patada sobre mi pecho.

Juzgué mal las apariencias y me había costado caro.

—No observaba, analizaba —me susurró al oído—. Cuando vuelvas a ser un combatiente de verdad, me juzgas —se oía molesta.

Se levantó y se fue directo a su camarote azotando la puerta. Najib y Noemí me miraron como si yo fuese un trozo de desperdicio muy asqueroso. Sí, tendría que disculparme de corazón. Lo haría en cuanto pudiera levantarme.

Capítulo 11

Me encontraba en mi camarote dando vueltas como un animal enjaulado. ¿Cómo se atrevía a hablar así de mí después de tanta ayuda que le estoy brindando? Estaba que echaba chispas, literalmente, así que me controlé para no destrozar el barco con mi maná. ¿Qué tan resistente sería la Centella Mortal? ¿Podría aguantar una de mis arremetidas mágicas? Estaba pensando en eso cuando golpearon dos veces a mi puerta y me devolvieron a mi entorno. Deslizaron una nota por debajo del umbral e identifiqué inmediatamente la caligrafía del idiota de mi amigo.

"Discúlpame", decía en el papel doblado. Lo abrí y leí a la carrera. Pedía que lo perdonara por su actuar y que de ninguna forma quiso ofenderme, que lo hizo como una broma entre amigos. No sé por qué, pero eso me hizo enfadar aún más. Tiré la nota y me recosté en la cama para leer un rato.

A los pocos minutos volvieron a tocar a mi puerta.

—¡Lárgate! —contesté hoscamente—. No quiero verte —dije con un hilo de voz.

—¿Así le habla a su alumna favorita? —decía la voz de Noemí al otro lado de la puerta.

Me incorporé de golpe y casi me caigo de la cama. Corrí a la puerta y puse la mano sobre el picaporte.

—Perdóname, Noemí —expresé torpemente—. ¿No te está

usando él para hablar conmigo? —pregunté desconfiada.

—El Capitán no viene conmigo —contestó.

Abrí la puerta y en el umbral vi a mi alumna que cargaba una bandeja con tres tazas de té. Atrás de ella estaba Najib, que cargaba una bandeja con comida.

—¿Me permite pasar, señorita? —preguntó con una reverencia—. No ha comido, así que le traje su plato y unos postres.

No quería ser grosera con él, después de todo, no me había hecho nada.

—Adelante los dos —invité.

Najib quedó con la boca abierta, casi tiraba la comida al ver la gran cantidad de equipaje y herramientas diseminadas por todo el lugar. Noemí y yo no éramos mujeres convencionales que coleccionaban ropa. Pasábamos horas en las pequeñas tiendas de pulgas porque encontrábamos pociones, tótems y demás artículos para agregar a nuestra colección. Además, nos servían para todo tipo de encuentros.

Se acercaron a una mesita que era perfecta para Noemí, pero se veía ridículamente pequeña para el maestro de armas de Azariel. Mi pequeña aprendiz tomó asiento, pero el hombretón permanecía de pie mientras le daba los detalles finales a mi plato y lo acercaba a la silla más cercana a mí.

—Su plato, maestra Anna —volvió a reverenciar.

—Solo "Ann" —corregí—, sin la "a" —tomé asiento y me limpié las manos con magia.

Lo invité a sentarse y degusté mi plato sin que me dijeran una sola palabra. Najib paseó la mirada por todo mi camarote. Después de acabarme los postres junto al té, llamé su atención al aclararme la garganta.

—Tiene muchos libros, maestra. También decenas de herramientas.

—¿Esperabas que estuviera atiborrada de maquillajes o cosas triviales?

—¿Me concede hablar por el capitán? —preguntó con seriedad sin responder a mi pregunta.

No quería ser grosera, de modo que asentí.

—El capitán no pretendía ofenderla, se lo aseguro —decía con el mayor tacto posible—. Él... —dejó la frase en el aire— no ha sido él mismo desde que lo traicionaron. Este tiempo ha sido muy traumático para él y me temo que sus habilidades sociales están muy estropeadas. También sus modales, supongo —agregó.

Noemí quiso hablar, pero al ver mi expresión se quedó callada.

—Adelante, querida —la invité—, opina.

—Najib tiene algo que confesarte —comentó apenada.

Miré al maestro de armas con curiosidad genuina, él suspiró antes de hablar.

—Pasaron algunas cosas en estos ocho ciclos que él estuvo distante. Creí que se había vuelto loco mientras quedamos varados —expresó preocupado.

Lo miré confundida, pues no sabía a qué se refería exactamente. Interpretó enseguida mi expresión, pues se apresuró a añadir.

»Después del motín —aclaró—, estuvimos naufragando casi

toda la noche atados espalda con espalda. Creí que nos ahogaríamos, pero a pesar de estar inconsciente, él no se hundía. El mar podía estar de lo más agitado posible, pero él permanecía a flote, se me hizo de lo más extraño, pero me sentí aliviado, así solo tenía que maniobrar para no hundirme yo.

—Esa parte no la contó Azariel —agregué.

Najib bajó la mirada.

—Llegamos a la costa de un islote —continuó— y él seguía sin despertar. Cuando por fin espabiló, no estaba en sí, es decir, no era él mismo. Tenía la mirada con el ceño fruncido fija en el horizonte. No comía bien, no hablaba, se negaba a tomar el agua que purificaba. Era un desastre, en las noches se recostaba, pero seguía con su vista fija a la nada. No sabía si dormía, pues me quedaba dormido. Así estuvo ocho largos ciclos —expresó apesadumbrado.

—¿Dos quads? —alcé la voz—. ¿Cómo es que sobrevivió? —pregunté asombrada.

—No lo sé —contestó—. De vez en cuando, el mar nos dejaba un pez u otro alimento a la orilla. Yo lo cocinaba como podía para ofrecérselo, él comía esporádicamente. Le construí una especie de sombrilla para que el Sol no lo lastimara y no fue fácil, pues soy algo torpe.

Escuché a Noemí tragar saliva a un costado mío.

»Justo cuando se cumplieron los ocho ciclos, un barco apareció en el horizonte —dijo con un hilo de voz—. Reuní leña para hacer una hoguera y llamar su atención. Era un buque de guerra del rey Abraham el que nos rescató. Azariel de la nada se levantó y esperó al barco justo en la orilla. Cuando subimos, empezó a hablar nuevamente, pero estaba muy tullido. La bruja a bordo lo sanó lo mejor posible y yo le hacía ejercicios en una bañera caliente para que se recuperara. En un ciclo estaba como nuevo. Bueno —se encogió de hombros—, casi. Nunca informé quiénes éramos, nadie a bordo lo reconoció debido a su aspecto.

—Debió ser horrible para él —estaba pasmada.

—La verdad —dijo apretando un puño— es que él no recuerda mucho. Piensa que solo fueron unos días los que estuvimos varados en la isla. Creo que su mente bloqueó toda esa experiencia.

—Un momento —me llevé una mano a la barbilla—, ¿cómo fue que volvieron a las andadas? —estaba ansiosa de saber.

—Después de ese ciclo en el barco —contestó—, cuando atracamos en Delfín, un hechicero lo reconoció y se sorprendió de verlo, pues se había corrido la noticia de que había muerto. Yo no sabía quién era el mago, pero Azariel sí. Estaba tan feliz de ver al capitán con vida que lo abrazó, también le ofreció una bolsa de dinero. "Por lo que le debo a tu papá", fue su única explicación. Fuimos a armarnos a una herrería y tomamos un contrato terrestre. De ahí fuimos escalando hasta conseguir una misión marítima y nos embarcamos con un cliente —dijo sonriente—. Enseguida de eso, embaucamos unos piratas y nos robamos su barco para ir hasta Martillo. Ahí me explicó parte de su plan para recuperar su barco —alzó la vista para verme—. Quería ir por su mejor amiga de hace unos años. Vi que la iban a quemar en la hoguera y fue cuando decidimos ir a salvarla, el resto ya lo sabe usted —se encogió de hombros.

El asombro me dejó con la boca abierta, no me di cuenta en qué momento me había puesto de pie. Noemí me tomó de la mano para tranquilizarme.

—No tenía idea de todo eso, Najib —fue lo único que se me ocurrió decir.

—No le estoy pidiendo que lo perdone —explicó—, solo quiero que comprenda por lo que ha pasado. Todos hemos pasado por mucho. Yo perdí a mi hermana, mi esencia y casi toda mi vida —suspiró—. Espero lo resuelvan pronto —se levantó—. Él las quiere mucho y le duele que usted no le hable. Si me disculpa —empezó a caminar a la puerta—, debo revisar que él haya comido como se debe. Después de todo —sonrió—, ya vimos que está muy fuera de forma— bromeó al salir.

Noemí se quedó conmigo toda la tarde. Hablamos de su formación y de temas simples recostadas en la cama. Con el último rayo de sol llegó otro golpe a mi puerta.

—¿Puedo pasar? —era la voz de Azariel—. Quiero hablar contigo.

Noemí me dedicó una mirada cargada de intención. Me levanté y fui a abrirle. Tenía una expresión como de un perro que acaba de hacer una travesura. Lo invité a pasar y se quedó de pie a un costado de la cama.

—Puedo salir si gustan —ofreció Noemí.

—No, es mejor si te quedas —comentó Azariel y suspiró—. Lo lamento, en serio —se dirigía a mí—. Sabes que no es mi intención hacerte daño, nunca. Lo que dije fue en broma. Es solo que —no encontraba las palabras—, no estoy siendo yo mismo; y si a veces soy un poco hosco o estúpido, es por los conflictos internos que tengo. ¿Puedes perdonarme? —me miró a los ojos.

—Te perdono —acepté—. Mañana seguiremos con tu reformación —alcé un dedo— y después veremos lo de algún plan para ir por Daigón.

Azariel fue a sentarse al borde de mi cama y se cruzó de brazos. Me lanzó esa mirada de complicidad tan suya.

—De hecho, amiga —sonrió con malicia—, yo no tengo un plan. Yo tengo EL plan —remarcó.

Noemí se sentó de piernas cruzadas y nos miró alternadamente con interés.

Capítulo 12

Habían pasado los nueve días desde que aquel imbécil nos dio la pista de Daigón, el traidor. Ya me sentía mucho mejor gracias al apoyo de toda mi tripulación. Ann hizo todo lo posible para que yo volviera a ser el de antes. Había ganado un poco de peso y me sentía más ágil y fortachón. En el último combate de entrenamiento pude derribarla sin tantos problemas.

—*Ya no eres un inútil* —me decía cuando la ayudé a levantar—. *Creo que ya estás listo.*

Gracias a un espía de Caleb, nos informaron que el barco que abordaría Daigón saldría de un islote de Ballena y navegaría al triángulo que se forma entre esa, Calamar y Piraña.

—Sigo teniendo un mal presentimiento —me decía Ann—, el espía aseguraba que podían tendernos una trampa, pues ya saben que sigues con vida y que te robaste el antiguo navío de tu padre.

También lo sospechaba, pero tenía varias cosas contempladas sobre esta misión. Además, según el informe, las ventas ilícitas las concretaba Daigón al norte de Calamar, en las aguas dracónicas y yo conocía esos lares mejor que nadie.

—Se acerca un barco, capitán —me informaba Najib.

Usé el catalejo para corroborar que un barco se acercaba a estribor. No llevaba ninguna bandera y no parecía muy bien armado. Seguramente era para no llamar la atención. El barco empezó a detenerse hasta que estuvo peligrosamente cerca de nosotros. El hechizo de glamur estaba funcionando, éramos prácticamente invisibles.

—Capitán, ese tipo no está armado —informó Noemí que también miraba con un telescopio.

Era verdad, estaba de pie en la cubierta junto a un arquero que tenía varias flechas bengala en su carcaj. Seguramente lanzaría una en cualquier momento.

—Azariel —musitó Ann—, está buscando algo con la mirada. Tal vez nos busca a nosotros —explicó—. Debe sospechar algo.

Justo en ese momento, un buque de guerra emergió del agua y se posó a babor. El arquero junto a nuestra presa lanzó una flecha bengala. Todos en el barco se movilizaron para navegar hacia el navío recién llegado.

—Tengo a Daigón en la mira, capitán —me informó Najib—. Creo que puedo capturarlo con la red extractora.

—Necesito que estés seguro, Najib —repliqué.

Mi amigo se concentró y movió el arma un poco para corregir la puntería.

—Lo tengo —musitó concentrado.

—¡Fuego! —ordené.

El disparo salió limpio y en dirección directamente a la espalda de Daigón. Lo único malo era que desactivaría el glamur sobre el barco.

En un parpadeo, una barrera mágica se alzó alrededor de la nave y detuvo nuestra red con cuerda justo en el perímetro de la embarcación.

—¡Ahí está! —gritaba Daigón al darse media vuelta y señalarnos.

El arquero reaccionó aprisa y lanzó dos bengalas verdes al aire. En un parpadeo, vimos en dirección a la popa que aparecían dos enormes buques de guerra. La sospecha era cierta, era una emboscada. Noemí se adelantó a mi orden y corrió hacia una de las armas.

—¡Flechas perforantes! —grité.

En un santiamén, decenas de flechas salieron del casco del barco y dieron contra el navío donde estaba Daigón haciendo mella sobre la barrera mágica. Noemí no esperó y una segunda ronda salió disparada contra nuestro objetivo destrozando por completo el muro transparente que los protegía.

—¡Tempestador! —grité y Ann ya estaba apuntando el cañón de aire mágico.

Dos disparos a nuestros oponentes en popa y uno de ellos flaqueó, pero el otro ni se inmutó. Era un buque de guerra en toda regla. Lanzó otro disparo ahora a las velas de dicho barco y lo hizo virar con violencia. Ese último disparo nos impulsó hacia Daigón y su tripulación para embestirlos con el casco. Nos sujetamos con fuerza y apreciamos como algunos de ellos cayeron al mar.

—¡Al agua! —anuncié y sumergí el barco.

Cuando nos sumergimos, incliné el barco para que Najib accionara el Disipa Tormentas que habíamos cambiado de ángulo y el potente disparo casi destroza el casco del barco de guerra a proa. Debajo del agua, hice virar la Centella Mortal para ir por los dos buques a los que les habíamos disparado viento. Esta sería una batalla con desventaja numérica, pero mi padre no crio a ningún cobarde.

El navío que estaba más dañado soltó un chorro de magia que nos congeló el agua al frente. No creí que tuvieran un armamento como ese y me tomó por sorpresa. La Centella crujió al atravesarla y después vimos como un proyectil submarino se dirigía hacia nosotros.

—Yo me encargo —gritaba Noemí inclinándose sobre la proa.

—¡No! —le ordené—. Guarda energía, es parte del plan —aclaré.

Ann ya estaba junto a ella y con un hechizo desvió el proyectil que estalló a estribor y nos sacudió con violencia. Al otro barco rival lo hizo crujir. Vimos que lanzaron otros dos y tuvieron el mismo resultado. ¿Qué acaso no eran aliados?

—¡Capitán, hay que subir! —gritó Najib que corrió a los disparadores de flechas—. Una de las ballestas de sucesión se desprendió. ¡La onda expansiva nos está afectando!

Era verdad, una de las armas se había soltado y estaba descendiendo lentamente.

Dirigí el barco hacía la superficie justo a tiempo para esquivar una ráfaga de proyectiles submarinos. Uno de ellos nos golpeó directo y arañó la cúpula de cristal mágico.

—¿Podremos con ellos sin mi magia? —empezó a dudar Noemí.

No había sido una buena idea sumergirnos. Al salir de la superficie pude ver los emblemas en los cascos de las otras naves. Valor era el barco que lanzaba hielo; Titán el barco colosal, el buque de guerra en toda regla diseñado por el mismo Madaria.

—¡Capitán! Sombrío está junto a Daigón —gritó Najib señalando a popa al último barco.

De modo que habían traído barcos de élite para cazarnos. Reconocí a todos por los diarios de papá y, si era verdad lo que había leído, debíamos encargarnos de Valor primero.

—¡Ballestas a estribor! —grité a todo pulmón—. ¡Noemí, espera mi señal para otra ronda!

Me entendieron a la perfección. Valor era una astilla sin gracia, el barco más débil de todos a pesar de su arma congelante. Debía saber con qué frecuencia podían disparar. Ann subió conmigo hasta la cabina mientras Najib disparaba flechas a Titán.

—Tengo una sospecha —dijo muy decidida—. Necesito acercarme al barco al frente.

—¿Podemos atacar? —pregunté confundido.

—A las velas —contestó y fue junto a Noemí.

Decidí ir contra Valor como si lo fuésemos a embestir y ellos tampoco flaquearon. Corrí al Tempestador y lo accioné contra la superficie marina para ganar impulso. Titán era poderoso, pero como dije, tenía la desventaja de que solo podía atacar por babor o estribor. Tendríamos una ventana en lo que nos centraban.

Noemí ya corregía el tiro gracias a Ann y cuando dispararon la ronda de flechas destrozaron las velas del palo de trinquete y la cofa del palo mayor. Cuando estaban cargando el segundo tiro, un rayo congelante nos pegó de frente, pero Ann alcanzó a levantar un muro de maná que amortiguó el impacto.

—¡Otra vez! —gritó con fiereza Ann.

Al momento de disparar, curvó la trayectoria de algunas flechas y dieron al casco rompiéndolo. Escuché el rugido antes de ver a la bestia. Un dragón acuático de color aguamarina estaba encadenado en los interiores del barco. Se agitaba desesperado tratando de zafarse mientras algunos marineros lo aporreaban para que disparara otra vez.

—¡Malditos, déjenlo ir! —gritó Noemí bastante encabronada.

—¡Lo tengo! —gritó Ann y le hizo indicaciones a Noemí.

Hechicera y bruja lanzaron un encantamiento a la bestia y a los tripulantes. Un hechizo que congeló las cadenas y un embrujo que confundió a los marineros para empezar a golpearlas. En cuestión de segundos, el animal pudo soltarse.

—¡Eres libre! —gritó Noemí.

—Parece que tiene una conexión contigo. ¡Dile que no nos ataque! —ordenó Ann.

No vimos venir la flecha gigante en llamas. Mi amiga apenas alcanzó a levantar la barrera de maná, pero el impacto la derribó. Se levantó tambaleando y con sangre escurriéndole en la frente. Quise correr a ayudarle, pero no podía dejar el orbe.

—No le estoy haciendo mella, Capitán —me comunicaba Najib que seguía accionando las ballestas contra Titán.

Las velas estaban destrozadas, pero el barco parecía casi intacto. No se me ocurría qué hacer.

Un fulgor azul me distrajo, mi amiga empezó a titilar en color celeste y chispas de maná empezaron a saltar de su cuerpo. Se dirigió con paso decidido a donde estaba mi maestro de armas.

—Prende fuego a las saetas —ordenó cargada de ira—. ¡Ya me

harté de esta escaramuza!

Najib accionó la pira para que la siguiente ronda de flechas fueran incendiarias.

»En cuanto estés listo —habló con voz gélida.

Las flechas salieron disparadas, pero en el trayecto el fuego cambió a color blanco y pequeñas explosiones surgieron donde impactaban. La siguiente saeta colosal que nos dispararon fue convertida en cenizas antes de impactarnos.

Ahora un aura azul la cubría por completo. La siguiente ronda de flechas fueron una pared blanca que casi voltea al buque de guerra.

—¡Retirada! —escuché gritar a su capitán.

El navío viró con violencia y emprendieron su huida. Ahora solo teníamos que encargarnos de barco y medio.

Mi amigo se adelantó a mi orden y preparó las ballestas a babor. Mis dos aliadas con maná se unieron a él para el siguiente ataque. El navío empezó a acelerar para embestirnos. Una ráfaga de flechas brillando en tonos blanquizcos y verdosos le dieron de lleno al casco en la proa y el barco bruscamente se dirigió a estribor. Vislumbré como el capitán empezó a dar arcadas y dejó el timón.

Corrí hacia el Tempestador para interceptarlo. Cinco disparos con el arma bastaron para dejarlo fuera de combate, pues ahora se estaba hundiendo. Se me relajó todo el cuerpo al ver eso. Escuché gritos de júbilo a mi espalda que se vieron interrumpidos por un alboroto cerca del casco. Los arqueros de Valor empezaron a formarse para atacarnos.

—¿De verdad creen que podrán ganar? —preguntó confiada

Noemí.

Me dirigía a la proa para manejar yo mismo las flechas perforantes, pero me sorprendí al ver cómo el barco se empezaba a congelar de casco a cubierta. El dragón marino surgió del océano y de un coletazo desbarató lo que quedaba del barco rival.

—¡Gracias, amigo! —gritó Noemí al saludarlo.

Ahora pude apreciarlo bien. Era un bello ejemplar de hipokyma, la especie de dragón marino que reinaba el mar. Esa especie tenía aletas en la cabeza, patas delanteras y traseras. Una cola rematada en pico se expandía para hacer la función de aleta también. Tenía membranas entre sus poderosas garras que brillaban de color verdoso. Sus alas descomunales estaban pegadas al cuerpo para poder nadar y las extendió ligeramente al ver a Noemí. Menos mal que se había hecho nuestro aliado.

—¡Aprisa, alcornoque! ¡APRISA! —era la voz desesperada de Daigón que se escuchaba en la lejanía.

El navío donde viajaba se estaba alejando a una velocidad increíble, no tendríamos tiempo de alcanzarle y menos porque se estaba desvaneciendo. Trataba de idear un plan cuando Noemí le gritó a su nuevo compañero.

—¡A él, amigo! —decía al tiempo que conjuraba algo con su tótem.

Una bola de magia congelante salió de las fauces del dragón y se tornó un poco verdosa cuando la bruja la roció con su encantamiento. Apenas si rozó el palo de mesana antes de desaparecer. La bestia se notó confundida y empezó a agitar las aletas de su rostro buscando al barco. Se había esfumado, era un hechizo desvaneciente muy poderoso, pues no pudimos ver el rastro en el agua tampoco.

—¡Maldita sea! —grité—. Estuvimos cerca —me encontraba cabreado.

Di media vuelta tratando de respirar hondo hasta que sentí una mano en mi hombro.

—Tranquilo, Capitán —era la voz de la joven bruja—, el encantamiento rastreador funciona. Podemos ir tras él.

Levanté la mirada y tanto mi maestro de armas como la hechicera asintieron.

—Hay que acabar la misión y atrapar a ese malnacido —comentó resuelta Ann.

Miré alrededor para examinar el barco, salvo por la ballesta que perdimos a estribor, estaba intacto. Supongo que podríamos ir tras el traidor de Daigón. Corrí al orbe de navegación y me alisté para que Noemí diera indicaciones. Ella fue primero a despedirse de su nuevo amigo y después navegamos tras nuestra presa.

Capítulo 13

La tranquilidad del mar siempre me había parecido como un trago de té para relajar mi cuerpo. A pesar de que íbamos en persecución de un malnacido y de que habíamos tenido una batalla muy dura, nuestro ánimo estaba intacto. Noemí ya había curado a su maestra y le acomodaba un vendaje en su frente. Najib trataba de reparar el daño a las armas sufrido y yo me concentraba en seguir a Daigón con el dije que me prestó nuestra joven bruja.

Mi padre seguramente habría estado orgulloso de esa batalla, tres contra uno y salimos victoriosos. La Centella Mortal era un prodigio de la tecnomagia de la que siempre se podía confiar.

Suspiré y me estiré sujetando con fuerza el dije cuando noté que vibraba. Abrí la palma y la punta de la joya viró a babor. Súbitamente el navío de Daigón apareció a la vista. Estaban por dar la vuelta en un risco en Calamar y plegaron las velas. Era nuestra oportunidad.

—¿Qué opinas, capitán? —preguntó Ann al cargar maná en las manos lista para disolver su hechizo ilusorio.

Asentí, debíamos acelerar. En cuanto se deshizo nuestro camuflaje nos dirigimos a toda velocidad a donde vimos a Daigón.

—¡Cada uno a un arma! —grité y yo mismo preparé el arma junto al orbe—. Solo en caso de necesitarte —musité.

Al dar la vuelta, no vimos cosa alguna y el mar estaba

demasiado tranquilo, como un camposanto. Nubes de tormenta se empezaron a concentrar en esa parte de la isla. Todo eso le daba un aire tétrico. ¿Dónde se había metido aquel imbécil traidor?

La tensión podía cortarse con un cuchillo. Sentía el palpitar de mi corazón en mi cuello, en mis brazos y hasta en mis huevos. Algo no estaba bien.

—Capitán, hay que retroceder —sugirió Najib.

Estaba por hacerle caso cuando escuchamos una vocecilla insidiosa a estribor.

—Le dije, capitán Michel, que el mercenario Azariel vendría a estas aguas —alzaba la voz Daigón.

Estaba vestido con un traje formal de almirante en color celeste, el típico sombrero pomposo con su chaqueta y chaleco finos a juego. Llevaba sus pantalones color café de corte recto con un planchado perfecto. Casi me daba nauseas tanta formalidad. Se encontraba sobre un pequeño buque de expedición. A su lado estaba el capitán Michel, un marino de prestigio del rey en Ballena, acompañado por un hechicero. Ambos vestían el color azul distintivo de la corte del rey.

—Capitán Azariel Relámpago —enunció con una voz potenciada con magia—, por órdenes del Ministerio de Seguridad de Ballena, usted debe ser arrestado por los crímenes de piratería, atraco, destrucción de propiedad militar y agresión a un marino de la corte —señaló con una cabezada a Daigón—. Su cómplice, Ann Racxo, también debe acompañarnos para interrogatorio.

—No soy el único pirata por estos lares —me mofé—. ¿Ha

buscado en su flota a criminales, vuestra real *marineza*? —pregunté con mi mirada fija en el nefasto traidor.

Michel siguió mi mirada y de seguro se dio cuenta de a quién me refería. Carraspeó sonoramente indignado.

—El capitán Daigón es un hombre honorable —replicó—. Le pido amablemente se entregue usted y su cómplice. Además, necesitamos interrogar al resto de tripulantes del barco que se robó.

"¿Cómo que me robé, infeliz imbécil?" Pensé e iba a escupir una respuesta cuando cinco buques de guerra inmensos surgieron de la nada. Habían estado ocultos y apenas fueron visibles nos apuntaron con sus armas. Me quedé petrificado. ¿Qué podía hacer sin arriesgar a mis amigos? Solté por un momento el orbe mientras evaluaba mis opciones.

Estábamos rodeados, no había forma de mantener batalla contra tantos enemigos y sin un plan. Además, si nuestra detención era un decreto real, escapar nos traería más problemas. Volteé a ver a Noemí que estaba aterrada sujetando aún el disparador de las flechas perforantes. Najib tenía una expresión de desagrado y había dejado su puesto para posarse junto a mí. Azariel, en cambio, estaba completamente abstraído, parecía que la situación lo había dejado inmóvil. Corrí hacia él, no había otra opción, tendríamos que usar el plan de emergencia.

—¡Azariel! —grité sacándolo de su ensimismamiento—. No

podemos luchar. Hay que proteger a nuestros amigos.

Pareció salir de su trance y asintió con la cabeza. Posé mi mano sobre su cuello y potencié su voz.

—Capitán Michel —declaró—, me entregaré a un juicio justo junto a mi amiga Ann, pero —alzó un dedo—, bajo una condición: mis esclavos Najib y Noemí tendrán su libertad para poder irse a donde les plazca.

Pude ver el asombro tanto en el Capitán Michel como en nuestros amigos mencionados.

»No quiero empezar una batalla marítima y ver sufrir inocentes por mis crímenes. Si usted aprecia a sus achichincles, aceptará estos términos —continuó.

Michel se llevó una mano a la barbilla y alzó miranda como para sopesar las opciones.

—¡No hay trato! —gritó Daigón—. ¡Vienen todos vivos o muertos! —amenazó mientras daba la orden de atacarnos.

Un puñado de hechiceros salieron de las escotillas del buque y empezaron a cargar maná.

—¡NO! —gritaron al unísono Michel y Azariel.

El barco reaccionó en repuesta de la arremetida. El Maremoto se accionó por sí mismo y levantó un oleaje que desvió casi todos los hechizos. La magia empezó a revolverse en mi interior. El vientre me comenzó a doler mientras trataba de contener el flujo de maná. Teníamos que hacer algo pronto.

—¡Azariel, hay que entregarnos! —supliqué.

Estaba entredicho que solo hablaba de nosotros dos. Me

comprendió enseguida y tocó con ambas manos el orbe de metal líquido. Este cambió su forma a una especie de timón plano de cinco ejes. Lo presionó hasta abajo y la Centella empezó a sacudirse.

—¡Najib! —gritó por encima del estruendo—. Protege a Noemí, te la encargo. ¡Sigue con el plan de detener a mi hermano! —ordenó sin titubear.

Me tomó de la mano pese a que me ardía por la magia a punto de desbordarse. Una segunda ronda de hechizos llegó hasta nosotros y la detuve con esfuerzo. El pecho me escocía y traté de serenarme.

»A la de tres, ¿de acuerdo? —musitó a mi lado mientras me encaminaba a la borda.

La magia en mi interior empezó a tornarse menos violenta y pude andar erguida.

—Noemí —hablé por encima del hombro—, cuídate hasta verte de nuevo —dije tratando de contener las lágrimas.

Nos paramos al borde del navío y disparé un haz de maná que detuvo todos los hechizos que se aproximaban. Michel discutía con Daigón mientras el resto de los barcos iban acortando distancia con nosotros. Después de esa descarga me sentí un poco mejor. Escuché como mi alumna forcejeaba con Najib para ir con nosotros.

—Una, dos, tres —contó Azariel y saltamos al mar mientras la Centella se cubría por completo y guardaba sus armas laterales. Se desplazó en reversa mientras se sumergía y disparaba un arma de la popa que nunca había visto. El mar se partió en dos y sacudió a todas las embarcaciones.

Caímos al mar y mis sentidos agudizados me decían lo que

pasaba alrededor. Uno de los buques de guerra avanzaba hacia nosotros, pero la Centella ya se alejaba a toda velocidad. Pude percibir el grito de Noemí en la lejanía traído por el agua.

—*¡Maestra! ¡MAESTRA! ¡No, Ann! ¡Najib, maldita sea, tenemos que volver! ¡Ella dijo que no me abandonaría!* —gritaba sin cesar.

En un instante salimos a la superficie, o más bien, Azariel me sacó a flote. En cuanto se sacudió el agua alzó las manos y gritó que nos rendíamos. Nos lanzaron una cuerda del navío que se había acercado para poder subir. El maná en mi interior se había calmado gracias a la tristeza que embargaba mi cuerpo. Apenas tocamos la cubierta, le pusieron grilletes a Azariel y a mí unos guanteletes inhibidores de magia.

—¡Ella es inocente! —gritó—. Quiero un juicio justo para ella en nombre del hijo de Darío Relámpago —insistió.

La tripulación me miró con miedo, seguramente por lo que había hecho hacía unos instantes. Una bruja se acercó a él y lo durmió. A mí me miró de reojo con pavor. Nos habían capturado, caímos redonditos en la trampa, pero al menos nuestros amigos estaban a salvo.

FIN DE LA PRIMERA PARTE

Capítulo 14

Nos trasladaron a un islote en Ballena para el juicio. Creí que seríamos enviados a la isla principal, pero había algo muy raro en todo esto. No se le permitió a Azariel ningún defensor. El malhumorado y anciano juez nos veía con desagrado.

—Yo solo veo a dos culpables aquí —dijo con desprecio—. Azariel Relámpago, usted está acusado de tantos crímenes, incluidos: fingir su propia muerte y atentar contra la paz en Martillo —suspiró sonoramente—. Pasará un ciclo en la prisión de Zozobra hasta que se dictamine una sentencia ejemplar para sus acciones. Sin embargo —dijo evitando mirarlo a los ojos—, le puedo adelantar que su pena seguramente será la muerte, solo discutiremos el método.

Acomodó unos pergaminos y volteó a verme a mí.

»Ann Racxo —me miró por encima de sus lentes—, usted tiene complicidad con este rufián en casi todos sus crímenes. Además, el Gobernante en Martillo ha pedido que sea devuelta para recibir su castigo —vi una sonrisa de suficiencia en su horrendo rostro—. No obstante, él no tiene jurisdicción aquí. De modo que su destino queda en mis manos —había malicia en su semblante—. Permanecerá también un ciclo resguardada de la libertad mientras argumentamos si será ejecutada, vendida como esclava o alguna otra sentencia propicia para usted.

Recorrió su silla y se levantó del estrado. Este juicio había sido una trampa como lo fue nuestra emboscada. Fuimos escoltados hasta la infame prisión Zozobra.

Nos encerraron en celdas contiguas, dentro de un mugroso calabozo en el sótano de una antigua base militar abandonada. A ambos nos dejaron con grilletes y a mí, además, con los guanteletes con los que llegué. Me explicó el guardia que una bruja iría a alimentarme y a asearme en caso de ser necesario.

—Nos trajeron acá porque esta prisión está fuera del mapa y del sistema —susurró mi amigo en su celda.

Pude escucharlo gracias a que había un pequeño agujero en la pared y una ventana alta pegada al techo.

»Nos van a matar —continuó—, alguien arregló esto para que pareciera legítimo, pero es una vil treta —suspiró—. Te tienen mucho miedo —dijo tras una pausa—. Seguramente creen que, si te matan, el maná los hará volar en pedazos en tu agonía.

No supe qué contestar, había derrota en su voz.

»Esta vez trataré de conciliar el sueño sin tu ayuda —musitó—. Buenas noches, Ann y perdóname por esto.

Yo también pude conciliar el sueño, pero no por mucho, pues un guardia pasó a su celda a golpearlo y a ofrecerle agua después. Estaba encolerizada, pero no pude hacer nada más que escuchar. Iba a ser un ciclo muy largo.

Habían pasado dos días y me sentía furiosa. A Azariel le daban un trato como basura y a mí me trataban con mucha deferencia. La bruja pasaba a darme de comer en la boca y a asearme, mientras que Azariel recibía como mínimo una patada con cada visita del guardia en turno. No veía la razón de mis atenciones, pues tenía la suficiente libertad para hacer cosas por mí misma, salvo por la excepción de manejar magia. Esa había sido la rutina. Estaba por quedarme dormida después de la cena cuando lo escuché que me llamó a través de la pared.

—Nunca supe cómo te llamabas en realidad, granuja —dijo de la nada—. Sé que no te llamas así desde que llegaste a mi vida —escuché cómo se acomodaba contra la pared—. Ojalá supiera tu verdadero nombre y más cosas sobre ti… —dejó el comentario al aire.

—Sí me llamo Ann —respondí—, pero esa no es tu verdadera duda. Quieres saber cómo llegué al lugar donde me conociste, pues bien —dije incorporándome—, te lo contaré.

Tragué saliva y medité cuánto podía contarle.

»Soy un mal augurio, Azariel —comencé—, o así lo vio el poblado donde nací. Una chica, pelirroja, con dones de hechicera y sin antepasados mágicos; era demasiado sospechoso. Creían que mi nacimiento traería desgracias. En cuanto tuve la oportunidad, hui de casa para poner a salvo a mi familia —me sentí aliviada al revelarlo—. Tú me encontraste con mi nana Maya, ¿te acuerdas? —sonreí—. Ella fue como una madre para mí a pesar de que le impusieron mi cuidado.

—¿Tan malo era que fueras pelirroja? —preguntó monótono.

—¿Conoces muchas pelirrojas? —pregunté divertida.

—Solo a la familia gobernante en Piraña, pero no te pareces en nada a ellos.

—Exactamente —contesté—. Si mis padres no eran pelirrojos, ni mágicos. ¿por qué tendrían una hija como yo? —hice una pausa para estirarme—. Lo hice para asegurar que a mis seres queridos no les pasara nada y poder estar en paz conmigo misma. Los primeros días fueron horribles, debo admitir, lejos de casa y sin familia.

—No todo fue malo, ¿sabes? —murmuró.

—¿Ah no? —pregunté incrédula.

—No, gracias a eso te pude conocer. Eras una bendición en días de desgracia.

Me sentí incómoda con ese cumplido. Quise replicar algo, pero él habló primero.

»Cantas muy bonito, ¿me puedes cantar para conciliar el sueño? —solicitó con voz apagada.

—¿No tienes más dudas? —me mofé.

—Sí, pero te preguntaré por la mañana, después de todo —bostezó—, tenemos siete días más de esta mierda de situación.

—Ojalá pudiera detener las golpizas que te propinan —dije enfadada.

—No te preocupes, toda mi vida he recibido golpes y de peores canallas.

Me levanté y me recargué en la pared.

—Descansa, Azariel y que la diosa madre bendiga tus sueños.

—Igualmente, mi querida Ann.

Comencé a cantar hasta que lo escuché dormitar. Esa noche me sentí mejor.

Capítulo 15

Los siguientes días dejó de ir el guardia a amedrentarlo, pero en su lugar la bruja comenzó a coquetearle. *¡Qué guapo eres!, ¿de verdad eres capitán?, estás en muy buena forma, ¿quieres que le dé contorno a tu barba?, la puedo arreglar.* Al principio sentí asco, pero después me causaba risa.

—Es muy buen partido —le susurré a la bruja el quinto día—, lástima que esté condenado.

Ella me miró inexpresiva, pero pude notar por sus actuar que se sentía verdaderamente mal por Azariel. Sentí pena por ella, ahí iba un corazón roto.

Hablábamos de temas sin importancia mi amigo y yo, había algo en su voz que me hacía pensar que estaba angustiado, pero no lo expresaba. Me harté al séptimo día y le escupí la pregunta que tenía en mente desde hace años.

—¿De verdad eres mejor que él en todo? —por supuesto, me refería a su hermano.

—En instintos parece que no —contestó como si hubiera esperado la pregunta—, de lo contrario habría esperado el motín de aquella noche. O lo grande de esta emboscada —dijo después de una pausa.

—Hablo en serio, Azariel —lo regañé.

—Papá nos trataba igual, pero sí, yo era mejor que él en casi todo —confesó—. Siempre trataba de alcanzarme —soltó una risita—. Fets siempre fue más fuerte que yo, pero de igual forma no me podía vencer en combate. Para todo lo demás, yo lo superaba.

—Y también es más guapo, dicen —comenté tratando de provocarlo.

—Más guapo, pero no más atractivo —puntualizó—. Hay un mar de diferencia, Ann. También yo era mejor con las muchachas. No solo para cortejar, no me malinterpretes, también en el trato en general con las damas. A él lo repudiaban después de un tiempo. Yo, en cambio, logré que algunas se unieran a la tripulación por sus talentos a pesar de parecer unos sucios lobos de mar.

Eso sí lo recordaba, su padre le dijo que los mercenarios y corsarios podían ser de todas formas y colores. Azariel mismo lo repetía y lo ponía en práctica.

»Papá era asombroso. Él si fue educado en la Academia y dejó la Universidad para ser corsario. El antiguo rey en persona le ofreció la carta para serlo. Ja. El viejo siempre nos contaba eso. Estaba muy orgulloso de su título. Nos narró también lo mucho que le dolió volverse mercenario. Todo gracias a la traición del condenado monarca. Parece ser que la traición sigue a mi familia.

Tragué saliva antes de hablar.

—Vaya rey que teníamos, ¿no? —dije nerviosa— Al menos tu papá siempre estuvo ahí para los tres —dije refiriéndome a Azariel, a Fets y a mí.

—Gracias a él conocí a Dara. El viejo habló con el papá de ella y después de un tiempo se convenció de que su hija necesitaba mar para crecer.

—Nunca la conocí, solo oí hablar de ella. Sé que era muy talentosa.

—Extraño a Dara, ¿sabes? —lo dijo con pesar—. Ella tenía un talento nato para calmar el mar. Solía decir que no lo necesitábamos, pero de todas formas lo hacía para sentirse útil. Nunca entendí a qué se refería, era una hechicera de lo más peculiar. Ojalá se encuentre a salvo —dijo esto quebrándosele la voz.

No tenía que decírmelo, él había amado a Dara.

—¿Tienes roto el corazón, amigo? —pregunté con genuina preocupación.

—Me lo han roto varias veces, no quisiera hablar de eso —comentó mientras escuchaba que se removía incómodo.

—¿No soy acaso tu mejor amiga? —lo provoqué.

—La vez que más me dolió, aún repercute en mi pecho... —creí que se había callado en esa pausa—, aún resuena en mi alma como un tambor en la distancia.

Sentí que había ido demasiado lejos esta vez.

—Perdóname, amigo —dije sincera.

El silencio se instaló en la habitación, escuché cómo se recostaba sobre el piso de su celda y se daba la vuelta.

—Nunca quise ser mejor que él para lastimarlo —musitó al referirse a su hermano—, simplemente quería impulsarlo porque sabía que tenía mucho potencial —se estaba quedando dormido—. Mira a lo que me llevó, maldita sea —comentó con voz dolida.

No tuvo que pedírmelo, comencé a cantar para que conciliara el sueño.

Era la mañana del octavo día, me levanté con esfuerzo pese a mis grilletes y me puse a estirar, al día siguiente decidirían mi destino. Ya sabía cuál iba a ser, pero aun así quería ejercitarme. Ann aún no se había despertado pese a que faltaba poco para que nos trajeran la comida. Había sido una suerte que le temieran tanto a ella. El día anterior alcancé a escuchar cómo la bruja preguntaba temerosa por su vida.

—*Podrías soltarte de los guanteletes si quisieras, ¿verdad?*

No escuché la respuesta de Ann, pero la chica salió muy nerviosa de su celda.

Tomé un respiro después del estiramiento y me fui a asomar a la ventana para que me diera un poco el sol. Escuché a alguien afuera de la prisión y me puse en alerta.

—Qué fastidio que sigas con vida —escuché decir con repudio.

No tenía que presentarse, sabía quién era.

—También me da asco encontrarme contigo, Fets —contesté.

Unos pasos me indicaron que se acercó a la pared y se recargó en ella. Por el ruido, parecía desenvainar lo que parecía una daga y empezó a jugar con ella contra el muro. Un rasgo muy característico de mi hermano.

—Debí haberte acuchillado en la plancha y luego tirarte al mar. Supongo que te subestimé. Debió haber testigos de tu muerte.

—Podrías matarme ahora como el cobarde que eres —escupí—, después de todo, estoy indefenso como la última vez.

—Estás todo, menos indefenso —replicó—, pero no, no es mi intención matarte con mi propia espada. Hay muchos que quieren verte muerto y casi todos vienen mañana a tu ejecución. ¿Te acuerdas de *Batracio*? —preguntó riendo—. Él mismo está ofreciendo mucho dinero para ser tu verdugo.

Batracio era un pirata de poca monta que prefería las estafas que los atracos. En nuestras primeras misiones con el Trueno Lejano, lo capturamos.

—¿Cuánto te costó organizar todo esto, hermanito? —dije burlándome.

—No me digas así —contestó cabreado—. Supongo que era muy evidente que yo estuviera detrás de todo, ¿no? —carraspeó—. Gracias a mis habilidades e influencia actual, puedo manejar recursos que nunca pensé tener. Pronto tendré más poder del que jamás soñé. Eres un desperdiciado, dejaste pasar tu oportunidad. Pronto seré el maestro de ceremonias de todos estos mares.

Escupí al piso nuevamente y me fui a sentar.

—No te saldrás con la tuya —dije con pereza—. Un imbécil que ni siquiera puede sacarle el provecho al barco que navega no tiene oportunidad de gobernar todo el territorio.

—¡No te burles de mí! —rechistó—. Además —dijo tratando de sonar calmado—, no pienso gobernar de forma pública, todo lo manejaré desde las sombras.

—Sí, claro —me burlé—. Cuando salga de aquí te perseguiré

como a una rata y te quitaré mi barco. Te vas a arrepentir de cómo manchaste el legado de papá.

—¡No metas al viejo en esto! —volvió a perder la compostura y escuché cómo se ajustó el saco—. Aunque lograras escapar de aquí —fingió serenidad—, que lo dudo, tendrías que vivir pegado a mí como sanguijuela para poder rastrearme. Y también, deberías tener una tripulación mayor a la mía y mejor nave. Porque seamos honestos —se mofó—, el gigantón, las mujerzuelas, tú y ese cacharro de papá no podrían contra mí.

—¡Ja! —me burlé yo—. Aunque dominaras al Trueno Lejano y consiguieras diez barcos iguales no podrías contra mí. Al lado mío no eres más que una piltrafa. ¡Hay mierda en mi suela con años de antigüedad con mayor valor que tú! Y más peligrosa —rematé.

—¡Maldito imbécil! —gritó dejando muy atrás su fanfarronería—. ¿Crees que necesito que vuele tu maldito barco?

—Al menos ya admitiste que sí es mío… —me burlé.

—¡No necesito sus jodidas teatralidades, Azariel! —replicó a viva voz—. Le he añadido dos armas que me emparejan con cualquier flota. Pregúntale al desdichado de Caleb si no me crees… Pero claro —se mofó mientras ocultaba su ira—, no podrás. Tengo que irme, adoptado —lo dijo desdeñoso—, no me gusta hablar con muertos.

—En unos ciclos te diré lo mismo, hermanito.

Escuché cómo daba un pisotón furioso y se alejaba. ¿Quién lo diría? Apenas eran primeras horas de la mañana y ya se me había ido el apetito.

—Qué estúpido es tu hermano, Azariel —escuché en la otra

celda con un deje de risa.

Me reí y me relajé.

—¿Verdad que sí, querida Ann?

Justo en ese momento entró la bruja con nuestro desayuno, sonriéndome, pero caminando lo más alejado posible de mi amiga.

Capítulo 16

Era el día de la ejecución, no tenía que confirmarme nada ningún imbécil. Sabía que al mediodía entraría un guardia por esa puerta anunciando que tenía que ir a juicio solo para decirme algo que ya sabía.

—Lo intenté varias veces y no pude liberarme, Azariel —me confesó Ann desde su celda.

—No te preocupes, amiga —comenté despreocupado—, se me ocurrirá algo.

—Tenía la esperanza de que nos encerraran en la isla principal y llegara alguien a liberarnos.

—Sí —me lamenté—, nos encerraron en este pedazo de tierra fuera del mapa para que nadie nos encontrara. Bueno, solo la gente que me repudia, según mi hermano.

—¿Tantos son? —preguntó divertida.

—Supongo —contesté indiferente—. Me he enfrentado a muchos imbéciles.

—Tenía la esperanza de que en algún momento entrara Najib por esa puerta junto a Noemí con un plan de escape, pero supongo era mucho pedir —suspiró—. No tenemos tanta suerte.

Se escucharon los pesados pasos del guardia detrás de la puerta que daba a nuestras celdas y cómo sacaba las llaves para abrir.

—¿Te vas a dignar a venir, maldita bruja? —le gritaba a nuestra cuidadora—. Si se llega a soltar la hechicera no podré contra ella.

Al menos mis sospechas eran ciertas, el miedo a Ann casi los hacía cagarse de miedo, por eso una bruja venía a monitorearnos.

»¡Que vengas, te digo! —alzó la voz—. No necesito otro guardia, inútil, necesito que solo estés tú.

Se escuchó un golpe seco y vimos cómo la puerta se sacudió. La bruja se asomó y le hizo señas a alguien para que entrara mientras empujaba el cuerpo inerte del guardia.

—¿Maestra Ann? —se escuchó la voz de una joven.

Me dio un vuelco el corazón cuando vi entrar a Noemí disfrazada como uno de los guardias. Si no lloré, fue por la rabia que aún sentía por haber visto a Fets el día anterior.

—¿Noemí? ¡Nos encontraste! —se sorprendió mi amiga— ¿Cómo fue...?

No alcanzó a hacer su pregunta, pues en ese momento entró un hombre musculoso vistiendo el atuendo de guardia, pero sin mangas. La sonrisa se me borró, creí que era Najib, pero solo esa persona podía haber traído a Noemí hasta aquí sin ser detectados.

—¡Ja! Ponle una mejor cara a tu rescatador —se burló mostrando unos blancos dientes que contrastaban con su piel oscura—. ¡A mí sí me da gusto verte!

—¿Caleb? —se sorprendió Ann—. ¿Qué haces aquí?

—Dije que les daría protección mientras capturaban a Fets, ¿no? —extendió los brazos—. Vengo a cumplir mi trato para que hagan lo suyo.

—¡Qué malo eres mintiendo! —repliqué.

Soltó una sonora carcajada mientras se sujetaba el pecho.

—Tienes razón, vengo a saldar una deuda de honor —explicó—. No puedo pagarla directamente con tu padre, porque él ya se fue, pero si te salvo la vida a ti, quedaré a mano.

Sonreí a pesar de su mentira, no era lo que esperaba, pero era un rescate, a fin de cuentas.

La bruja se acercó a nosotros con paso nervioso, se removía las manos.

—El guardia no trae las llaves —explicó—. Solo tenía unos dardos envenenados, creo que no venía a atenderlos.

Tenía sentido para mí, nos iban a envenenar antes de la ejecución para que esta solo fuera ceremonial. Debían asegurarse de que ahora sí estuviéramos bien muertos.

Caleb empezó a examinar las bisagras de la celda de Ann con ojo crítico.

—Pequeña, ¿tienes algo ácido o que afloje junturas? —preguntó a Noemí.

La chica rebuscó en un macuto y fue a aplicarle un polvo a las bisagras. Se vio un vapor verdoso emergiendo de los goznes y luego un crujido.

—Las puertas de celdas siempre tienen un mecanismo para poder zafarse en caso de que el carcelero sea víctima de un motín —explicaba el pirata al tiempo que sujetaba la reja—. Esto —dijo en tono pedante—, es evidente que lo hago por presunción.

Vi con asombro cómo se hinchaban sus músculos y tiraba de la puerta. Su gruñido se fundió con el chirriar de la reja y segundos después la zafó por completo.

—¡Guau! —nos admiramos todos.

Noemí entró rápido por Ann y la sacó tirándole de las manos para abrazarla afuera. El par de brujas realizaron un encantamiento para romper los guanteletes que aprisionaban a la hechicera. Pude ver cómo el maná se expandía en un fulgor y ella suspiraba aliviada.

—Mucho mejor —dijo Ann al estirarse.

Repitieron la misma hazaña con los barrotes de mi celda. Pues sí, era pura presunción. Noemí me abrazó con fuerza y luego fue Ann quien reventó la cerradura de mis cadenas con magia. Lo hizo sin lastimarme en lo absoluto. Me sobé las muñecas sintiendo un alivio repentino.

—Pues a marcharnos, porque no sabemos cuándo se den cuenta.

Nos dispusimos a correr, pero me mareé enseguida. Era un jodido pez fuera del agua. Claro, a pesar de las atenciones de nuestra nueva aliada, yo no me había alimentado bien y ese día no había desayunado. Fue Caleb quien se dio cuenta.

—No te preocupes, amigo, yo te ayudo —ofreció.

En un instante me cargó como un costal de tubérculos y se echó a correr como si nada. En otro momento eso hubiera herido mi orgullo, pero después de la captura de un ciclo atrás, esto era nada.

Subimos las escaleras con la bruja encabezando la comitiva. Se asomó al primer piso y nos hizo señas de que todo estaba despejado. Se detuvo súbitamente en la puerta y casi trastabillamos con ella.

—¡Esperen! —se alarmó—. ¡No pueden saber que yo les ayude!

Justo en ese momento un guardia bajó del piso de arriba y se nos quedó viendo confundido. Noemí actuó rápido lanzando una de sus dagas como agujas que rozaron el rostro del recién llegado. El pobre empezó a marearse y calló de bruces. Nuestra joven bruja se acercó al derrotado mientras preparaba un encantamiento.

—La hechicera Ann se liberó de sus guanteletes y se escapó junto a Azariel. Noquearon a la bruja — susurró y dejó la frase en el aire mientras miraba a nuestra aliada—…

—Lili —contestó ella.

—Noquearon a la bruja Lili —continuó Noemí haciendo círculos con las manos—. Entraste a ayudarla, pero fuiste abrumado por la magia de la hechicera.

Noemí se incorporó con nosotros después de terminar su embrujo y se le quedó viendo a Lili.

—No te preocupes, todo sea por ayudar al gallardo de Azariel —y se inclinó para recibir el embrujo de su colega.

La pobre cayó de espaldas contra la pared y Noemí se apresuró a recostarla con cuidado.

Salimos corriendo al entorno selvático que ofrecía la isla. Noemí movía la vegetación con encantamientos y Ann hacía lo suyo ocultándonos con un hechizo ilusorio. Ninguno de ellos se veía cansado, me inspiraban a estar en forma como antes.

Un gato salvaje nos cortó el paso, pero Caleb lo espantó gruñéndole. Yo también hubiera sentido miedo. Seguimos nuestra carrera hasta la costa sur de la isla. Pude observar al norte, en un muelle feúcho, que varios navíos estaban desembarcando, seguramente eran los invitados a mi ejecución. Caleb me bajó para estirar un poco las piernas, entonces vi a Noemí preparar un encantamiento en la orilla y la miré confuso.

—Es para llamar a Najib —me explicó—. Está sumergido en el lecho marino.

El agua empezó a brillar en un tono celeste y se agitó como si un objeto estuviera emergiendo de ella. En un parpadeo, Noemí deshizo el hechizo ilusorio y la Centella Mortal apareció ante nuestros ojos.

—¿Qué rayos hace un navío aquí? —escuchamos preguntar a alguien a nuestras espaldas y nos hizo voltear—. ¿Quién pirañas son ustedes? —preguntó un guardia flacucho.

Ann nos hizo señas de que nos adelantáramos. Al pisar la playa y adentrarnos al mar, Noemí alzó un pilar de agua que nos elevó hasta la cubierta. Volteé para ver a Ann y ella había formado un gato salvaje de puro maná alrededor de ella. La criatura azul gruñó y saltó hacia el desdichado guardia.

—¡Ann Racxo se escapa de tu sucia isla! —clamaba—. ¡Diles a tus patrones que no hay inhibidor mágico que me detenga! —fanfarroneó mientras el guardia quedaba fuera de combate.

Noemí manipuló con esfuerzo la marea para que su maestra pudiera subir con facilidad al navío.

Najib bajó a cubierta y nos recibió con efusivos abrazos.

—¡Increíble, amigo! —lo felicité—. Pudiste navegar la Centella y dar con nosotros.

—De hecho, capitán —se rascó apenado la cabeza—, fue

Caleb quien pudo navegarla.

Volteé a ver al presumido aquel que ya inflaba el pecho lleno de orgullo. No pude evitarlo, me reí. Subí junto al orbe de navegación y lo transformé en el timón de cinco ejes; viré el navío para poner la popa apuntando a los barcos recién llegados.

—Sujétense de algo —advertí—. ¡Esto se va a poner turbulento!

—¡Capitán! —me interrumpió Noemí—. Primero díganos a dónde vamos.

Solo había un lugar al que tenía que ir, necesitaba un consejo.

—Iremos con papá —contesté emocionado.

—¿Tu papá? —preguntaron Caleb, Najib y Ann al unísono.

—Creí que él… —empezó a decir Caleb— es que no puede ser, ¿sigue vivo?

Accioné el timón bajándolo hasta la cubierta, el barco empezó a vibrar ligeramente.

»¿Qué percebes estás haciendo? —se alarmó Caleb.

—Les dije que se sujetaran —sonreí.

Un haz azulado partió el mar y algunos de los barcos del muelle al tiempo que salíamos disparados hacia el frente. Era hora de dirigirnos a Delfín.

Capítulo 17

Habíamos navegado un cuarto de hora sin ningún comentario. El único ruido que rompía el silencio era mi estómago que gruñía lastimero como un perro pateado y el casco contra el mar que rompía las olas.

—No, no, a ver —empezó a decir Caleb—, ¿cómo que con tu papá? —se notaba muy confundido.

—¿Se refiere a su lugar de descanso? —preguntó Noemí.

—A su lugar de retiro —contesté.

—¡Quiero una explicación, Azariel! —dijo Caleb molesto.

—Pero primero coma, capitán —me decía Najib al tiempo que me ofrecía una bandeja con bocadillos.

—¿Me permites? —se ofreció Caleb que tomó el orbe de navegación—. Ve a comer y mientras nos cuentas esa historia.

Me fui a limpiar las manos y tomé asiento para tragar los bocadillos, Ann ya tenía una bandeja propia.

—Ustedes también me deben una historia —hablé con la boca llena.

Comí al menos cinco bocadillos antes de empezar.

»Habíamos terminado una misión en Calamar hace unos años, Fets, papá y yo nos dirigíamos a Crepuscular a cobrar el contrato, pero el cliente nos mandó una misiva diciéndonos que fuéramos hasta en la noche —hice pausa para degustar otro bocadillo—. A papá no le hizo gracia que nos dieran largas para el pago, de modo que desembarcamos al norte de la isla y no esperó al anochecer para hablar con él.

—Ese día yo iba con ustedes —comentó Najib—, ¿todo pasó en esa fecha?

Asentí y degusté otro bocado.

—Yo ya estaba hasta el culo de fastidio, de modo que le dejé las negociaciones a papá y a Fets. Fui a la taberna de la ciudad y los vi volver con cara de pocos amigos. Fue papá quien habló primero. *"Nos pagó, pero de mala gana. No está muy contento con que lo fuéramos a visitar. Tu hermano debería aprender a controlar su lengua, también",* había dicho papá. *"Se lo merecía por idiota",* replicó mi hermano claramente molesto. Me informaron después que la situación se calentó hasta el punto de que mi hermano insultó al contratador y a su esposa, una bruja.

—¡Uy!, mala jugada —comentó Noemí—. Las brujas en Crepuscular son orgullosas y agresivas.

—Me contaron que papá se molestó también y trató de calmar las aguas —continué—, pero el sujeto intentó golpearlo. Claramente un error, pues papá le detuvo la mano y lo empujó desdeñoso. Como ya les habían pagado se despidieron y se largaron de ahí. Papá juró que nunca volveríamos a trabajar para él. Al día siguiente había una fiesta del Gobernante e invitaron a papá por habernos deshecho de la amenaza el día anterior.

—¿Qué amenaza fue? —preguntó Caleb.

—Una bestia marina rondaba entre Crepuscular y Noche Eterna —expliqué a medio bocado—. Ya había destrozado dos navíos del rey Abraham y uno del gobernante. El contratante era un marino del mismo mandamás que pedía que acabáramos con ella. Con el Trueno Lejano, un vuelo sobre esa cosa, acecharla hasta Calamar, cinco disparos y fin de la historia. Como sea —bebí un poco de vino—, llegamos a la fiesta y nos recibieron como héroes. El mismo gobernante nos estaba otorgando unas medallas de marinos honorarios cuando vi algo rojizo por el rabillo del ojo. Creí que lo había imaginado, seguramente fue una aguja envenenada o algo. La cena y el baile ya habían acabado, de modo que solo estábamos matando el tiempo ahí. Papá se empezó a poner mal —apreté los puños—, nos dijo que lo lleváramos al barco y ahí se puso peor, deliraba y maldecía y gritaba.

Najib se puso incómodo y se fue a sentar también.

»Trajimos a Dara que no sabía qué hacer, pero lo calmó un poco y en un momento de lucidez de papá dijo que lo lleváramos con una amiga en Presa, una isla fantasma en Delfín. Por supuesto que conocíamos la isla, de modo que nos desplazamos dividiendo la tripulación, nosotros en el Trueno Lejano mientras Dara nos seguía con la Centella, pues era la única que podía hacerlo —luché para que no se me quebrara la voz—. Al llegar, dimos rápido con la amiga de papá, la bruja Diann.

Me acabé los bocadillos y le tendí la bandeja a Noemí, que estaba cerca.

»Ella nos explicó la situación, controló lo mejor que pudo la salud de papá y nos dio las malas nuevas: él ya no volvería a ser el mismo. Había caos en su mente. Ya no podría navegar o salir al mar, era peligroso. Padre amaba el mar y todo lo que conllevaba. Nos rompió el corazón, ese día lloramos y guardamos silencio. La misma bruja nos sugirió que diéramos la noticia de que mi padre había muerto para que sus enemigos no fueran a perseguirlo. Ella se ofreció a cuidarlo de ahí en adelante. Llegamos con la tripulación y dimos la mala nueva. Muy pocas personas saben la verdad.

Todos guardaron silencio. Najib trataba de controlar las lágrimas, pero Ann y Noemí estaban con los ojos fijos en el piso.

—Lo lamento tanto, Azariel —dijo Caleb sin voltear—. Olvida lo que dije de la deuda con tu padre, yo…

—Está bien, amigo —lo interrumpí—. Si no fuera por ti y los demás, estaríamos Ann y yo muertos —suspiré—. Lo visitaba con regularidad, al menos cada luna y platicaba con él a escondidas del resto de mi entonces tripulación. Me he asegurado de que esté bien. Diann cuida muy bien del viejo.

Me levanté a la borda y me quedé un momento ahí en lo que la brisa enjuagaba mis lágrimas.

»Bueno —dije por fin—, ahora quiero saber cómo me rescataron.

La historia de ellos no fue tan emocionante como esperaba: Caleb los encontró apenas dejaron de desplazarse y los puso a salvo; me intentarían buscar con el dije que me dejó Noemí, pues tenía dos hechizos rastreadores; el pirata los alcanzó a los pocos días para navegar la Centella; bordearon la isla de forma submarina hasta que tuvieran idea de cómo entrar; dos embrujos a las patrullas y les dieron la información que necesitaban; al final entraron por nosotros en el momento justo.

»Gracias por todo —dije sincero—. Eres un buen hombre, Caleb, que no se te olvide —le di una palmada en el hombro.

—Manchas mi reputación de pirata —comentó burlón.

—Sí —sonreí—, se me olvida. Disculpa.

Al día siguiente llegamos a Delfín donde nos retacamos de todo: desde comida hasta ropaje. Nadie tuvo la confianza de pedir hospedaje en alguna posada, de modo que viajamos inmediatamente hasta Presa.

—La famosa isla de la rapiña —comentó Caleb una vez que desembarcamos—, ¿quién diría que algún día desembarcaría en estas tierras?

El islote parecía un pequeño paraíso terrenal, tenía un bosquecillo, un pequeño valle, cuerpos pequeños de agua, una docena de viviendas. Parecía el jardín de un rey o los terrenos de un gobernante. El muelle era muy sobrio, pero funcional. Bajamos con muy pocas cosas y dejamos sumergida a la Centella. Diann ya me estaba esperando con los brazos cruzados y una sonrisa en el rostro. Tenía la habilidad de sentir mi presencia.

—Me alegra mucho que sigas con vida, Azariel.

Corrí a abrazarla y me costó soltarla.

—También me da gusto, Diann.

Hice breves presentaciones de mis acompañantes. A pesar de ser una mujer mayor, la bruja se conservaba bastante bien, apenas si aparentaba los treinta años. Había un hombre que sonreía como un infante detrás de ella. Tenía la barba perfectamente recortada, cabello largo como el mío, pero entrecano, vestía una sencilla camisa blanca y unos pantalones holgados color hueso. Apenas me reconoció, corrió hacia mí.

—¡Azariel! —me dio un abrazo algo torpe y con demasiada fuerza—. ¡Tenía tiempo que no te veía! ¿Soy yo o te veo más flaco? —hablaba de forma muy acelerada—. Bueno, tengo mala memoria, tal vez estás igual a la última vez, pero me alegro de verte. ¿Sabías que unos estúpidos comerciantes le dijeron a Diann que habías muerto naufragando? Le dije que era una estupidez, tú no puedes morir así —se asomó por encima de mi hombro—. ¿Esa es Ann?

—También me da gusto verte, papá —dije mientras corría a saludar a Ann.

—¡Ann! Estás más linda que la última vez que te vi, me sorprendes -sonreía radiante-. ¿Cuánto ha pasado? Ya perdí las lunas que no nos vemos.

—Es una alegría verlo, señor Darío Relámpago —sonrió con ojos cristalinos.

—No seas formal conmigo, Ann —refutó papá—. Eres como mi hija, ¡por favor! ¿Quién es esta pequeña? —preguntó viendo a Noemí—. Por su expresión y su cercanía contigo diría que es tu hermana. ¡NO! —alzó mucho la voz—. ¡ES TU ALUMNA! Me alegro de que te hayas vuelto maestra, siempre supe que tenías madera para la enseñanza. ¡Mucho gusto, pequeña! —saludó a Noemí.

La chica lo saludó con una reverencia, estaba embelesada como si hubiera visto a un dios terrenal.

»¡Najib! -corrió a estrechar la mano de mi amigo con fuerza—.

¡Caray!, creí que para este tiempo ya la habrías disuelto. Amigo, lo lamento tanto, me da gusto verte, pero nunca te pude ayudar.

El grandulón tenía los ojos cristalinos, se esforzaba por no derramar lágrimas.

—También me da gusto verlo, capitán.

—Ya no soy capitán, me da miedo el mar, por eso admiro tanto a mi hijo —empezó a susurrar muy audible—, él me cuida del mar, pero me trae cosas de él porque lo extraño. Es una relación rara con el gigante azul —dejó de estrecharle la mano.

Desvió la mirada hacia Caleb, que lo miraba aprehensivo y cruzado de brazos, papá se quedó sin decir nada por un instante que se hizo eterno. Se acercó bastante dubitativo y se quedó a una distancia adecuada.

»Lo lamento, amigo —habló apesadumbrado—, nunca quise quitarte esa recompensa en aquella ocasión. No fue nada personal, espero algún día hacer algo para compensártelo.

Caleb tragó saliva y se le veía incómodo. Seguramente papá no se acordaba de que había salvado la vida del pirata.

—Oye, viejo —dijo rascándose la cabeza—, no es ningún problema. Negocios son negocios —y le chocó el puño dos veces como era costumbre entre colegas piratas.

—¡Qué gusto que hayan venido! —dijo dando media vuelta y se tropezó. Trató de levantarse, pero perdía el equilibrio.

Ann se acercó a ayudar a levantarlo y él se sintió apenado. Se quedó callado, un poco avergonzado y corrió a esconderse detrás de Diann como si fuese un niño pequeño.

—El hecho de que hayan venido me indica problemas —especuló la bruja—, vengan conmigo.

Tomamos nuestras cosas y la seguimos por la diminuta aldea. Su casa era la del final y se veía muy pintoresca con sus tres pisos y plantas por doquier. Había una casita pequeña que era para invitados, aunque nunca se usara. Jamás supe por qué estaba ahí, pero ahora nos sería útil. Nos invitó a sentarnos a un pequeño recibidor y papá se fue a recostar en un sillón lujoso y se durmió casi al instante. Diann se adentró en la cocina y trajo unos tapones para oídos para él.

La casa estaba bien iluminada, pintada de blanco con detalles en azul celeste, como si fuera un tributo a la Centella. El recibidor conducía a la cocina a la izquierda, a los pisos de arriba por el centro y a una sala de múltiples usos donde papá era tratado por su enfermedad y jugaba a veces. Pese a todo, el acogedor hogar solo contaba con tres camas y dos habitaciones.

Caleb no había dejado de observar a papá como una lechuza desde que dejamos el muelle.

—¿Siempre es así? —le preguntó a Diann.

—Hoy está más tranquilo —contestó ella—. Duerme mucho, se tropieza seguido, no sigue el hilo de las conversaciones, sus recuerdos vienen y van —suspiró—; es complicado. Esos son los síntomas leves.

Caleb asintió y se recostó sobre la butaca que había elegido para sentarse. Diann le puso los tapones a papá y se dirigió a mí.

—¿Cómo rayos te quitó el barco tu hermano? —preguntó enojada.

—Se amotinó —contesté— y me tiraron por la plancha.

—Ese muchachito siempre me dio mala espina —refunfuñó— y mira que decir que habías perecido. ¡Claro!, como si el mar te quisiera muerto —chasqueó la lengua—. Al menos te encontraste con la poderosa Ann —la señaló con la mano.

—De hecho, él fue a salvarme —contestó incómoda la hechicera—. No hacía falta, pero agradecí el gesto.

—En un principio no lo hizo —contestó Noemí burlándose.

Diann clavó la mirada en la chica y se empezó a rascar la barbilla.

—Chica —se dirigió a Noemí—, tienes un increíble potencial mágico, superior al mío, debo decir, puedo sentirlo.

La pequeña bruja se ruborizó y le agradeció a su superior con voz queda.

»Bueno, Azariel —dijo retomando la conversación—, ¿a qué vienes después de más de dos quads? Quiero una respuesta sincera —exigió al tiempo que se levantaba—. Voy por un tentempié, ya vuelvo. Espero que pienses lo que vas a decir.

Volvió al poco tiempo con unos platos para todos, incluso para papá cuando despertara y se sentó junto a mí.

»¿Y bien? —dijo al tiempo que degustaba unas semillas.

—Vine por consejo, Diann.

—¿De tu papá? —alzó una ceja.

—Tuyo —afirmé.

—No tengo consejos para alguien que quiere matar a su hermano.

Me quedé con la boca abierta, no fui el único, pues todos se sorprendieron.

—¿Cómo supiste? —estaba sorprendido.

—Te quita tu barco —empezó a enumerar—, tu tripulación, te da por muerto, empieza a mal obrar con el barco legado de tu padre. Yo no tengo uno, pero si alguien me hiciera eso, pensaría en matarlo. ¡Sí, señor! El canalla que me hiciera eso estaría bien muerto. No estoy bromeando —se adelantó a mi sonrisa, pues me daba gracia cómo hablaba.

—No sé qué hacer, Diann —me sinceré—. Lo repudio, es verdad, pero no es lo que hubiera querido papá, sé que mamá no lo concebiría tampoco.

La bruja se encogió de hombros y se dispuso a comer de su plato.

—¿Puedo opinar en esto? —preguntó Caleb que no esperó respuesta—. Está claro que la intención de tu hermano era matarte. No sé qué trama, pero está reuniendo mucho poder y riquezas. Si me lo plantearan a mí, iría a asesinarlo.

—¿Matarías a tu propio hermano? —preguntó Diann alzando una ceja.

—Si alguno de ellos me hiciera lo que hizo Fets, iría por su cabeza y no descansaría hasta acabarlo —sentenció.

—De hecho, fue a vernos a la prisión —lo dije tranquilo—. ¿No es así, Ann?

—Un verdadero imbécil tu hermano. Ahora que sé cómo es desenmascarado me pregunto si siempre fue nefasto —comentó irritada.

—¿Cómo que fue a verlos a prisión? —preguntó Caleb sorprendido.

—Yo también quiero toda la historia —expresaba Diann con una sonrisa.

Suspiré, era momento de contarles todo desde el inicio. Sentí un gran alivio cuando terminamos de relatar Ann y yo. El peso de todas mis emociones se vio aminorado. Todos nos miraban asombrados, excepto por Najib, que tenía la vista clavada en el piso.

—¡Ja!, se me olvida lo estúpido que es Fets —se mofó Diann.

—No me lo creo de alguien con quien usted compartió aventuras y experiencias —se decepcionó Noemí—, pero ya saben lo que dicen: mucha belleza, poca inteligencia.

—¿Y yo perdí contra tremendo imbécil? —se quejó Caleb—. ¡Se acabó!, me voy a dormir, ¿puedo dormir en el barco o pago por una habitación por aquí? —preguntó molesto.

—Nadie se va sin cenar —informó Diann—. Y te vas a quedar en la casita de huéspedes, aquí no hay posadas ni cuartos para rentar. ¡Todos a la mesa! —ordenó y fue a levantar a mi padre.

La cena transcurrió normal, hablamos de cosas sin importancia. Vi como Diann cuidaba de papá y le ayudaba a llevarse la comida a la boca. Bebimos zumo de frutas, porque papá tenía prohibido el vino y el juramento de Caleb le impedía consumir licor más de dos veces por ciclo.

Cuando nos despedíamos para dormir, se me hizo grosero ser el único que se hospedaría en la casa de Diann, de modo que compartí habitación con Najib, Noemí con Ann y Caleb se quedó con todo el piso de arriba de la casa de huéspedes. Esa noche pude dormir sin ayuda de nadie, pues me sentía en casa.

Capítulo 18

Desperté temprano en la mañana y después de desayunar fui a entrenarme. Había algo en esa isla que me irradiaba energía. No me mareé por trotar y no me sentí tan fatigado después de correr por el terreno de la casa. Me tumbé frente a una de las viviendas de los vecinos y cerré los ojos para que no me lastimara el sol.

—Me alegra ver que los rumores son reales, sigues con vida, Azariel. Espero no vengas a cobrarme el favor que te debo.

Abrí los ojos y una chica de piel oscura y cabello rizado me estaba viendo. Sus bellas facciones y su arete en la nariz me distrajeron un momento y me tardé en darme cuenta de quién se trataba.

—¿Varda? ¡Oh por la diosa, eres tú! —me reincorporé con torpeza y la saludé con una ligera reverencia—. ¡Qué coincidencia encontrarte aquí!

La chica llevaba una blusa blanca escotada y unos pantalones rojizos. Iba descalza y cargaba una cesta con diferentes frutas.

—Ninguna coincidencia, esta es la isla de mi retiro, amigo.

—¿La qué? —pregunté atónito—. Pero si tú eres una de las mejores marinas que conozco. ¿Por qué te retirarías?

Ella puso los ojos en blanco y me puso una mano sobre el hombro.

—Era la mejor y más solicitada corsaria en Narval, pero al final fue demasiado para mí. Mucha presión y mucha responsabilidad me sofocaban. Decidí volver aquí con mi madre. Ahora soy pescadora.

Algo en mí se negaba a creer eso. Se adelantó a mi comentario.

»Vivo mejor, más tranquila —se acomodó un mechón de cabello y colocó su mano en la cadera—. Sigo siendo una marina de lo más talentosa, por si te lo preguntabas —me sonrió.

—Nunca podremos negar lo que somos realmente. ¡Caray, y yo que te iba a pedir un favor! Pero si ya estás retirada, lo respeto. Quería que me ayudaras a ir contra Fets.

Su semblante sonriente se borró de golpe de su rostro y me miró muy seria.

—¿O sea que es verdad? —chasqueó la lengua—. Tu hermano intentó matarte y se ha vuelto un monstruo. No quería creerlo.

—Es verdad, Varda. Voy a detenerlo y evitar que mate al rey Abraham.

—Mi rey —murmuró—. Ojalá pudiera... —se quedó callada y apretó los labios—. ¡No! Por más que quiera, yo ya dejé esa vida atrás. Lo lamento, yo...

—No tienes que hacer nada, Varda —coloqué una mano en su hombro—. Si has decidido llevar esta vida, lo respeto. Yo me encargaré de mi hermano.

—¿Crees que podrás enfrentarlo?

—Y vencerlo —confirmé inflando el pecho—. Tú quédate tranquila, amiga. Ya lo resolveré.

—Si de verdad necesitaras ayuda, la Rosa Marina acudiría en tu auxilio —se acomodó la canasta en la cadera y se dio media vuelta—. De verdad me alegró verte, Azariel —decía mientras se marchaba—.

¡Navega con el corazón!

—¡Pelea con el alma! —contesté como despedida.

Fui al peñón que daba al norte, desde ahí se podía observar una isla de Solar y la majestuosa Delfín. Me senté y estaba tratando de meditar cuando escuché ruido a mis espaldas.

—¡Hijo, no me vas a creer! —decía papá con emoción en su voz—. ¡Hay un barco en la costa que es igualito a la Centella! ¿Vamos a verlo? —insistía divertido.

—Papá, ese es tu navío, si quieres vamos al rato.

—¿En serio? —se notaba confundido—. ¿Llegaste en él? ¿Qué le pasó al Trueno? —alzó una ceja y se sentó junto a mí.

—Lo tiene Fets, papá —respondí—. De momento yo tengo tu barco.

—¡Qué mal! —comentaba papá y tomó un guijarro para jugar con él—. El Trueno Lejano me gustaba más para ti. ¿Está bien tu hermano? —inquirió—. Tiene mucho que no viene a verme.

—Se encuentra bastante bien —respondí ocultando mi enojo—, pero sigue sin poder hacer volar la nave.

—Y seguirá así —respondió papá mirando al horizonte—. No tiene el potencial para hacerlo —declaró con sinceridad abrumadora–. Tenías mucho que no venías a verme, hijo. Creo que han pasado —empezó a contar con los dedos—, tres lunas desde la última vez que me visitaste. ¡Y te ves más flaco! —exclamó— ¿Estás comiendo bien? —decía mientras me apretaba el brazo.

—He comido un poco mal —admití—, pero ya estoy en proceso de ponerme fortachón de nuevo. Te he extrañado, papá

—declaré.

—Yo también, hijo —sonrió—, pero siempre tengo fe en que volverás. Mantengo la esperanza.

—También extraño a mamá —dije con nostalgia—. A veces pienso en ella cuando estoy en altamar. Nunca pude despedirme.

El silencio se asentó entre nosotros. Papá dejó el guijarro con el que jugaba y suspiró.

—Tu mamá será una heroína que nosotros solo podemos aspirar a ser, pero gracias a ella se salvó Delfín. Y gracias a su sacrificio tú estás seguro en el mar.

—¿Cómo dices? —pregunté atónito y volteé a verlo.

El semblante de papá se notó más serio y por un momento vi total lucidez en sus ojos.

—Una tormenta llevaba azotando Delfín y la región por cuatro días. El cielo estaba tan oscuro y el mar tan violento que nadie se atrevía a zarpar. Los pescadores estaban preocupados y la población desesperada. Tu mamá ya estaba muy enferma para ese entonces, ¿sabes? —dijo mientras se le cristalizaban los ojos—. Hicimos todo lo posible, pero ninguna bruja curandera o sanador de la Universidad podía remitir su enfermedad. Recuerdo que en la tarde del cuarto día de esa tormenta salí a comprar las medicinas y la dejé sola con ustedes. Ese día no estaba tu nana, se había tomado el día libre para ir con sus familiares, pues estaba preocupada.

Papá se estiró un poco y luego retomó su relato.

»Ella se sacrificó para que la tormenta parara. Dio su vida para que esa tempestad nos dejara vivir, pero no se entregó así como si nada.

Le hizo jurar al mar que siempre te protegería a ti, y al cielo que jamás dañaría a Fets. Cuando volví a la casa, la tempestad había cesado y ya solo había una débil lluvia.

—¿Cómo sabes todo eso? —pregunté asombrado.

—Ella me dejó una nota explicando todo. La enfermedad estaba por acabarla, pero ella quería elegir cuándo irse. Hizo el máximo acto de amor y no solo por ustedes, por todos nosotros. ¿Te preguntas por qué no lloro con esto? Porque ya lloré lo suficiente, hijo —dijo tragando saliva—. Cuando pasé más tiempo con ustedes, entendí su actuar. Me encargaría de que tú y tu hermano hicieran su vida como marinos, pues con el juramento de tu madre, la tormenta en el mar nunca sería un problema para ustedes. Estarían a salvo del gran azul al menos. Yo los formaría para que se protegieran de lo demás.

Me sorprendí tanto de ese relato que había dejado de parpadear. Me limpié las lágrimas enseguida. Hubo una pregunta que llegó a mi mente relacionada con mi hermano.

—Papá, ¿alguna vez se molestó Fets porque yo fuera adoptado?

—No. Se enojó porque creyó que mamá se había enfermado por tu culpa, pero la verdad es que mi querida Rebeca empezó a enfermar después de dar a luz. Le expliqué eso a Fets y creo que me entendió.

—Mamá amaba a Fets, ¿me amaba a mí?

—Eras el hijo de su mejor amiga, Azariel, por supuesto que te amaba. Fue un honor que ella nos confiara a su bebé. Debiste ver cuando llegaste, ¡irradiaba felicidad! Mejoró bastante su semblante y estuvo saludable por varios años. Miriam no podía cuidarte y confió que en nuestro hogar serías un hombre de bien. No se equivocó, ¡mira en lo que te has convertido! Siempre me has enorgullecido —sonrió.

Mi mamá me había amado a pesar de no ser su hijo de sangre. No podía con tanto, me sentía agobiado y quería levantarme.

»Fets mejoró gracias a ti, quería ser como tú o mejor —soltó como si nada—. Como siempre lo superabas, él trataba de alcanzarte. Lo extraño, pero sé que está bien ahora, entiendo que no pueda venir a ver a su viejo padre —suspiró—. Mientras permanezcan juntos, estarán protegidos en el mar, de eso nos encargamos tu madre y yo.

Volteé para que no me viera llorar, estaba muy confundido. Madre se había sacrificado para que él y yo estuviéramos bien. Papá empeñó su vida en hacernos hombres de bien y yo había pensado en matar a su hijo. ¿Me estaba volviendo un monstruo como dijo Ann?

»A tu hermano le hicieron falta varios estatequietos —bromeó papá—. Cuando lo veas, dale un tironcito de orejas por mí.

—Siempre fue un cabezadura —concedí—. Pero era tu primogénito, papá, era normal que lo consintieras.

—Los amé con todo el corazón, hijo. No me arrepiento de haberle salvado la vida después de haber cazado aquella bestia en Calamar. Ese hechizo iba para él, pero yo alcancé a cubrirlo con un ápice de movimiento. Tu padre es una cosa bárbara, ¿o no?

Lo miré perplejo, ¿estaba delirando? Debió ser muy evidente mi confusión, pues empezó a explicarme.

»La noche de la caza, ¿la recuerdas? Fets y yo fuimos a encarar a ese maldito marino. Discutimos y nos gritamos cosas horrendas con el cliente. Su esposa se entrometió y tu hermano fue especialmente venenoso con la señora. En ese momento no nos hizo nada, pero en la gala, ¡vaya que estaba molesta! —silbó.

Tragué saliva, no me gustaba a dónde estaba conduciendo ese relato.

»El gobernante mismo nos estaba felicitando, pero yo veía de reojo que la bruja recitaba una maldición, podía leerla en sus labios. Fue solo un parpadeo, pero alcancé a reaccionar sin montar una escena. Di un paso hacia atrás fingiendo que me caía y la intercepté con la cabeza. Me empecé a sentir mal, pero como el petulante que soy, aguanté hasta que salimos. Creo que ese día me sentí fatal —dijo rascándose la cabeza—, la verdad es que no lo recuerdo.

Esa historia no ayudaba nada a la vorágine de sentimientos que tenía en mi corazón. Pasé un momento en silencio tratando de digerir todo. Papá había sacrificado su cordura por mi hermano…

»¡Te apuesto a que podría lanzar este guijarro para darle la vuelta al mundo! —dijo de repente mientras me mostraba y se ponía de pie volviendo a su actitud infantil.

Quería salir corriendo de ahí, no podía con todo eso. Sentía un peso sobre mi alma.

»Hijo, si no te sientes bien, no te muevas. Le diré a alguien que te traiga un poco de agua y comida. ¡Espérame aquí! —dijo presuroso.

—No hace falta, papá. Es que me sorprendieron esas historias —mentí—. En un momento me levanto, ¿de acuerdo?

Papá iba a protestar, pero en ese momento llegó Diann para llevarlo de la mano de vuelta a la casa. Se me quedó viendo por un instante, comprensiva.

—Tómate tu tiempo, hijo —sugirió—. Te traeré de comer al rato, ¿de acuerdo?

Pues claro, ella había escuchado toda la conversación. Tomé su consejo y me quedé ahí cavilando de lo que me había enterado, tratando de soportar todo lo que me abrumaba.

En la tarde, después de comer, llegué con Azariel descalza. Vestía un traje de capitana pirata que me hacía ver imponente: Pantalones formales de color rojizo, botas altas, mi chaqueta y blusa escotada de color negro y una pañoleta a juego. Me senté a su lado sin decir palabra alguna. Lo abracé, aunque no me lo pidió y me recargué en él. Diann me había comentado todo lo acontecido, pobre de mi amigo.

—Estarás bien, capitán, para eso estoy aquí —aseguré—. ¿Quieres compartir algo?

—¡Soy un monstruo! —musitó desolado—. He querido matar a mi hermano, aunque...

—Aunque tu madre se sacrificó por ambos —interrumpí—. Lo sé.

—Pero también mi hermano es el culpable...

—De que tu padre tenga un caos en su mente —completé—. También lo sé.

Azariel se cubrió el rostro con una mano mientras intentaba

contener las lágrimas. Las sacudidas por los sollozos las contuve con un abrazo.

—Tranquilo, Azariel —lo consolé—. Deja que todo salga.

Así estuvo por unos minutos hasta que se calmó.

—Quiero matarlo porque es un monstruo —dijo levantando la cabeza—, pero ¿cómo podría hacerlo? Mamá sacrificó su vida para que ambos viviéramos seguros en el mar. No sé qué hacer.

—Tienes el alma partida, Azariel, está bien. Entiendo que quieras cobrar venganza por todo lo que te ha hecho y por lo que le ha causado a tu papá. Yo no controlo tu destino —declaré—, solo te pido que lo que vayas a hacer, estés seguro. Yo no…

—Necesito ayuda, Ann —admitió—. No estoy bien, sé que no estoy bien, pero no sé con quién acudir.

Era un llamado de auxilio, uno al que yo no podía acudir para solventarlo.

—Prometo que te ayudaré, amigo —expresé—. Hay una bruja en Narval que es Maestra en la Universidad, ella es especialista en el tema de la mente. Sé que podrá ayudarte. Puedo aliviar un poco tu pesar, de momento.

—Cuando todo esto acabe, ¿me acompañarás? —musitó su pregunta.

—Por supuesto, amigo. Ella es muy buena, para un galán como tú, seguro la consulta es gratis —dije bromeando para romper la tensión.

—No empieces, Ann —se quejó, pero sonaba más tranquilo—. No pienso en eso de momento.

—Cierto, ¿te gustaba Dara? Sé honesto —quise saber.

—La llegué a amar, la verdad —admitió.

Lo sabía, solo quería que él me lo confirmara.

—Sé que está viva, no te preocupes. La encontraremos —le aseguré—. Sirve que sanamos ese corazón roto.

—Estaré bien —contestó—. Mi corazón está muy fraccionado, estoy acostumbrado.

—¿Alguien guapo como tú? —alcé una ceja y sonreí—. Me cuesta creer que no seas tú quien despeche a las chicas. ¿Quién más ha despedazado tu corazón?

Azariel se puso de pie sin sonreír, me dedicó una mirada y después se volteó para ver el horizonte.

—Tú, Ann —dijo contundente.

Las palabras no acudían. No encontraba vocablos en mi idioma que pudieran contestar, pues estaba muy sorprendida. El silencio nos invadía y cada vez era peor.

—¿Cómo dices? —dije por fin incómoda.

—Esa vez que te fuiste de Tiburón sin una nota ni recado. Simplemente te esfumaste de mi vida. Te necesitaba como no te dabas una idea —dijo muy serio—. Necesitaba a mi mejor amiga y no estaba.

—Azariel, yo… —comencé a decir.

—Había pasado una desgracia —empezó—. Una misión que salió mal y yo no pude hacer más. Un amigo de mi padre murió en mis brazos por mi indecisión. Me sentía fatal, la expresión de papá no me decía nada. Estaba horrorizado y Fets no ayudó en nada a sentirme mejor. Llegué a la isla sintiéndome fatal. Quería acudir a ti para que alguien me escuchara o para que me dijera algo. No podía conmigo mismo —apretó los puños—. Había sido un ciclo difícil y ese fue el remate. Estaba deshecho.

—Amigo, yo… —no sabía cómo explicarlo—, tuve que huir de ese lugar. La vida de mi nana corría peligro. Tuve que escapar para salvarla.

—En ese momento no lo sabía —explicó—. Me enteré hasta después. Unos hombres de Narval te buscaban y por eso escapaste. Pero en ese momento no pensaba claro. Simplemente quería llegar a un lugar seguro y tú…

—Yo era tu puerto seguro —finalicé—. No lo sabía, Azariel, en serio. De haber sabido, te hubiera dejado un mensaje en clave.

—Está bien, Ann, tú preguntaste —seguía afligido—. Si querías saber mi respuesta, esa es. No soportaría un mundo sin ti. Eres la amistad más valiosa que tengo. Ya había sentido antes que me rompían el corazón, pero esa fue la peor.

Me levanté y fui hasta él. Lo abracé por la cintura mientras se calmaba.

—Odio tanto a Fets —dijo con enfado—. Está dispuesto a matarme y llevarte a ti en el proceso. No sé qué hacer, Ann, de verdad. Estoy seguro de que estuvo dispuesto a matar a Dara también.

—Ya te dije, te llevaré con mi maestra. Ella sabrá qué hacer —aseguré.

Escuché un carraspeo a mi espalda y solté a Azariel mientras me ponía en guardia.

—Te entiendo perfectamente muchacho —era Caleb, no sé

cuánto llevaba ahí—. Una amistad así vale más que cualquier cosa.

Se encaminó a la orilla del peñón mientras observaba el mar.

»Podemos romper el trato si gustas, capitán —ofreció el pirata—. Después de todo esto, entendería qué pienses en declinar.

—El trato se mantiene, colega —declaró Azariel—. Primero yo me encargaré de mi hermano y luego te lo entregaré lo que quede de esa basura a ti. Ese fue el trato que acordamos.

Caleb lo miró confundido, pero asintió un instante después.

—Ahora no sé si quiero matarlo —comentó Caleb.

—Me falta una pregunta por hacerte, Caleb. ¿Por qué fuiste tan pronto a nuestro rescate? No era garantía que nos encontraras con vida.

Su sonrisa se ensanchó de repente y se puso de pie.

—El rey Abraham Rhoda ofreció una jugosa recompensa por liberar a Ann —explicó señalándome con una cabezada—. Deja me corrijo —carraspeó—. Me ofreció a mí una jugosa recompensa por liberarla y tenerla a salvo. Acepté, no por la cantidad, que veinte reales no le caen mal a nadie; acepté porque era un encargo del mismísimo rey. Yo no quiero tener problemas con la realeza. No soy tan estúpido como tu hermano.

Azariel se notaba confundido, negó varias veces con la cabeza y balbuceó unas palabras.

—¿El rey mismo te pidió que liberaras a Ann?

—Abraham en persona —confirmó—. Iba vestido con buenas fachas, su escudo familiar del fénix y todo.

—¿Por qué el rey pediría eso? —quiso saber—. ¿Ann, le debes

algo al rey?

Les di la espalda y di unos pasos en dirección a la casa.

—Yo no puedo concebir la idea de que mates a tu hermano —manifesté—. La sola idea me causa escalofríos, me revuelve el estómago. Accedí a ayudarte para evitar la muerte del rey a manos de Fets.

Caleb dio una inspiración, seguro sabía lo que iba a decir.

»Yo hui de mi casa por proteger a mi familia. El rey Abraham mandó hacer esa encomienda para pagarme el favor, él es mi hermano mayor. Mi verdadero nombre es Ann Rhoda, soy exiliada de la familia real en Narval.

La oferta del Príncipe del Mar

Azariel y Fets se encontraban en Piraña mientras esperaban a su cliente para culminar el trato y recibir la paga. Habían capturado a unos marinos fieles a Ajab, el Rey Pirata. Estaban sentados a la sombra de un árbol viejo junto a una barda con enormes ventanas con barrotes.

—Estas son estupideces, Azariel —se quejaba Fets—. No puedo creer que tengamos que esperar al contratista a las afueras de su finca, ¿acaso somos indignos de entrar a su mansión?

—Relájate, hermanito —contestaba Azariel recargado en la barda mientras disfrutaba del sol—, nos van a pagar de todas formas.

Los doce marinos capturados estaban maniatados en grupos de cuatro. Todos ellos inconscientes y desarmados.

—No puedo creer que estos sean aspirantes a la tripulación de ese mal nacido —escupió Fets por un costado.

—¿A quién le llamas mal nacido, muchachito enclenque? —preguntó una voz al otro lado de la barda.

Un pirata se dejó ver a través de los barrotes. Llevaba trenzas tanto en rostro como en barba. Estaba en sus cuarentas, portaba un sombrero de marino, un saco ligero de color gris, una camisa y unos pantalones negros con botas a juego. Se inclinó sobre la reja y dibujó una expresión de pereza.

»Veo que estos simples marinos no sirven ni medio céntimo, que lástima —se encogió de hombros—. Hicieron bien en capturarlos, hermanos Relámpago. Si escaparan, los mataría yo mismo.

—Eres el tipo de basura de la que me esperaría eso —habló

despreocupado Azariel—. Un monstruo que desprecia la vida, tan típico de tu calaña, Ajab.

Azariel se fue a sentar a una roca en la que un árbol proyectaba sombra. Miró al pirata y luego suspiró sonoramente.

»Me das mucho asco, maldito bellaco —escupió al suelo.

Ajab soltó una risita ridícula y fingida.

—No vine aquí a pelear, Azariel, vengo a negociar. Dime, hijo del Rey del Mar ¿cuánto ganas por un contrato como este? ¿Dos reales de plata? Cinco, como mucho, creo. Yo te ofrezco algo mejor. Imagínate ganar noventa reales de oro por ciclo ¡o hasta más! Suena tentador, ¿no?

Fets se quedó viendo al pirata con aprehensión, llevó su mano a la cintura, cerca del pomo de su espada.

»No te molestes, marino. Soy mejor espadachín que tú —señaló a Fets y le hizo un ademán despectivo—. Piénsenlo, muchachos, unan las fuerzas del Trueno y su tripulación a mi causa y podrían tener todas las riquezas que sueñan. Nadie les haría frente si se alían a mí.

—"Los ladrones y los nefastos podrán salirse con la suya, pero nunca dejarán de mirar sobre su hombro ni conciliarán el sueño en paz", eso decía mi padre. No hay trato, Ajab. No seremos rufianes a tus órdenes. Ten en cuenta esto —dijo mientras se levantaba y desenvainaba su espada—, nadie nos ataca ni nos amenaza. Nuestro padre nos formó para ser los mejores marinos que existen y hombres de bien —alzó el arma apuntando al pirata—. No me atraen tus vacías promesas, ¿escuchaste?

Ajab empezó a aplaudir para burlarse de ese discurso.

—¡Qué conmovedor, muchacho! —hizo como si se limpiara una lágrima—. He de admitir que casi me lo creo. Sigues pensando que ser un simple corsario te dará algo en la vida. ¡Mira cómo acabó tu padre Darío Relámpago! No es más que un recuerdo ahora. Ser el perro fiel de un rey no te dará nada. Dejo abierta la oferta, cuando recapacites, encuéntrame cerca del otro rey.

—Me repugna que tú menciones el nombre de papá, asqueroso remedo de mierda. Te lo diré de forma sencilla, cobarde, juro por mi espíritu y por mi buena mano derecha que te llevaré a juicio para que recibas tu merecido. Algún día caerá tu maligna empresa bajo mi espada y mi barco. Nosotros, Fets y Azariel Relámpago no nos doblegamos ante una escoria como tú —clavó la espada al suelo para remarcar sus palabras.

—Vendrás a mí, muchacho, lo sé —habló Ajab con la mirada fija en el piso—. Te tendré piedad para que recapacites tus palabras —alzó la vista hacia su derecha y una nube de humo lo cubrió por completo—. Cuando dejes de hacer las bravatas de un niño cagón, ven a verme.

Cuando el humo se disipó, el pirata ya había desaparecido y dejó a Azariel furioso mientras sostenía su espada y a Fets con una expresión indescifrable en su rostro.

Capítulo 19

—¿Cómo dijiste? —alcé la voz mientras seguía a Ann de regreso a la casa.

—La magia está prohibida para quienes gobiernan, eso dijo la diosa Aionia cuando nos la obsequió —explicó mientras seguía caminando—. Mi mera existencia era un mal augurio, ya te lo había dicho. Mujer en una descendencia solo masculina, pelirroja, hechicera. Si nadie de mis ancestros era mago, ¿por qué nací con el don? —me miró por encima del hombro—. Acordé esto con mi hermano cuando solo tenía ocho años. Él proporcionó todo para que yo pudiera vivir tranquila en Delfín, pero unos espías dieron conmigo. Me mudé al poco tiempo hasta Dorsal y ahí me encontraste. Cuando me fui de tu lado, fue para cazar a los enemigos de la corte real. Creí que había acabado con todos, pero por lo que pasa ahora, creo que me faltaron algunos.

—Espera, pero la magia se manifiesta hasta los once, ¿no? —razoné—. ¿Cómo pirañas te conocí tan chica?

—Yo desperté el don a los cinco —contestó—, desde pequeña podía hacer hechizos. La bruja que fue partera de mamá dijo que yo tenía afinidad mágica.

No podía creerlo, mi mejor amiga pertenecía al linaje real. En todos estos años ese fue su gran secreto.

—Caleb, di algo —volteé y lo encontré tratando de hacer

torpes reverencias mientras caminaba.

Ann se dio cuenta y puso los ojos en blanco.

—¡Caleb, no seas ridículo! Fui exiliada —dijo frotándose los párpados exasperada—. ¡No tengo título ni derecho de reinar!

—Date cuenta, Ann —insistí—, ¡podrías hacer y deshacer a tu antojo!

—¿Estás loco? —se desesperó—. ¿Cómo crees que podría cometer tal blasfemia? La magia es para servir, no para gobernar. Dicen que por eso la magia y el mundo están fracturados, porque desobedecimos a la diosa y vino a estas tierras a trascender —negó con la cabeza—. Mira, podemos seguir esta estúpida conversación o podemos idear el plan para atrapar a Fets.

Caleb puso una mano en mi hombro y sonrió.

—La maravillosa Ann tiene razón, amigo.

Ella gruñó y entró enojada a la casa de Diann.

—Bueno, ¿qué sabemos hasta ahora? —preguntó Caleb—. Prácticamente te dio todas las pistas que necesitabas.

Estaba todo el equipo reunido en el recibidor. Diann había salido a dar una caminata con papá, de modo que acomodamos toda la sala para hacer el plan.

— "Tendrías que vivir pegado a mí como sanguijuela para poder rastrearme" —recitó Noemí—. Eso quiere decir que cambia constantemente de hechizo contra rastreos. Así debería ser más fácil rastrear a los hechiceros o brujas que lo ocultan, porque son muchos. ¡Caray! —sonrió divertida—, no me creo que ese sea el pirata más temido actualmente.

—Dijo que tenía dos nuevas armas y que no necesita hacerlo volar —meditaba Najib—. Si damos con el fabricante de las armas, podríamos conocer los planos y saber cómo contrarrestarlas. ¿Cómo son esas armas, capitán Caleb?

—Una crea un remolino que se convierte rápidamente en un inmenso torbellino —explicó cruzado de brazos—. Él escapa elevando un poco el barco, pero solo lo necesario para salir de su arrastre. Supongo no puede hacerlo volar. La otra es un cañón de maná puro, esa la acciona con un hechicero. Su disparo es tan potente que puede destrozar el metal. Es magia pura, sin convertirla en otro elemento. Ambas armas pueden destruir buques de guerra.

Ann estaba muy pensativa, no había dicho ni una sola palabra. Se levantó y empezó a caminar mientras cavilaba.

—Lo que necesitamos —expliqué— es poder calmar al mar, pero sin aventarme por la borda —bromeé—. También requerimos deshacernos del o los hechiceros para que no carguen de maná al Trueno Lejano. Seguramente tiene una barrera mágica colosal, así que el barco usa mucha magia.

—Entonces lo cargan constantemente con hechiceros —dijo Ann repentinamente—. Primero, lo primero. ¡Caleb, necesito a tus mejores espías! Y también a tus mejores usuarios de la magia. Esto es lo que harán —dijo golpeando su puño en la palma—: Rastrearán al Trueno y tratarán de dibujar su ruta. Cada que lo encuentren, intenten usar un encantamiento rastreador, la magia del barco lo anulará, pero gastará el hechizo que lo protege. Analicen cuánto tiempo tarda en buscar tierra, así nos daremos cuenta cuánto dura el hechizo. También nos dará la ubicación de sus puertos de resguardo. Con eso en mente, podremos adelantarnos a sus movimientos. Tú eres experto en espionaje, te lo encargo.

—¡Qué listilla! —me admiré—. Cuando tengamos esa información, podrá ayudarnos Noemí.

La aludida asintió con la cabeza emocionada.

—Cuando demos con quien le fabricó las armas podremos convencerlo o hechizarlo para que nos dé los planos —sugirió ella.

—Falta lidiar con el mar embravecido que provoca Fets, ¿alguna idea? —preguntó Najib.

Me dolía, pero seguramente Dara era la idónea para hacerlo. Solo que ahora desconocía su paradero.

—¡Yo buscaré a Dara! —se ofreció Ann como si leyera mi mente—. Sé que sigue con vida.

—¿Dara Thavma? —preguntó Caleb—. ¿Estaba en tu tripulación?

Asentí, no quería hablar, el recuerdo aún era doloroso.

—Yo conozco a su hermano, a Clawdí —aseguró el pirata—. También es mago y muy talentoso. Estuvo viajando con nosotros un tiempo para superar su miedo al mar. ¡Sé dónde encontrarlo!

—¿Dara tenía un hermano? —pregunté asombrado.

—Hermano lunar —explicó—. Entre hechiceros, ese es un mal augurio. Sin ofender, Ann —se apresuró a decir—. Cuando un hermano nace durante el día —explicó—, pero el otro tarda mucho en nacer y llega con la luz lunar, lo consideran de mala suerte. Vivían separados para evitar las habladurías de la gente.

—Conozco el sentimiento —contestó con sequedad mi amiga.

—¿Y cómo es él? —preguntó Noemí.

—Alto, delgado, guapo, pálido —contestó—. Siempre tenía una expresión seria. Muy diferente a Dara, al menos por lo que él comentaba. Lo buscaré para tener dos hechiceros que calmen el mar. Cualquier hechicero adicional es una gran ayuda.

—Entonces tenemos todo casi listo —anunció Ann y tomó asiento—. Solo nos falta que te pongas en forma, Azariel.

—Nos falta otra cosa, Ann —contradije—. Un elemento más, solo para asegurar. Para eso necesitaremos a la talentosa Noemí y su corazón cálido.

Noemí me miró confundida, pero Ann sabía exactamente a qué me refería.

—Habrá que volver a Calamar por él —sonrió.

Capítulo 20

Estábamos a punto de abordar la Centella Mortal. Papá y Diann ya se habían despedido de nosotros. Solo teníamos que esperar a que llegara un buque de Caleb.

—¿Estarás bien sin mí? —preguntó Ann—. Ahora me siento culpable de dejarte solo.

—Esta vez sí nos despedimos, ¿no? —me burlé.

Ella sonrió, me dio un golpe en el hombro y me abrazó.

—Cuida bien de Noemí, ¿de acuerdo?

—Lo mismo digo de Najib —contesté.

Ella iba a buscar a Dara junto a Najib; Caleb iría a instruir a su tripulación sobre el plan de Ann, mientras él buscaba al armamentista; yo debía regresar a Calamar para buscar un aliado junto a Noemí.

—Naveguen con el corazón, peleen con el alma —recité.

Todos me contestaron al unísono al tiempo que arribaba el navío de Caleb. Las despedidas fueron breves, pues serían misiones cortas. Subí a la Centella con Noemí y el resto subió al buque de guerra del pirata. Eché un último vistazo a Presa antes de sumergir el barco y vi a mi padre en la colina pasando el muelle. Se despedía eufóricamente junto a Diann. Sonreí, pues me conmovió un poco. Volvería pronto, estaba seguro.

Estábamos en el camarote del Capitán esperando a que Caleb terminara de informar a su tripulación sobre su misión. Yo me encontraba sentada leyendo un informe de los espías del capitán, pero a Najib se le veía bastante inquieto.

—¿Qué pasa, grandulón? — pregunté y se sobresaltó.

—Nada, es solo que recordaba el día que se amotinaron, es todo —contestó—. Me siento culpable porque no me di cuenta de que Dara no estaba en el navío en esa ocasión.

Caleb entró súbitamente y aseguró la puerta. Fue a sentarse hasta una silla bastante lujosa y después de acomodarse habló.

—Dime, Ann, ¿de verdad sabes dónde se encuentra Dara? —quiso saber.

—Estoy casi segura, sobre todo por todo lo que llegué a informarme desde antes de que me capturaran hasta las últimas investigaciones que hicimos Noemí y yo. Najib —lo llamé—, ¿dónde se encontraban la última vez que la viste?

—Estábamos abasteciéndonos en Solar —explicó—. Era imperativo que ella comprara algunas herramientas mágicas. Decía que quería mejorar algunas de las armas a bordo. Cuando fue media tarde, todos nos reunimos en el barco. No la veía, así que pregunté por ella y me informaron que ya había subido. Ese día no me cercioré de que estuviera a bordo, pues supuse que estaba en la sala del armamento —agachó la mirada—. Fue un gravísimo error, señorita Ann.

—Tal vez fue lo mejor —dijo Caleb—, si hubiera subido al

barco, la habrían matado por ser fiel a Azariel.

—O tal vez la asesinaron antes de subir al barco —replicó en tono pesimista Najib.

—Está viva —afirmé y dejé el libro en una mesita—. Solo que huyó. Se fue a ocultar porque seguramente la persiguieron —dije y me fui a servir una copa de vino—. Hace unos ciclos que el mar no se encuentra picado cerca de Noche Eterna —expliqué mientras le daba un sorbo a la copa—. No solo eso, quienes han ido por minerales allá, dicen que hay una presencia siniestra que los persigue. La isla está llena de leyendas y sucedidos —expresé mientras caminaba a mi asiento—, pero nunca habían sido tan frecuentes —tomé asiento y me desperecé con cuidado.

—¿Estás diciendo que quien ahuyenta a los forasteros es Dara? —cuestionó Caleb.

—O ella provoca a las cosas que los espantan.

—Concurro con la idea —comentó Najib—. ¿Vamos a ir para allá?

—Sí, pero no en este barco. El capitán tiene su propia misión —expliqué—. Necesito pedirte un favor, Caleb, tú que tienes los recursos. Te lo he dejado todo por escrito. Desembarcaremos en Solar y buscaremos un navío cerca de Primera Fase. Además —agregué—, necesito abastecerme.

Caleb se levantó y fue hasta su escritorio. Noté que sacó algo de este. Vino hasta mí y me tendió cinco reales de plata.

—Es parte de lo que tu hermano me dio como recompensa. Considéralo una inversión —declaró al ver que me iba a negar—. Bien

—dijo dando una palmada—, los dejaré cerca de Primera Fase para yo continuar con mi travesía.

Compré todo lo necesario, aunque tardé un día completo y reservé dos habitaciones en la mejor posada del lugar para tres días. Najib se encargó de encontrar al barquero que nos llevaría. Era de madrugada y hacía un poco de fresco.

—¡Qué fastidio es viajar en navíos tradicionales! —me quejé–. Tardaremos al menos diez horas en llegar —dije mientras esperábamos al barquero—. Espero no nos tome mucho tiempo localizar a Dara.

—Ahí está —señaló Najib a un anciano que venía con paso campante y nos saludó efusivo.

—Buenos días, soy Barín —saludó sonriente—. Veo que ningún barco mágico los quiso llevar. No se preocupen, mi nave es de las más veloces de por aquí —aseguró—. Llegaremos a Noche Eterna para antes de mediodía, sobre todo porque el mar se ve tranquilo. Síganme —nos indicó y se dirigió a su barco.

—Al menos parece alguien decente —comentó Najib—. Por el precio que pagué, espero que lo sea.
Suspiré. Parecía que en eso tenía razón. Aunque no me creí para nada lo de la hora de llegada.

El navío estaba perfectamente bien equipado. Hacía las veces de barco de velocidad y de transporte de mineros. Cuando subimos, ya había varios marineros haciendo todo tipo de labores. Concluí que esta persona transportaba a los desdichados que iban hasta aquella isla a buscar minerales.

—Ustedes son hechiceros, ¿verdad? —preguntó el capitán.

No me dio mala espina, así que le conté la verdad.

—Somos marinos, yo soy usuaria de la magia.

—Ya veo —dijo rascándose la barbilla—. ¿Qué motivo los mueve a la isla maldita? —curioseó.

—Estamos en busca de alguien, sospecho que está ahí perdida.

—Ya veo —repitió mirándome de reojo—. Esa es una razón muy noble. Por lo general, la gente va a Noche Eterna por motivos egoístas. A ustedes les irá bien —aseguró.

Ojalá tuviera razón el viejo marino.

—¡Cerca de costa! —anunció uno de sus ayudantes—. ¡Alga muerta en la bahía!

Todavía no era mediodía y ya estábamos cerca de tierra firme. Admiré el paisaje sombrío que daba el lugar. Era como si fuese de noche en toda la isla. El cielo se veía oscuro y el sol brillaba como la luna. Seguramente en algunas ocasiones podrían apreciarse dos astros grandes en el firmamento.

—Parece que no los podré llevar hasta la costa —se lamentó el capitán—. Bajen en uno de los botes y lleven algún arma —sugirió.

—Espérenos aquí —ordené—. Yo creo que no tardaremos.

—Oh, yo sé que no tardaran —dijo misterioso el capitán—. Aquí los esperaré.

El barco se ancló, tomamos un bote y nos impulsé con magia hasta la orilla. Era verdad que la costa tenía alga muerta y en gran cantidad. El paisaje lucía tétrico. Había árboles blanquizcos y morados por todo el lugar. La hierba era musgosa y algunos de los crustáceos de la bahía no poseían ojos.

—Nunca había venido —anunció Najib—. Se ve espectacular —se asombró—. ¿Ya puedo sacar lo que me pidió?

Negué con la cabeza. Miré por encima de mi hombro y había un borboteo en el agua; como si se tratase de una nave submarina. Había notado su presencia poco después de que empezamos a navegar, pero como no nos hizo nada en el trayecto, decidí ignorarla.

—Hay que esperar hasta perdernos de vista de los marinos. Solo por precaución —sugerí.

Nos adentramos en el bosquecillo, el ambiente se sentía triste, no tenebroso o amenazante como esperaba. La poca fauna que había ahí era albina y sin ojos. Verdaderos habitantes de la oscuridad.

—¿Fue difícil encontrarlo? —pregunté a Najib refiriéndome al objeto que había mencionado.

—La encontré en el escritorio de su antiguo camarote —respondió alcanzándome—. Estaba un poco empolvada, pero seguía oliendo a perfume, increíblemente —me tendió una pulsera.

Si mis sospechas eran ciertas, esta alhaja había pertenecido a Dara y con ella podría rastrearla.

—Siempre que llegaba uno aquí a Noche Eterna el mar estaba picado —expliqué—. Sin embargo, por varias semanas escuché que las aguas estaban tranquilas —apreté un poco la pulsera y empecé a canalizar maná—, pero que había horrores por toda la isla. Si cuadro las fechas de su naufragio con los relatos, difieren por unos días —creé un hechizo en forma de saeta.

La flecha de maná titiló al inicio y después brilló con intensidad.

Algunos de los animales empezaron a rehuir del fulgor. Observé que giraba un poco a mi izquierda indicándome el camino, pero de repente el ambiente cambió. El piso tembló y un ventarrón nos golpeó de frente. Escuché unos ruidos extraños detrás de nosotros mientras me cubría el rostro.

—¿Son hiedras vivientes? —preguntó Najib asustado.

Volteé para divisar unas enredaderas que serpenteaban hacia nosotros. Formé fuego en un parpadeo y lo lancé hacia ellas, pero ni se inmutaron.

—¡A correr! —indiqué mientras echaba pies en polvorosa.

Najib iba a mi lado cuando un muro de barro se levantó entre nosotros.

—¡Señorita Ann! —gritaba mientras su eco se perdía en la inmensa oscuridad.

Estaba a punto de echar el muro abajo con un hechizo cuando vi a un inmenso gato llanero a mi derecha. El animal completamente albino me gruñía con fiereza. Agudicé mis sentidos con magia y me puse los guanteletes con presteza.

—¡Ni lo pienses, gatito! —advertí poniéndome en guardia—. La verdad, no quiero hacerte daño.

El felino me rodeó con cautela y se lanzó hacia mí extendiendo sus garras. Noté algo extraño en el animal y me agaché para evitar su zarpazo. No escuché el choque contra el muro de barro. Eché a correr mientras levantaba una humareda, pero no escuché que me siguiera. Tenía una sospecha.

»Oye, gatito bonito. *Bish, bish, bish* —lo llamé, pero no se movía.

Lancé un hechizo a la lejanía mientras abría un frasquito con potente loción. El animal fue por el hechizo en lugar de seguir el aroma.

»Así que eso haces, compañera —musité—. ¡Qué lista eres! —me admiré.

Me cubrí en sombras mientras andaba en silencio por aquel paraje. Agudicé aún más mi oído y formé una ilusión de un árbol albino y siniestro que caminaba. Escuché claramente una expresión de asombro y luego vi cómo la tierra se agrietaba enfrente de mi hechizo, pero no se cayó.

"¿Con que quieres jugar a las ilusiones, amiga? Bien, soy muy diestra para eso", pensé. El gato que había visto antes no le ondeó el pelaje ni los bigotes, era como una pintura en movimiento. Debía esperar para actuar. Estuve sin hacer movimiento alguno hasta que vi unas sombras que se agitaban, aparecí unas aves de la nada para rodearlas, pero un fango apestoso empezó a formarse en el lugar donde estaba. Subí rápidamente a una roca para evitarlo. Lancé una piedra, pero esta no se hundió. Tenía que darle crédito, era muy convincente a veces.

Vi una silueta moverse entre los árboles y unas espinas salieron de estos bajo mi mandato. Esa ilusión era de mis favoritas. Un círculo de llamas se formó por encima de mi cabeza y descendió con violencia, al no sentir calor, no me molesté en esquivarlo. Escuché unos pasos a mi derecha y unos murciélagos salieron de un arbusto para seguirlos. El ruido cesó y unos truenos inundaron el lugar, cegándome por un instante.

—Qué poderosa eres —musité.

Al abrir los ojos, ya no vi ninguna sombra o silueta. ¿Dónde se había metido? Nuestro duelo de ilusiones era increíble.

—¿Quién anda ahí? —escuché gritar a lo lejos. La voz era parecida a la de Najib.

¿Sería una trampa? No podía arriesgarme, me moví con cautela a donde estaban los gritos. Llegué hasta una hondonada donde estaba un tipo alto, joven, con el cabello oscuro y, aunque estaba musculoso, no se comparaba en nada con el físico del Maestro de Armas. ¿Cómo había llegado hasta ahí ese sujeto? Al pobre tipo se le veía confuso y un poco a la defensiva. Llevaba una vara en ristre y tenía la pose de guardia de un experto en espadas. Lo enfoqué usando magia, pero no era una ilusión.

»¡Ann! —gritaba a viva voz—. ¿Dónde estás? ¿Te encuentras bien? —su voz denotaba preocupación.

¿Cómo me conocía ese sujeto? ¿Era alguien que venía en el barco y no vi? Bajé con cautela y traté de acercarme. Blandió la varita varias veces atacando amenazas invisibles. Sus ojos estaban completamente blancos. Pobrecillo, le habían proyectado directamente la ilusión a su vista. Era hora de poner en práctica las enseñanzas de Noemí, trataría de disolver el encantamiento.

Cuando preparaba el contrahechizo, las paredes de la hondonada se empezaron a derrumbar. Una imagen fluctuó frente a mí: Por un momento aquel hombre pareció ser mi compañero y luego otra vez el joven apuesto que había visto. Un temblor me hizo perder el equilibrio y me impulsé con magia para salir. Miré preocupada hacia abajo y vi que al desconocido no le había pasado nada. Me relajé y me tumbé al suelo. Estaba un poco harta de esta pelea.

"No peleen", escuché un murmullo en el viento. Parecía la voz de una mujer. Sonaba como la súplica de una madre que ve a sus infantes pelear.

Súbitamente, unas paredes de tierra se alzaron rodeándome. Me cegaron por completo y escuché pasos a fuera de mi recién formada prisión. Los muros empezaron a cerrarse.

—Déjenme en paz —alcancé a escuchar.

El ruido de esos muros al colapsar inundó el lugar mientras una figura encapotada se alejaba. Salí de la tierra intentando no toser. Estaba un poco aturdida, pero por lo demás, ilesa. Distinguí una figura femenina en ropa ajustada que realzaban sus curvas. No podía verle el rostro, lo llevaba cubierto en un hechizo ilusorio. Me asusté cuando vi que la chica cargaba maná en una mano y unos esqueletos se empezaron a formar alrededor de ella. Era momento de actuar.

—¡Najib! ¿Te encuentras bien? —era una voz lastimera—. Dime que el derrumbe no te hizo nada —gritó de la nada la voz de Azariel desde la hondonada y luego tosió—. Creo que estoy atrapado —se le oía preocupado.

La hechicera dejó de canalizar maná y un derrumbe mayor se escuchó en aquel hoyo. Los esqueletos que ella había formado se desvanecieron.

—¿Azariel? —gritaron las voces de un hombre y de mi rival al unísono.

La chica bajó torpemente la hondonada y me asomé a verla. Cavaba con las manos en donde había provenido la voz y el ruido del desastre.

—¿Por qué viniste, Azariel? —sollozaba—. Me estaba ocultando por ti —decía con la voz quebrada—. No podía dejar que me capturaran. Me hubieran obligado a rastrearte. ¡Azariel! —gritó y siguió escarbando a pesar de tener cortes en las manos—. ¡Prefería este destierro a que algo terrible te pasara! —chilló y quedó afónica.

Hincada sobre un cúmulo de tierra estaba una muchacha destrozada. Temblaba víctima del llanto. La abracé por la espalda y anulé su magia con unos guantes que siempre cargaba.

—Tranquila, ya puedes descansar —le susurré al oído—. Él está a salvo —la consolé—, esta solo fue una cruel ilusión. Vine a buscarte para que pudieras verlo.

La chica se tiró sobre mi regazo inundada en lágrimas, pero traté de reincorporarla. A pesar del llanto, era una chica hermosa. Tenía abundante cabello lacio, unos ojos del color de la miel, sus cejas enmarcaban su rostro con gracia, su nariz de punta redonda hacía juego con sus labios carnosos. Sentí una mano sobre mi hombro, era Najib. Asintió con la cabeza cuando volteé a verlo.

»Te prometo que todo va a estar bien —musitaba mientras le acariciaba el cabello.

Llegamos a la costa con la chica cargada en brazos de mi compañero. El anciano marino se sorprendió al vernos. Llamó a uno de sus subordinados para que viniera por nosotros.

—¿Qué te pasó, Najib? —quise saber al recordar la imagen que vi en la cuenca.

—Es una maldición, Ann —contestó sin verme—. "No podrán verte como eres. Serás siempre una vasija deforme para los ojos de los demás" —recitó—. Un hechicero la lanzó contra mí hace unos años. Solo el capitán Darío sabe de esto. Fue el único que me contrató pese a mi aspecto y mi torpeza, todos los demás me ignoraban —puntualizó—. Supongo que pudiste verme a través de ella, ¿verdad?

—Tantos hechizos hicieron fluctuarla —concedí—. Es una maldición muy potente —señalé—. Ni Noemí ni yo pudimos detectarla en todo este tiempo.

—Creo que es irrompible, señorita. Además —suspiró—, no hay hechicero o bruja tan fuerte para deshacerla.

—Es que nunca me lo pediste a mí —le sonreí y le puse una mano en el hombro.

Subimos a la balsa y nos desplazamos hasta el barco. El marino hizo unas señas al mar y vi cómo una nave subacuática daba media vuelta. Claro, el costo incluía dos naves, el barco y su escolta.

»Te llevaremos con mi maestra —le susurré a la adormilada chica—. Tú no puedes esperar.

Emprendimos el viaje de regreso hasta Solar, habíamos completado la misión con éxito.

Capítulo 21

Caleb se paseaba por la cubierta a orillas de un islote entre Tortuga y Tormenta. Sus espías lo habían citado ahí. El encargo de la hechicera también lo había puesto en marcha. Habían pasado dos días desde que dejó a Ann en Solar y ya estaba aburrido. El sol de media tarde lo hacía sentir somnoliento.

—Capitán, lo llaman a babor. Llegó un bote con dos tripulantes —informó un grumete flacucho.

Se acercó a la borda para recibir el informe que estaba esperando. Los dos sujetos encapotados alzaron un pergamino enrollado y estiraron las palmas. Caleb tomó el botellón que había preparado y puso varias monedas de oro en él. Lo lanzó a los recién llegados con pericia, estos lo tomaron al vuelo, vaciaron el contenido y lo regresaron con el pergamino. Caleb lo leyó aprisa y les hizo una señal aprobatoria. El par de informantes se marcharon.

En la borda solo se encontraban el grumete, un tipo desgarbado con una eterna expresión somnolienta; una bruja con una túnica rosa sujetada con un cinturón y el mismo capitán. La señorita era delgada, con el cabello largo ondulado y de un color como el de la miel, tenía grandes ojos y carnosos labios, su figura hacía parecer que se ejercitaba a diario. Era el sueño de muchos hombres hecho realidad.

—¿Está donde sospechabas? —preguntó la bruja atractiva a su capitán.

—Así es, Ximena —contestó mientras le daba otra leída al documento.

La bruja se acercó a Caleb y leyó junto a él. Ella podía tener ese atrevimiento, pues era su mano derecha. Se separó de él y fue con paso grácil hasta la proa.

—Y precisamente estamos frente a Tormenta —habló divertida—. ¡Qué conveniente!

—Más le vale que tengan a ese armero bien custodiado —expresó malicioso.

—¿Podrá con ello, capitán? Podría ir con usted —preguntó el grumete.

—No se preocupen por mí, espérenme en la orilla —sonrió para sí.

Era una de las mansiones más grandes en todo Tormenta. Había pertenecido antaño a una familia de armeros normales y mágicos. Ahora fungía como prisión y taller del último de ese linaje. La finca era enorme. Una barda enorme rodeaba todo el perímetro de jardines, fuentes y la casa inmensa.

Dos tipos musculosos patrullaban juntos el perímetro del lugar. Parecían sacados del mismo molde: feúchos, greñudos, expresión avinagrada. Solo los diferenciaba el corte de su vello facial. Xavi portaba un ridículo bigote, mientras que Sim una barba de candado.

Xavi se detuvo en la esquina noreste de la edificación y se quitó sudor de la frente con el dorso de la mano. El clima en Tormenta era siempre tropical y húmedo.

—¿Tenemos que rondar en un día tan caluroso? —se quejó–. Nadie vendría a esta hora —dijo limpiándose el sudor.

—¿Quieres desafiar una orden directa del jefe? —preguntó Sim—. Claro, que nos cuelguen a todos por lo flojo que eres —habló sarcástico.

Escucharon unos pasos a sus espaldas y Xavi se sobó los párpados, pues creyó haber visto una sombra. Volteó a ver a su compañero y parecía turbado.

—¿Viste eso? —quiso saber Sim.

Xavi no alcanzó a contestar cuando llegó Lexa, su compañera.

—Creo que vi entrar a alguien a la casa del anciano —explicó sin saludar—. ¡Hay que entrar! —urgió la chica.

El trío de guardias se adentró al perímetro por una de las puertas.

—¿Por qué abandonan su puesto? —preguntó molesto un cuarto elemento, Yan—. Faltan un cuarto de hora para merienda, holgazanes.

—Alguien entró a la casa del viejo —explicó Xavi y resopló su bigote—. ¿Qué no viste?

—¡Qué estupideces dices! Claro que no dejé entrar a nadie, no pueden pasar mi guardia —se expresó orgulloso.

Se escuchó un rechinido a su izquierda y vieron que la puerta estaba entreabierta.

—¡Condenada suerte! —maldijo y se aproximó al umbral—. De verdad que alguien nos pasó de largo.

Entró al edificio rápidamente y sus colegas lo siguieron después de asentir entre ellos.

La casa parecía más un laberinto mezclado con una cárcel que un hogar. En un tiempo, a Xavi le pareció divertido que el viejo sufriera de nictofobia y estuviera nervioso en esa prisión, pero ahora era problemático con un intruso en la casa. La edificación constaba de tres pisos, un recibidor angosto, múltiples pasillos que no llevaban a ninguna parte, puertas falsas, ventanas tapiadas, poca iluminación y un sótano. En su campo de visión, ya no se apreciaba la presencia de Yan.

—¿A dónde se fue? —preguntó Xavi mirando alrededor.

Un golpe seco en el segundo piso y el chirriar de varias puertas los puso en alerta. Todos se disponían a subir las escaleras, cuando un golpazo resonó a su izquierda. El grupo se separó por mutuo acuerdo. Sim y Lexa subirían las escaleras mientras Xavi inspeccionaba el primer piso.

—Pobre del intruso —decía la chica mientras subía—. Lo que le espera cuando lo encontremos —se perdía la voz a medida que se alejaba.

La quietud del lugar era sofocante. Xavi solo escuchaba el sonido de sus pasos y los suspiros de su respiración. Pasó por varias de las habitaciones vacías y echó un ojo con cautela. Nada. Estaba por terminar de inspeccionar el ala oeste cuando le pareció ver de reojo a alguien o algo agazapado entre las sombras. Entornó la vista para acostumbrarse a la oscuridad, pero no encontró cosa alguna. Quietud total.

Deshacía su camino cuando le pareció escuchar el grito ahogado de alguien por encima de su cabeza. Se detuvo aguzar el oído, pero no percibió nada. ¿Se lo habría imaginado?

El Trueno Lejano

Siguió su andar por el ala este e hizo el mismo procedimiento. Esos pasillos eran más estrechos y en varias ocasiones sintió que alguien lo seguía. De hecho, apreció el susurrar de alguien, como una risita. Cuando volvió a tener esa sensación, volteó levantando su garrote.

—¿Quién peras anda ahí? —alzó la voz amenazante—. ¡Te partiré la cara!

Solo había un pasillo vacío y un silencio abrumador.

Estaba por terminar su recorrido cuando escuchó el grito de una mujer en los pisos superiores.

—¿Lexa? —se notaba confundido.

Como no obtuvo respuesta, subió a la carrera por la primera escalera que encontró.

—¡No, no, no! —musitaba desesperada—. ¡No es cierto!

—¿Qué pasa, Lexa? —el miedo estaba empezándose a reflejar en su voz.

Llegó hasta un cruce de pasillos y pudo ver a dos personas en cuclillas entre las sombras. Por un instante, creyó percibir un movimiento a su derecha, pero nuevamente, parecía que solo fue una ilusión.

Se acercó al par de figuras y cuando su vista se adaptó a la oscuridad, pudo apreciar a su compañera que lloraba mientras se cubría la boca.

—¿Cómo pasó esto? —sollozaba.

La figura enfrente de Lexa era Yan que yacía inerte con una expresión de terror puro. No había sangre y tampoco parecía que él hubiera desenfundado sus armas. Simplemente estaba tendido en el piso, con las facciones de horror congeladas en el momento previo a su muerte.

Alguien estaba en la casona y ya se había despachado a uno de los guardias. Xavi se armó de valor y se colocó un guantelete en una de sus manos. Sea quien fuese, pretendía eliminarlo en ese justo momento.

—¡AAAAAH! —se escuchó el grito de Sim en el último piso—. ¡No me mates, por favor! —su voz se le oía horrorizada—. ¿Qué clase de espanto eres?

No podía esperar, se ajustó el guantelete y echó a correr al tercer piso.

—¡No me dejes aquí, por favor! —suplicaba Lexa entre llantos.

Xavi se detuvo antes de tocar el rellano. La chica tenía razón, no podía dejarla sola. Regresó a donde la encontró, pero solo estaba el cuerpo de Yan, mirando a la nada. El pánico le llegó hasta los huesos, no podía moverse. Quiso escapar, pero todo su cuerpo estaba atenazado. El temblor en sus manos apenas le permitían sostener su arma. Otro grito de Sim hendió el aire. Lo desgarrador del alarido lo sacó de su ensimismamiento y corrió piso arriba nuevamente.

—¡Sim, resiste! —alcanzó a gritar.

Llegó al tercer piso y ahora maldecía lo poco iluminada que estaba la casa. Tragó saliva mientras caminaba con lentitud. Un ruido en el cruce que conducía al balcón frontal lo hizo estremecerse. Se asomó con cautela y vio entre la oscuridad una blanca y tétrica sonrisa. ¿Lo engañaba su vista? Apretó los párpados para cerciorarse, pero lo que sea que haya visto, se fundía en la oscuridad.

»¡No te tengo miedo! —anunció nervioso—. Sal para que te rompa los huesos —amenazó.

Una risa burlona se escuchó desde la penumbra y acto seguido arrojaron el cuerpo de Sim. El pobre desdichado se desplomó como muñeco de trapo. Parecía tener una herida a la altura del corazón, pero no se apreciaba bien por la falta de luz.

—¡Maldito espanto! —gritó Xavi y alzó su arma por encima de la cabeza.

No tuvo tiempo de pelear, pues lo que parecía una garra le sujetó la mandíbula y empezó a apretarlo. En su desesperación, el pobre guardia intentó soltar un grito, pero este se ahogó en las zarpas de aquella bestia. Se alarmó al ver unos ojos malignos que lo observaban desde la oscuridad pura. Las lágrimas empezaron a brotar mientras se retorcía con violencia.

Afuera de la casona se encontraban los guardias de refresco ya listos para el cambio de turno. Estaban esperando a sus compañeros que no se veían por ningún lado. El sonido de unos vidrios al romperse llamó su atención. Alguien había sido arrojado desde el tercer piso y destrozó las ventanas. Una figura cayó al piso cubierta de sangre y pedazos de cristal. Los guardias estaban a punto de acudir al auxilio de su compañero cuando una risa siniestra se escuchó por toda la finca. Era una carcajada de un ser de ultratumba. No había nada qué pensar, los recién llegados salieron despavoridos de ese lugar maldito. Una sombra se asomó por el ventanal para confirmar que su última víctima descansaría sin vida en aquella propiedad maldita.

Caleb se colocó junto a su bruja de confianza mientras ella intentaba sanar las heridas de un hechicero anciano. Sus muñecas tenían sendas marcas de donde le habían colocado guanteletes inhibidores de magia. Habían llegado al muelle mientras el horizonte despedía al Sol.

—¿Quiere que lo lleve a algún lado? —preguntó cuando vio que el semblante del viejo mejoraba un poco.

—No me queda nada —dijo apesadumbrado—. Mi maldito captor asesinó a mis familiares. No me quedan amigos tampoco.

—Lo lamento —dijo Caleb y se puso en cuclillas—. ¿Hay algo que pueda hacer por usted? —ofreció.

—Con que esos rufianes hayan recibido su merecido me conformo —suspiró—. Fue un acierto dejar a la chica con vida. Ahora ella contará lo sucedido a su patrón y podré estar libre. He tenido pesadillas menos tenebrosas que tú —miró con fijeza al capitán—, eres una verdadera sombra asesina —se estiró—. Solo falta el imbécil de Fets, pero ya no poseo las fuerzas para cobrar mi venganza… y en ese barco es invencible —se lamentó.

Caleb se puso de pie y le colocó una mano en el hombro al viejo.

—Yo me vengaré por usted, delo por hecho —aseguró.

—¿Tan seguro estás de vencerlo, muchacho? —inquirió incrédulo.

—Con ayuda de Azariel, es posible. No tendrá escapatoria aquel malnacido.

El anciano levantó la mirada al escuchar aquel nombre. Algo en su semblante cambió. Se puso de pie con esfuerzo.

—En ese caso, capitán, lléveme con usted —le tendió la mano mientras sonreía.

—¡Bienvenido a la tripulación! —sonrió abiertamente y le estrechó la mano. Había completado su misión.

Capítulo 22

Estábamos justo en el triángulo que formaban Ballena, Calamar y Piraña. Noemí había embrujado casi todas las armas para poder activarlas ella sola con su tótem de lobo. Esa chica era un diamante en bruto entre las brujas. Estaba sentada a mitad de la cubierta con las piernas cruzadas, sujetando su tótem. Se había trenzado casi todo el cabello, a excepción del fleco.

—Capitán, aún no siento nada —me avisó concentrada con sus ojos cerrados—. ¿Cree que aparezca?

—Confío en que sí —confirmé—. Démosle otra hora —sugerí.

Sentí un escalofrío en los brazos y me puse alerta. ¿Había sido mi imaginación? No, Noemí también se había sobresaltado.

—Me pareció sentir una criatura inmensa a babor —informó.

No había sido mi imaginación después de todo. Me puse alerta y cambié de forma el orbe para poder atacar en caso de necesitarlo.

Noemí suspiró a los pocos instantes.

»Ya no lo percibo, capitán —dijo mientras se levantaba y se desperezaba—. Creo que iré por un bocadillo y... —se quedó callada de repente—. ¡Algo se acerca a la proa! —advirtió.

Se puso en posición para activar las flechas de ser necesario. Yo, por mi parte, preparé las cuchillas submarinas en el casco. Estaba listo para atacar en cualquier momento.

Un enorme dragón marino emergió del agua y nos salpicó. Se nos quedó viendo y reconoció a Noemí enseguida. Sus pupilas se ensancharon y sus aletas empezaron a temblar. Era el mismo hipokyma que habíamos rescatado hacía tiempo. Agachó la cabeza hasta la borda para poder apreciar mejor a Noemí y sacó su lengua como saludo.

—Justo como lo sospeché —anuncié—. Te recuerda.

La chica se acercó a la bestia y posó una mano sobre su cabeza. Era inmensa, medía casi lo mismo que un barco ligero de combate. Me miró con cautela, pero también sacó la lengua cuando me acerqué.

»¿Te puedes comunicar con él? —pregunté.

Antaño, se decía que las personas habían colaborado con dragones. Se supone que algunos entienden nuestro idioma o nuestras emociones. Esperaba que este fuera el caso.

La chica asintió y pegó su cabeza con la del dragón. Se concentró mientras canalizaba magia por su tótem.

—Necesitamos tu ayuda. Queremos capturar a gente mala como tus captores —decía muy concentrada—. ¿Aceptas acompañarnos?

Su reacción no fue inmediata. Se separó de Noemí y sacudió la cabeza como si se negara. Lanzó un gruñido lastimero y señaló al norte, hacia Calamar.

La bruja abrió mucho los ojos. Se dio dos pequeñas cachetadas y luego agitó la cabeza como espabilando.

»Lo entiendo —se sorprendió.

—¿Qué dice? —quise saber. También estaba estupefacto.

—Se llama Suihto. Al parecer, no puede dejar su hogar

—empezó—. Dice que hay una amenaza y que tiene que defender a su familia —se concentró al escuchar otro gruñido—. Lo llama Insomne —explicó—. Dice el hipokyma que está de cacería, que está supliendo a su ascendencia.

—¿Se refiere a su papá? —pregunté asombrado.

Noemí asintió con fuerza.

—También a sus abuelos, al parecer —se concentró aún más y se acercó al dragón—. Me dice que hay otra —parecía no encontrar las palabras— abominación además del Insomne que los está matando. No puede abandonar a los suyos.

El dragón posó con tiento su cabeza sobre la de Noemí. Un destello rojizo se formó alrededor de ellos.

»¡Me está induciendo imágenes a mi mente! ¡Oh, por la diosa! —se llevó las manos a la boca—. ¡Es horrenda! Debe ser muy poderosa —musitó como para sí.

Suihto se separó de mi amiga y lanzó un gruñido al aire.

»¡Tenemos que huir, capitán! —urgió la chica—. Dice que uno de esos monstruos viene para acá. ¡Hay que pedir refuerzos y volver para ayudarle!

Estaba por correr al orbe de navegación, cuando el mar se sacudió violentamente. Casi me hace caer y maldije para mis adentros. Suihto sujetó a Noemí y la posó con cuidado sobre la cubierta. El dragón rugió alarmado, empezó a brillar en color aguamarina y se sumergió.

Aproveché un pequeño momento de calma para dirigirme al orbe, cuando vi un inmenso tentáculo alzarse por encima del palo de mesana. Me quedé pasmado mientras varios tentáculos se fijaban al barco y una criatura marítima se levantaba ante mi vista, a babor. Era parecido a un calamar; con cuatro ojos en lugar de dos; despedía un brillo inusual de color azul; su cabeza tenía la típica forma alargada, pero acababa en una punta claramente filosa; los tentáculos no solo poseían ventosas, contaba también con unas púas que estaban rasgando el barco. Su color empezó a cambiar como era normal en estos animales, pero algo me decía que este era diferente. Un recuerdo empezó a rondar en mi mente.

»¡Traga flechas, infeliz! —gritaba Noemí y me ayudaba a reaccionar.

Las ballestas a babor se accionaron y escuché cómo varias impactaron con el cuerpo del remedo de calamar. Cuando se deslizó del barco, seguramente víctima del dolor, vi una extraña expresión en su cabeza. Era como si un humano frunciese el ceño. Fue cuando recordé dónde había visto algo similar. Era muy parecida a la bestia que cazamos hacía unos años cerca de Calamar.

»¡Salgamos de aquí! —apremió mi compañera.

Llegué hasta el orbe transformado y viré precipitadamente hacia estribor. Busqué al dragón, pero no lo vi por ningún lado. Estaba por sumergirme cuando escuché un disparo de maná a mis espaldas. Volteé mientras me agachaba y me sorprendió un disparo de maná puro que pasó rozándonos. Parecía que huir ya no era una opción.

—Entonces, ¿quieres pelea? —grité al monstruo—. Noemí, lanza el ancla y sujétate fuerte —ordené.

Aquel horrible monstruo se dirigía a nosotros, me concentré

para sentir el golpear del ancla mágica en el lecho marino. Cuando aquella amenaza se alzó nuevamente en popa, disparé aquel temible cañón trasero. El agua se levantó y el rocío me hizo cerrar los ojos.

—¡Sí, le dimos! —gritó triunfante Noemí.

El monstruo pareció estar herido, pues sangre oscura como un vino emanó de él. Se sumergió y se perdió de vista. Hice lo mismo para seguirlo.

El crujir de la cúpula llamó mi atención. El daño que había hecho Insomne al barco era importante. Aparté ese pensamiento de mi cabeza, pues las armas no habían sufrido daño, aún.

»No lo siento, capitán —murmuró Noemí—. Es bueno escondiéndose.

Navegué en máxima alerta. La chica tenía razón, era demasiado bueno para ocultarse. Observé que la pequeña señalaba en dirección a babor y me dirigí hacia allá. Justo cuando entorné la vista, vi que Insomne descansaba sobre el lecho marino y que sus heridas se curaban rápidamente.

»El monstruo se regenera muy rápido —observó la bruja y preparó a distancia las ballestas laterales.

—Tengo un mejor plan —repliqué—. Sujétate al banco del maestro de armas —ordené.

Apenas la chica obedeció, tomé el orbe de navegación y le pedí que me adhiriera al barco, empecé a rotar el navío para que la parte inferior del casco apuntara al Insomne. Desplacé el orbe hasta la borda para poder ver e hice lo mismo con la silla donde se sentó la chica.

»Cuando estés lista, Noemí.

La chica supo inmediatamente qué hacer y empezó a girar el Maremoto.

»Que sean tres tiros —sugerí.

La bruja le dio varias vueltas al mecanismo hasta que cargó los tres disparos. La criatura aún no parecía darse cuenta de nuestra presencia. Centré a la bestia y le hice una señal a Noemí. El disparo sacudió la embarcación y nuestro rival lo recibió de lleno. Se desplazó una distancia considerable y sus heridas se volvieron a abrir dejando escapar más sangre. Encabritado, Insomne se dirigió hacia nosotros a una velocidad increíble, apuntándonos con los tentáculos.

—¡Qué terco es! —se quejó la bruja.

—¡Ahora! —grité.

Un segundo disparo le volvió a pegar tan duro, que abrió el hocico como protesta. Una hilera de dientes, como mandíbula de tiburón quedó al descubierto. Después de sacudirse un poco, regresó a la arremetida.

—¡Seguro es masoquista este monstruo! —gruñó Noemí.

No esperó a mi orden y disparo una tercera vez, pero nos esquivó pasando por debajo del navío. Escuché sorprendido que arañaba el casco y la cúpula con sus tentáculos en aguja. Extendió estos para frenar y lanzarse en otra arremetida, ahora por encima de nuestras cabezas.

—¡Qué estúpido eres! —grité al tiempo que disparaba el Disipa Tormentas miniatura. Ese que se formaba por encima de la cúpula transparente.

No pareció afectarle mucho y siguió su avance contra nosotros.

Accioné una segunda y tercera vez para ver si lo quemaba con el vapor, pero las heridas se regeneraban muy rápido. Alcanzó nuestro barco y empezó a apretar causando varias grietas pequeñas.

—Capitán, hay que huir —sugirió la bruja mientras preparaba un encantamiento.

Intenté virar el barco para salir a flote, pero no me dejaba el Insomne. Consideré activar el cañón de escape cuando me llegó a mis oídos un sonido como canto de ballena. El mar se empezó a remover y vimos como cristales de hielo se formaban alrededor nuestro. Las puntas de los tentáculos de la criatura se empezaron a congelar y luego esta fue arrancada del barco con brusquedad.

»¿Suihto? —preguntó Noemí confundida.

Vimos como el dragón sujetó al Insomne y empezó a lanzar una descarga tras otra de hechizos congelantes desde su hocico. Lo soltó un momento y giró para golpearlo con la cola con una fuerza tan descomunal que la sacudida nos llegó a nosotros.

—¡Es nuestro momento! —grité y roté la nave para empezar a emerger.

Llegamos a la superficie y cuando la cúpula se abrió, varios pedazos cayeron a la cubierta. Había sido mucho el daño que causó ese desgraciado. El palo de mesana y el principal estaban astillados de la punta. Además, las velas de estos estaban un poco rasgadas. La criatura era más poderosa de lo que imaginé. Se me acababan las opciones. Era hora de terminar esta batalla, pues no duraríamos mucho.

—Capitán, el monstruo no se recupera del todo del congelamiento —observó Noemí.

Era verdad. La criatura estaba enzarzada en una batalla contra Suihto, pero algunos de sus tentáculos congelados habían quedado mochos.

—Noemí, espero que confíes en mí —hablé—. Tengo un plan muy arriesgado en mente.

—Confío como lo hace mi maestra —me contestó.

Sonreí y desplegué las velas para alcanzar a aquellos titanes que peleaban. Rayos que congelaban y púas que salían volando, era un caos puro. La batalla embraveció el mar, pero ese nunca fue impedimento para este navío. No importaba que estuviera un poco desmadrado, la Centella Mortal era un barco que podía con todo.

—¡Dile que concentre sus disparos en los tentáculos! —vociferé para escucharme por encima del alboroto—. Prepárate a disparar las flechas perforadoras.

La bruja se concentró en su tótem al tiempo que sacaba una varita. Con ambos artículos en mano empezó a conjurar dos hechizos a la vez. Tenía razón, ella era un diamante en bruto.

—¡Suihto! —proyectó su voz con magia—. Solo ataca a sus tentáculos. Sabemos cómo ganar.

El dragón asintió sin voltear a vernos y empezó una arremetida mágica solamente contra los tentáculos de su rival. La chica no esperó mi orden y disparó ráfaga tras ráfaga de flechas perforantes. Los proyectiles dentados empezaron a despedazar al Insomne y gruñó de dolor. Ese sonido me heló la sangre. Pude escuchar con claridad en mi mente una voz que decía: "los mataré a todos". Sacudí la cabeza para espabilar. ¿Realmente había escuchado eso o me estaba volviendo loco? Claro que no. Ahora tenía una sospecha sobre ese imbécil.

El dragón empezó a acortar distancias con la criatura y esta lo sujetó del cuello haciéndolo descender. ¿Se habría confiado?

—¡No! —gritó la bruja.

No había tiempo que perder. Accioné las boleadoras para pegarle al monstruo y llamar su atención.

—Proyecta mi voz, Noemí —ordené y de inmediato sentí el flujo de maná por mi garganta—. ¡Ven aquí, remedo de calamar! ¡Eres el peor mago que he visto en estos mares!

El Insomne volteó a vernos y se lanzó contra nosotros soltando a Suihto. Su velocidad era mayor que antes. Cuando estaba a punto de chocar, se sumergió y esquivó las flechas perforantes. Vi cómo se alzaba de nuevo para sujetar el barco con todos sus tentáculos. Su expresión tan humana en esa cabezota me causó más asco que miedo, era como si estuviera regodeándose.

—¡Eres un ingenuo! —musitó Noemí.

El barco entero empezó a crujir. El palo de trinquete empezó a astillarse hasta que se rompió. El monstruo empezó a envolver al navío en su totalidad. Esta vez seguramente hubiera roto toda la cúpula.

—Solo un poco más —dije para mí mismo.

Un hechizo congelante le llegó a su espalda. Y luego escuchamos el ruido de otros dos. Insomne rasgó el aire con un gruñido, pero no aflojó nuestro agarre.

—¡Creo que son su padre y su abuelo! —gritó Noemí por encima de aquel escándalo.

Dos dragones más se habían unido a la lucha. Aquellos eran mucho más grandes que Suihto. Concentraron aún más sus disparos y el monstruo empezó a congelarse por completo.

—Fuiste un gran rival —admití—. Pero espero que te pudras en la oscuridad inclemente para siempre.

Accioné el arma más poderosa del navío. El cañón de maná. Un chorro de magia y chispas salieron con violencia de ese cañón, justo por debajo de las ballestas perforadoras. Era tal la presión que atravesó al Insomne sin problemas. La paleta de calamar se quedó completamente inmóvil. Los tentáculos empezaron a desmoronarse y la criatura cayó al mar. El que parecía el dragón más viejo voló para alcanzarlo y lo lanzó al aire como si nada. El cabello se me empezó a erizar y me quedé boquiabierto cuando aquel rayo salido de su hocico impactó al Insomne. El relámpago casi me lastima la vista y el trueno me ensordeció unos instantes. Los pedazos de aquella cosa cayeron al mar. Habíamos ganado.

Noemí corrió hasta mí para abrazarme. Le devolví el abrazo con más fuerza de la que esperaba. No me podía creer el poder de esos dragones. Fue espectacular. Se me pasó un poco la emoción cuando escuché cómo una de las ballestas laterales se desprendía y caía al mar. No tenía que verla, el sonido era muy familiar. La Centella había quedado muy dañada tras esta batalla. Noemí se percató de esto.

—Al menos ganamos, ¿no? —me sonrió y se encaminó hacia sus amigos—. Muchas gracias por todo —inclinó un poco su cabeza.

Los dos dragones más viejos no reaccionaron al saludo y se fueron.

»Ahora que ya eres libre de ese monstruo, ¿te unirás a nosotros? —quiso saber la chica.

El hipokyma descendió un poco y agachó la cabeza ante Noemí.

—No, gracias a ti —replicó Noemí.

El dragón se tiró de espaldas al mar y se largó de ahí. Me quedé impactado. Nuestro aliado se esfumó sin más.

—Dice que tiene que volver con los suyos. Sus ascendientes estaban muy preocupados, pues aún queda una amenaza más —explicó Noemí.

Suspiré resignado y quise maldecir, pero no tenía caso. Sujeté el orbe nuevamente y me dispuse a regresar a Presa.

—¡Vámonos de aquí! —exclamé derrotado—. Hay mucho que planear de todas formas.

—Capitán —me habló nerviosa—, noté algo cuando esa bestia agonizaba, ¿qué era exactamente esa cosa?

—Hace mucho fue un hombre —respondí—. Lo que vimos era su verdadera forma. Los humanos somos verdaderas aberraciones, solo que algunos sí llegan a mostrarse como son.

Capítulo 23

Había pasado un ciclo desde que dividimos nuestros caminos. Ann había ido a un rescate, Caleb de espionaje y yo de reclutamiento. Iba de camino a Presa, el hogar de mi papá. Esperaba que a mis amigos les hubiera ido mejor que a mí.

—Tranquilo, capitán —intentó consolarme Noemí—. A veces se gana y a veces no. Yo confío en su plan base —me sonrió.

Me hizo sentir mejor inmediatamente. La compañía de la bruja había sido toda una bendición. Ella procuraba que yo no tuviera problemas para dormir. En las noches realizaba un encantamiento para yo entrar al reino de los sueños.

—Noemí, quiero que cuando todo esto acabe, vayas a la Universidad en Narval y termines tu formación como bruja. Eres brillante —aseguré.

La chica desvió la mirada y noté que se sonrojaba.

—Ya habrá tiempo para pensar en eso, capitán —respondió.

Justo cuando llegábamos en nuestro navío maltrecho, Caleb descendía de su barco junto a su bruja de confianza y un anciano. Ann estaba en el muelle recibiéndolos junto a Najib.

Después de atracar, papá ya estaba al pie de la escalerilla. Corrió a recibirnos a Noemí y a mí. Nos dio un fuerte abrazo y nos sonrió como un niño.

—Muchacha, ¡qué bueno verte! —le removió un poco el cabello—. ¿Aprendiste algo nuevo? ¿Cómo los trató el mar?

—Aprendí mucho, señor —dijo haciendo una reverencia—. Y sí, el mar siempre nos trata bien junto al capitán.

Papá iba a decir algo, pero al alzar la vista se quedó viendo a su viejo navío. Parecía que recorría todos los rasguños y averías con su mirada. Después me miró a mí y corrió a examinarme. Me sujetó el rostro, me revisó los brazos y me puso una mano en la frente frunciendo el ceño claramente preocupado.

—Papá puedo explicarlo —empecé a decir.

Suspiró aliviado y me miró con ternura.

—Mi barco te protegió, hijo —soltó una risita nerviosa—. Después de tantos años, te sirvió para cuidarte. ¡Qué maravillosa nave! —me abrazó con fuerza.

—¿Disculpa? —estaba confundido.

—Mira cómo quedó —lo señaló—, pero tú no tienes ningún rasguño —me miró de reojo—. Valió cada céntimo que pagué por él. ¿A qué te enfrentaste? —preguntó.

Sonreí. Estaba conmovido.

—Era una bestia muy parecida a la que enfrentamos en Calamar. Igual de fea y peligrosa.

—¡Guau! —se asombró—. ¿Y le ganaste con la Centella? Eres el mejor navegante, hijo.

—Ganamos —corregí.

—Ah, cierto. Noemí también estuvo ahí —concedió.

—Y un dragón marino también, un hipokyma —habló la

chica—. Tres al final —se corrigió—. Éramos cinco contra ese monstruo —se encogió de hombros—. Teníamos ventaja.

Le expliqué todo el viaje a papá y el motivo de este. Era un público excelente.

—Bueno, si alguien podía aliarse con un hipokyma, eran ustedes —comentó al final—. Qué mal que no funcionara —se lamentó.

—Yo podía apostar a que lo conseguirían —habló Caleb a mis espaldas.

Volteé y vi al resto de mis amigos. Todos me estaban sonriendo.

—Hay mucho que contar, Azariel —explicó Ann—. Pero todo será en casa de nuestra anfitriona. Andando —indicó con una cabezada.

Estábamos reunidos en la casa de Diann, habíamos acaparado el recibidor y el padre de Azariel se había ido a dormitar al piso de arriba. Nuestra anfitriona preparaba bocadillos mientras nosotros contábamos sobre nuestras misiones.

Empecé a relatar nuestra travesía, desde nuestro plan para rastrear a Dara, hasta el duelo de ilusiones que tuvimos. Quería omitir la parte donde usé la voz de mi amigo para hacerla caer en una trampa y poder rescatarla, pero Najib insistía en narrar todos los pormenores.

—Hay que contar todos los detalles, maestra Ann —insistió.

—Hablaré de uno más adelante —repliqué sosteniéndole la mirada—. Ahora sigue Caleb —lo señalé con una cabezada.

El pirata nos contó sobre su rescate en la finca del tecnomago. Yo creí que se trataría de una misión de interrogatorio, pero resultó en un aterrador relato sobre asesinatos en las sombras y supersticiones.

—Qué bien, ahora mi hermano creerá que su finca está embrujada —sugirió Azariel.

—Y que todos tuvieron horribles muertes —aseguró Caleb—, incluido el anciano prisionero.

—No me creo que haya asesinado a esas personas de forma tan siniestra —comentó Najib.

—Esos despojos ya no eran personas —sentenció Caleb—. Hay monstruos que ya dejaron muy atrás su humanidad. Debían morir, pues ya no había forma de razonar con ellos. La chica sobrevivió, pero tendrá cicatrices de por vida.

El maestro de armas se estremeció, pero yo estaba de acuerdo con el pirata. Seguramente habría hecho lo mismo.

—Hablando de monstruos y humanos, nos toca a nosotros narrar lo sucedido —habló Noemí.

Noemí y Azariel nos contaron su extraordinaria aventura, con la bestia y los dragones. Hubo un momento en el que se me revolvió el estómago pensando en los riesgos que vivió mi alumna. Culminaron contándonos sobre la derrota del monstruo, pero el fracaso al reclutar un aliado.

—El Insomne era un humano —explicó Azariel—. No sé cómo se convirtió en esa aberración, pero todo en su ser me lo decía:

un hombre repugnante que al final se transformó en su verdadero ser.

—Antes de morir —empezó Noemí—, no sentí arrepentimiento en su mente. Sin embargo, si vi imágenes de una persona mandando un ejército y deleitándose con el sufrimiento. Seguramente eran de su vida pasada. Su pensamiento era solo un caos de violencia.

Esa idea me dejó más intranquila. Saber que podría haber más monstruos como ese por ahí, con esa inteligencia y esa maldad me trajo escalofríos.

—Una mente caótica es muy peligrosa —habló muy serio Azariel—. Mira a Dara, se exilió a una isla por su obsesión en protegerme o papá tan confundido que no mide el tiempo. Caray, dice que no me había visto en al menos tres lunas. Ni siquiera puede medir bien el tiempo —se lamentó y negó con la cabeza.

Intercambié miradas con Noemí y con Najib, era momento de hablar sobre el naufragio de Azariel.

—Amigo, hay algo que debemos contarte —me expresé muy seria.

Noemí se me adelantó y se sentó junto a él, posando sus manos sobre sus sienes. Él se mostró confundido.

—Es por precaución, capitán —sonrió la pequeña— en caso de que necesite alivio.

—Azariel —lo miré a los ojos—, tu papá no está del todo incorrecto, tenía al menos tres lunas sin verte. Tu naufragio duró al menos dos quads, fueron ocho ciclos en los que Najib cuidó de ti.

El fortachón asintió con la cabeza y luego lo miró muy serio.

Azariel se mostraba incrédulo y dibujó media sonrisa en su rostro.

—Creí que se iba a morir, capitán —comentó preocupado—. Gracias a la diosa se encuentra bien.

La media sonrisa se le borró del rostro. Una máscara de preocupación la reemplazaba.

—Las fechas cuadran, amigo —confirmó Caleb—. Me dijeron que habías muerto y no supe de ti hasta que escuché los rumores que me llevaron a buscarte.

Suspiré mientras Azariel me miraba perplejo y yo asentía. Najib comenzó a relatar la historia desde el motín. Todos escuchamos con atención y conforme avanzaba el relato, su capitán bajaba más la cabeza.

Cuando terminó, todos nos quedamos viendo al pobre de mi amigo. No podíamos verle el rostro, pero tenía los dedos cruzados y el cuerpo muy tenso. De la nada, se levantó apartando a Noemí con delicadeza y fue directo hasta una ventana que quedaba a la derecha del recibidor.

—La bendición de mi madre funciona —dijo para romper el silencio—. No hay otra explicación.

—Yo también lo creo —secundó Najib—. No hay otra explicación.

—Perdí ocho ciclos de mi vida por culpa de él. La verdad —dijo recargándose sobre el marco de la ventana—, es que no recuerdo nada de eso. Estoy seguro de que pensaba en cómo vengarme de mi hermano y empecé a imaginar el plan que me haría recuperar mi barco. ¿Por qué no tengo eso en mi memoria? —preguntó desesperado viéndonos.

—La mente suele bloquear recuerdos dolorosos, capitán —comentó Noemí—. Es normal que eso le haya ocurrido. A mí me pasó.

Confundido y apesadumbrado se recargó en la pared y se desplomó hasta el piso.

—Recuerdo ver salir el Sol y ocultarse varias veces, pero no recuerdo que hayan sido tantas veces. Solo recuerdo haber visto la luna una vez. ¿O fueron más? —se llevó una mano a la sien—. ¿Tan mal estoy? —dijo dolido—. No, esto no puede ser —musitó y agachó la mirada.

Noemí se hincó frente a él y le sostuvo una mano.

—Yo puedo aliviar un poco su dolor —ofreció—. Un poco de charla y de magia y le aminorará su pesar —dijo posando una mano sobre la cabeza del desconsolado.

Mi alumna sacó su tótem de sus bolsillos y empezó a recitar un encantamiento mientras daba palmaditas en el cabello de su paciente. Me enorgullecía esa chica.

Azariel se relajó un tanto hasta que pasados unos minutos sostuvo la mano de Noemí y levantó la cabeza.

—Gracias, amiga —le sonrió.

Era la primera vez que la llamaba así. La chica se detuvo y se levantó grácil, ayudó a Azariel a ponerse en pie.

»¿Tengo remedio? —preguntó sin más.

—Y si no, le apoyaremos hasta el final —declaró Najib poniéndose de pie—. Mi amistad y mi fuerza a su servicio.

—Sumo mi flota y mi habilidad, amigo —hizo lo mismo Caleb.

Me puse también de pie. Lo miré a los ojos.

—Mi magia y mi lealtad, Azariel —sentencié—. Pero sé que tienes remedio. Te llevaremos hasta Narval donde encontraremos la cura.

—Mientras tanto —dijo Noemí extendiendo su puño como saludo—, tiene mi saber y mi magia.

Azariel chocó dos veces su puño como solían hacer los piratas.

—No tengo cómo agradecérselos —habló mientras apretaba los ojos—. Esto va a ser lo más difícil que he hecho en mi vida.

—Que hemos hecho —aclaró Caleb—. Somos una tripulación, recuérdalo. "Si el barco flota, navegamos juntos. Si el barco se hunde…"

—"…nadamos juntos" —concluyó Azariel.

—Amigo, no te quedarás solo, este problema lo resolveremos juntos —afirmó Najib sin referirse a él con tanto respeto como solía hacer—. No hay dificultad que nos sobrepase lo que sea, lo enfrentaremos.

Asentimos todos con la cabeza. Noemí condujo nuevamente al capitán a su sillón y se recostó. Respiró hondo antes de agregar:

—No sé cómo recompensarles todo esto.

Miré al hombretón de su amigo. Había llegado el momento de aclarar el otro asunto.

—Hay otra cuestión que debemos abordar —agregué—. Como tripulación también la enfrentaremos. De hecho, creo que es la que más pronto afrontaremos —cuadré los hombros y respiré hondo, esperaba no causar gran conmoción—. Después de todo, hay que contar todos los detalles, ¿no? —Najib me sostuvo la mirada—. Mientras estábamos en Noche Eterna, entre toda la magia acumulada de la isla y del duelo que tenía contra Dara logramos hacer flaquear una maldición.

Azariel me miró confundido junto a los demás, solo Najib estaba impertérrito.

—La maldición que tiene nuestro colega descomunal es muy poderosa, tal es su magnitud, que ni siquiera la notamos Noemí o yo. Sin embargo, creo que podemos romperla entre varios usuarios de la magia.

—¿Estás maldito, amigo? —preguntó Azariel a su maestro de armas.

—La maldición —continué sin esperar respuesta— le hace tener un aspecto hosco y envejecido, entre otros efectos. Él en realidad es un hombre joven y musculoso. Podría apostar, incluso, que es apenas unos años mayor que nosotros. Estoy segura de que esa condena podemos hacerla flaquear y que Noemí la pueda contrarrestar, después de todo, es su especialidad —expliqué mientras la miraba—. Solo necesito reunir ciertos elementos para lograrlo.

Todos me miraron asombrados y después miraron a Najib, que se había encogido en su sillón. Unos pasos a mis espaldas me distrajeron. Escuché cómo se abría la puerta y apenas voltear entró la bella bruja que acompañaba a Caleb la primera vez que nos conocimos. Me saludó con una cabezada y una sonrisa. Después de hacer una ligera reverencia se dirigió al capitán pirata.

—Caleb —dijo alegremente—, tenemos los primeros informes del plan de Ann. Parece que está dando resultados. Además, ya dimos con el paradero de Clawdí Thavma, se encuentra en Piraña al parecer. Esperamos tus órdenes.

—Vaya, ¡qué conveniente! —exclamé—. Justo uno de los elementos que necesitamos. Hay que ir por el talentoso hermano de Dara —sonreí.

Capítulo 24

Esa misma noche Najib nos contó todo lo relacionado con su maldición. Ahora lo entendía un poco mejor. Su papá se había enemistado con un hechicero, pero como no pudo cobrar venganza, le lanzó la maldición al pobre de mi amigo. Esta consistía en que tendría un aspecto poco agraciado, nada llamativo y una torpeza constante. Además, sería ignorado por algunas personas a las que les pidiera ayuda. No sabemos cómo papá pudo burlar dicha maldición, no solo eso, también a todos sus allegados parecía afectarles poco la parte de ignorarlo. Ann aseguraba que podía romperla, para que así mi amigo pudiera llevar una vida normal y más digna. Sin embargo, necesitaba ayuda para hacerlo.

—Dara está casi al mismo nivel que yo —me explicó en la mañana—. Si es verdad que Clawdí está a su altura, tendríamos todos los elementos para poder romper ese maleficio. Debemos ir por ese hechicero.

—¿Tan importante es que lo reclutemos ahora? —quise saber.

—No solo nos servirá para este plan, también evitaremos que tu hermano le ponga la mano encima. Ya sea para convertirlo en su aliado o que intente hacerle daño —dijo en tono preocupado.

Nos habíamos dividido en dos grupos: Najib, Noemí y Caleb junto a su tripulación se dirigían a supervisar el nuevo plan de Ann para el rastreo de mi hermano; mientras que ella y yo nos dirigíamos a Piraña para hablar con Clawdí e intentar unirlo a nuestras filas. Navegábamos por debajo del agua para evitar llamar la atención, además de que era más rápido de esta forma.

Ya había fijado curso, así que no hacía falta que tomara el orbe para navegar. Estaba meditabundo sobre qué decir cuando me encontrara al hermano de Dara.

—El tecnomago es un genio —se admiró Ann—. Solo con nuestra ayuda pudo reparar a la Centella en un día. En cualquier taller hubiera tardado un ciclo —volteó a verme.

—Hay mucha gente lista regada por el mundo. Algunos de ellos deberían ser maestros en Academias o la Universidad —la miré a los ojos.

—¿Siguen con eso? —puso los ojos en blanco—. No creo que tenga madera para ser profesora de una institución.

—Papá lo cree así. El viejo siempre lo hizo. Noemí opina lo mismo —dije con complicidad—. ¿Qué va a saber ella si solo es tu alumna? —sonreí.

Ann suspiró y se recargó sobre la borda. Paseó un dedo por la lustrada madera y miró al horizonte submarino.

—Quiero que ella se forme como se debe en la Universidad. Tiene un gran potencial, podría dedicarse a lo que quiera.

—Contigo como su maestra —añadí.

—La quiero tanto, Azariel, estoy segura de que encontraría maestras mejores.

No sé cómo Ann no se daba cuenta. La mayoría de los usuarios de la magia alcanzaban su máximo potencial alrededor de los cuarenta años, pero ella estaba a punto de lograrlo. No se lo mencionaría, claro estaba, ella tenía que enterarse por sí misma.

—Sigue engañándote, Ann, pero después de cumplir la misión. Ya hemos llegado —anuncié.

Piraña era una isla con un clima frío con respecto a las demás islas. Siempre estaba nublado en su perímetro. Los informes decían que Clawdí seguramente se ocultaba en el lado sureste, en la parte más cercana a Tortuga. Aparentemente, su objetivo se resguardaba en las ruinas de un antiguo templo.

—Hubiera elegido una posada de lujo como escondite —se quejaba Azariel.

—¿Un marino quejándose de lujos? —preguntó divertida Ann—. Ahora sí lo he visto todo.

Se habían adentrado en aquel sinuoso santuario. El edificio tenía forma rectangular, con techos elevados, varias cúpulas con pinturas representado acciones de la diosa Aionia con la humanidad, ventanales en lo alto, unas pocas bancas para los creyentes, tres altares al fondo y un atril a la derecha, como era lo acostumbrado. Aquel sitio estaba inexplicablemente limpio, como si lo acabaran de abandonar.

—¿Acaso será religioso? —Ann se mostraba admirada por el templo mientras se encaminaban al fondo—. Tiene muy bien cuidado su escondite.

—Podríamos preguntarle —sugirió Azariel—. Parece que ahí está —dijo señalando en dirección al atril.

Una figura con una vestimenta azul marino apareció de la nada.

Iba encapuchada y con los brazos cruzados y cubiertos. Hizo caso omiso de sus visitantes y se dirigía al altar central.

—¿Clawdí? —preguntó Ann—. Hola, somos el capitán Azariel y la hechicera Ann —saludó—. Queremos hablar contigo.

La extraña figura se detuvo y se dio media vuelta ondeando la túnica. Su complexión indicaba que era una persona delgada. El individuo se retiró la capucha y un bello rostro se asomó. Tenía abundante cabello azulado y ondulado, una mirada penetrante con ojos negros como la penumbra, pestañas largas y cejas delineadas adornaban aquella cara en forma de diamante. Su nariz de punta redonda desentonaba un poco con el mentón fuerte.

—Caray, es tan guapo como Dara —se admiró Ann—. Sí creo que sean hermanos.

La atmósfera tranquila del lugar cambió repentinamente cuando fijó la mirada en el dúo. Ann intentó dar un paso hacia el muchacho, pero se detuvo repentinamente. Mejor dicho, se quedó inmóvil.

—¿Qué rayos me pasa? —habló con la quijada apretada.

Tanto ella como Azariel miraron hacia abajo y un sello mágico empezó a brillar a los pies de la hechicera. La habían atrapado.

—¿Pero qué pirañas pasa aquí? —se preguntó confundido el mercenario dando vuelta hacia Clawdí.

—Necesito que te apartes, hechicera Ann —dijo con una voz seria—. Esto no es asunto tuyo —agitó ambos brazos hacia un costado.

Las bancas del templo se desplazaron de golpe formando una

pared que separó a la hechicera y al marino. Azariel se mostró temeroso.

—¡Ann! —gritó—. ¿Te encuentras bien?

Clawdí cuadró los hombros y empezó a caminar lentamente hacia Azariel cual depredador.

—Esperaba primero encontrarme con el estúpido de tu hermano —suspiró enojado—, pero tú me sirves como entrenamiento —se desplazó a alta velocidad impulsado por la magia.

Azariel estaba preparado y había alzado la guardia para recibir el puñetazo de aquel muchacho.

—Espera, Clawdí, yo también... —y un gancho al estómago le sacó todo el aire.

El mago le dio una bofetada tan fuerte que lo hizo girar sobre su eje y lo derribó. Trató de reincorporarse, pero el capitán fue sujetado de su camisa por la espalda y levantado como un cachorro.

—Dara se fue porque quería conocer mundo —empezó a decir el hechicero mientras se movía de forma ominosa—, quería navegar por todo el océano. En una de sus cartas nos contó sobre Azariel el cazarrecompensas. No tenía que decírmelo, se había enamorado de ti —expresó con desprecio.

Azariel se reincorporó torpemente y alzó la vaina de su espada como única defensa.

—Clawdí —dijo con un hilo de voz, pero el hechicero lo impulsó con maná puro hasta una pared.

—Siempre admiré a Dara, ¿sabes? —explicó mientras apretaba un puño—. Ella era más valiente, lista y habilidosa que yo. Quería ser como ella, pero todo me daba miedo. Cuando mi padre se ofreció a pagar la Universidad, decliné, pues quería enfrentarme al mundo y a mis temores primero —bajó la mirada y suspiró—. Por eso me uní a la tripulación del comerciante Caleb.

El joven lanzó un puñetazo al rostro de Azariel, pero este lo esquivo por muy poco. La pared se estrelló, pero el mago alcanzó a tomar a su rival por el cuello y azotarlo contra el piso. Su fuerza aumentada con magia era descomunal.

»Me carteaba con mi hermana y me contaba lo maravilloso que era el capitán Azariel. Me listaba todas sus virtudes y atractivos, era empalagosa, pero la entendía. Yo, en cambio, no me atrevía a contarle nada, porque seguía siendo un cobarde. Con el paso del tiempo le dejaba recados en los puertos que sabía que visitarían, pues ya era un hombre mejor formado. El disque pirata me ayudó en demasía —se recargó en la pared y observaba a su oponente tendido en el suelo bocabajo—. Estaba listo para reunirme con mi hermana y dejé la tripulación no sin antes dejar algunos consejos, como asignar a Ximena como consejera del capitán.

Azariel intentó decir algo, pero el hechicero le dio una patada en un costado para callarlo.

»Es de mala educación interrumpir —expresó con altanería—. Se supone que la vería en Crepuscular entrando Kintus, pero no aparecía. Me pasé un ciclo en la isla esperando nuevas de ella hasta que me llegó la terrible noticia: el capitán Azariel había muerto junto a su maestro de armas y no se sabía nada de la hechicera Dara. Estaba devastado, no había visto a mi hermana en varios años y no tuve la oportunidad de despedirme. Lloré varios días su pérdida, pues creía que los tres habían muerto —suspiró.

Azariel intentó levantarse de un salto, pero el mago lo sujetó y de un impulso se desplazaron hasta la pared del fondo.

»Como te vuelvas a levantar sin permiso, te muelo a patadas —amenazó y continuó su relato—: Después de más de dos quads me llegaron nuevas interesantes, pues al parecer el capitán Azariel había fingido su muerte y se encaminaba a Martillo. Sin embargo, Dara no se encontraba con él.

—Dara está con vida —musitó Azariel dándose la vuelta.

—¡MIENTES! —vociferó Clawdí—. ¡Nadie me ha informado que la hayan visto! —cargó maná en una mano, pero Azariel alcanzó a desviar el hechizo con una patada desde el suelo.

Una polvareda se levantó cuando el maná destrozó la pared y el marino la aprovechó para perderse de vista.

»¿Por qué no la cuidaste, Azariel? —chillaba el hechicero—. ¡Ella te amaba, confiaba en ti! —cargó maná nuevamente listo para dispararlo—. No sé qué traman tú y tu hermano, pero yo voy a ponerles fin —gruñó.

El hechicero cerró los ojos para extender sus sentidos, pero no podía percibir a su rival.

—Fets me traicionó —se escuchó la voz de Azariel con eco–. Yo también estoy buscándolo para cobrar mi venganza.

—¡A otro buitre con esa carroña! —replicó—. Si es así, ¿por qué no has ido a enfrentarlo? —cuestionó—. Dicen que ibas por el marino Daigón y que fracasaste. ¡Sé que te resististe a un arresto de

Ballena y que luego huiste de tu juicio! ¡Eres tan criminal como tu hermano! —bramó furioso.

—Sé que soy un criminal —se oía una voz desde varios ángulos—, pero ni de cerca soy tan ruin como Fets.

Azariel salió de entre el polvo a espaldas de Clawdí. Empuñaba la vaina de su arma y le dio un certero golpe a la espalda del muchacho. Este se aturdió un momento y Azariel aprovechó para darle una combinación de golpes, para finalmente sujetarlo por el hombro y propinarle un cabezazo.

—¡Escúchame, Clawdí! —dijo sujetándolo aún del hombro—. Dara se encuentra a salvo, yo no la quise poner en peligro y te aseguro que iré por mi hermano para hacerle pagar sus fechorías.

Una chispa azulada salió del cuerpo del joven y una subsecuente onda expansiva de magia desplazó a Azariel hasta la orilla del altar levantando otra polvareda. Clawdí salió de entre el polvo y sujetó al marino para elevarlo por los aires. El mago podía dominar la habilidad de vuelo.

—¡Acabaré contigo y con tu maldito linaje! —decía mientras daba de puñetazos al marino—. Tu hermano ya no tiene perdón, Azariel. ¡Destruyó el nosocomio infantil en Tortuga y mató a todos los que estaban adentro! —decía al tiempo que casi chocaban contra el techo—. ¡Fue por la familia del Gobernante a Crepuscular y solo lo dejó vivo a él! —empezó a desplazarse mientras friccionaba al pobre marino contra la pared—. ¡Ha cazado a montones de pescadores solo por gusto!

—¡Te digo que yo también voy tras él! —gruñó Azariel presa

del dolor.

Clawdí cambió de dirección y se desplazó hacia el suelo. Para sorpresa de su rival, lo depositó con cuidado y se le acercó para murmurarle algo al oído.

—Creo que eres una escoria como tu hermano. Él es un monstruo al que yo voy a asesinar y que presumiré como trofeo —decía fuera de sí—. Es hora de tu fin, "hermanito" —exclamó al tiempo que cargó maná sobre su cabeza listo para fulminar.

—¡Ya basta! —se escuchó del otro lado de la pared de butacas.

Un haz azul apareció entre el muro de bancas y las partió como simples palillos. Los pedazos se desmoronaron y dejaron ver a una Ann furibunda. Un aura del color del mar se formó alrededor de ella mientras el sello a sus pies se resquebrajaba.

—¡Déjalo en paz y escúchame, muchacho! —rugía Ann—. Dara está viva, me tienes que creer. ¡Yo misma fui a salvarla! —dijo apuntándose con el pulgar.

La chica saltó impulsada por la magia y posó las manos sobre el cráneo del muchacho. Un aura rojiza empezó a formarse alrededor de los dos y una serie de imágenes fueron proyectadas directamente a la mente del hechicero: Ann canalizando un hechizo rastreador, una lucha de ilusiones, el engaño del falso grito de Azariel, una Dara llorando desconsoladamente por su amado, el consuelo de la chica en un barco, su llegada a la Universidad y la promesa de una profesora de que la atenderá como es debido.

—*Dile a Azariel que estoy bien, amiga* —*decía Dara sonriendo postrada en una silla con ruedas*—. *Gracias por todo.*

—*Lo haré, también iré a ver a tu hermano* —decía una voz incorpórea—. *Trabajaba para un aliado nuestro.*

—*Dile a mi hermanito que iré a verlo en cuanto pueda. O también puede venir él* —decía sonriendo.

—*Se lo diré, Dara, es una promesa.*

El joven se separó de la hechicera y se sujetó la cabeza como si le doliera.

—¡No! Eso lo acabas de crear. ¡No puede ser verdad! —vociferaba.

Recibió una patada directo al pecho que lo derribó, lo siguiente que sintió fue la bota de Ann cerca de su plexo solar.

—Sabes que es verdad, Clawdí —decía al tiempo que se inclinaba y aminoraba la presión sobre el muchacho—. Hemos venido aquí a reclutarte porque vamos a ir tras Fets para que pague por todos sus crímenes. Además, quiero llevarte a ver a tu hermana —dijo retirándose y extendiendo una mano al muchacho.

Este dudó un momento y luego vio aparecer ante su visión a Azariel, que se sujetaba las costillas.

—No quise lastimarte, en serio —expresó con un deje de dolor en su voz—. Por eso mismo no desenvainé mi espada contra ti —decía mientras suspiraba sonoramente—. Creí que ella había muerto por mi culpa y me carcomía ese pensamiento. En las noches no podía dormir.

Clawdí trató de encontrar la mentira en sus palabras, pero sabía que le decían la verdad. Se resignó y tomó la mano de la hechicera. Estaba muy abochornado, no quería verlos a los ojos.

—Lo lamento —dijo al levantarse y desvió la mirada—. De

verdad creí que… —no pudo terminar la frase.

—Todo perdonado, muchacho —sonrió Ann y volteó a ver a su amigo.

—Así es, Clawdí —decía lo más despreocupado posible—. Entonces, ¿te unirás a nuestro equipo para ir tras mi hermano? —quiso saber el marino.

—Amigos, disponen de todo mi poder para darle caza a esa abominación. Cuenten conmigo —habló mientras un aura azul lo cubría por completo.

Capítulo 25

Ann, Azariel y su nuevo aliado se encontraban navegando en el Centella con dirección a Caudal, en Tiburón. Cargar con las cosas de Clawdí era relativamente fácil, pues ya había preparado unas maletas para salir a altamar lo más pronto posible. Al parecer, el muchacho ya había ideado una estrategia para atacar a Fets y estaba listo para zarpar en cualquier momento.

—Supongo que tú ya tienes un plan, ¿no? —preguntó el muchacho al capitán.

—Sí, pero va mejorando con el tiempo. La base sigue siendo la misma.

Los tres tripulantes de la Centella estaban reunidos en la cabina de popa. Apenas había pasado la hora de la comida y el día pintaba a estar despejado. El joven hechicero se veía aburrido y Ann se ofreció a mostrarle todo el navío empezando desde la bodega en el fondo. Cuando llegaron al final, en la proa, el muchacho estaba maravillado.

—Es un navío extraordinario —comentó Clawdí—, podría competir contra el buque Malleus sin problemas. Parece obra de mi padrino, él diseñaba barcos.

—¿Era arquitecto marítimo? —quiso saber Ann—. ¿Quién era?

—Madaria, un tecnomago —contestó—. Él se retiró hace unos años, pero casi podría asegurar que este es diseño suyo.

—Sí es su diseño base, pero las modificaciones las hizo otro experto en Narval —comentó la hechicera recordando lo que alguna vez escuchó de la nave.

—Interesante —se rascó la barbilla—. ¿Este barco les ha servido para todo su viaje? —preguntó Clawdí y se encaminó hacia la popa.

—Vaya, no te das una idea. Te contaremos toda nuestra travesía.

Se reunieron con Azariel en la popa, sumergieron el navío y empezaron a relatar todas sus aventuras desde el motín de Azariel hasta la reunión con el apuesto mago. El relato les tomó el tiempo suficiente y aprovecharon para degustar algunos bocadillos.

—Y estás seguro de vencer a tu hermano, ¿verdad? —inquirió el muchacho.

—Muy seguro —contestó con la boca llena—, con todo lo que hemos deducido sobre él estamos a poco de enfrentarlo.

—¡No mastiques y hables, Azariel, ¡no seas maleducado! —lo regañó Ann.

El capitán desvió su mirada hacia el horizonte marino.

—Parece que ya vamos a llegar a Ventral. Prepárense para vadear hasta nuestro destino, amigos.

El capitán se limpió las manos y manipuló el orbe para emerger. Salieron a la superficie y ya se podía vislumbrar la costa. Inmediatamente Azariel sintió un escalofrío que lo puso en alerta y volteó a ver a Ann.

—También lo sentí —comentó la hechicera—. ¡Clawdí, prepara maná!

El joven hizo lo ordenado y concentró energía en sus manos.

El mar aparentaba quietud, fue Ann quien vio las olas chocar con un barco invisible. Lanzó un hechizo de impacto en esa dirección, reveló un muro mágico y deshizo el glamur que ocultaba un bergantín.

—Ganzo —gruñó Azariel al reconocer la embarcación de su antiguo compañero—. ¡Muestra la cara, cobarde!

Un hombre salió a la cubierta del barco y miró a Azariel con altanería. Era un tipo moreno con cara de duendecillo, con brazos musculosos, pero una ridícula barriga de aquellos adictos a la cerveza. Llevaba una descuidada barba de candado que hacía juego con sus ropajes andrajosos. Lo que antes había sido un saco de capitán, ahora era un maltrecho trapo que hacía juego con una camisa manchada y un pantalón holgado de color marrón. Parte de su tripulación se unió a él en un corro, pero no mostraban el mismo aspecto desaliñado.

—¡Qué feo saludas a un viejo amigo! —habló burlón.

—¡Tu andrajoso culo escupe gusanos, maldito traidor! –insultó Azariel—. ¡No te atrevas a llamarme "amigo"!

Ganzo se rio sonoramente mientras se sujetaba la barriga.

Clawdí había empezado a murmurar algo ininteligible mientras hacía ligeros movimientos con los dedos.

—Veo que sigues molesto, Azariel, pero ¿qué podemos hacer? —se encogió de hombros—. Además, me tendrás que soportar un largo tiempo, pues tu hermano pidió que te llevara ante su presencia —chasqueó los dedos e inmediatamente un hechicero encapuchado se situó junto a él—. No me agrada la idea, pero una orden es una orden. Evita una pelea, muchacho y sube a mi humilde barco antes de que te obligue. Tus amiguitos también pueden ir —hizo una seña desdeñosa con la mano.

—Primero te saldrán aletas en las axilas, imbécil, antes de que yo siga las órdenes de un costambulante como tú.

—¡Soy tan marino como tú! —gritó perdiendo el decoro—. ¿Quieres medir fuerzas de nuestros navíos? Mírate —lo señaló furioso—, apenas si tienes tripulación. ¿De verdad piensas ganar? —empezó a reír.

Azariel dibujó media sonrisa y viró el barco para ponerlo de costado a su rival.

»¡Ni se te ocurra, infeliz niñato! —gritó Ganzo y volteó a ver a su hechicero—. ¡Ataca!

El sujeto en cuestión cargó maná, pero no ocurría nada. Se veía confuso. Cargó más maná y este le tronó en las manos. Ganzo desvió la mirada al piso y había un extraño sello. Desvió la mirada a la tripulación del Centella y Clawdí le sostuvo la mirada mientras le sonreía altanero. El mago había aprovechado la discusión de los capitanes para preparar aquella medida y contrarrestar al mago.

—¿Cómo te atreves? —gritó furibundo el costambulante—. ¡A las armas, maldita sea! ¡Quiero que hundan ese vejestorio! —ordenó gritando.

—Tu turno, Ann —dijo calmadamente Azariel.

La bruja había le había dado dos giros al Maremoto con su maná y lo soltó de golpe al tiempo que su capitán accionaba las ballestas. Una ola inmensa sacudió el navío rival al tiempo que unas flechas colosales perforaban el casco.

—Clawdí, ¿también puedes volver el mar violento o solo calmarlo? —preguntó en voz alta Ann.

El muchacho entendió enseguida y sus ojos se tornaron verde alga. El agua empezó a agitarse y un extraño viento empezó a soplar. Una tempestad se estaba formando. Azariel aprovechó el estruendo para cambiar la forma del orbe y poder manipular cuantas armas le fuese posible.

Ganzo y su tripulación estaban completamente empapados. Él se pasó una mano por el rostro para quitarse el exceso de agua y empezó a despotricar contra sus hombres. Gritaba todo tipo de órdenes mientras estos corrían confundidos.

—¿Te rindes? —se burlaba su rival.

—No creas que me intimidas, Azariel —alzó la voz—. He practicado con el mar picado cuando Fets acciona sus armas al norte de Calamar. ¡Esta miserable tempestad no es nada!

Los dos magos y su capitán pusieron los ojos en blanco.

—Supongo que el dios padre los crea y ellos se juntan —comentó Clawdí decepcionado por lo estúpido de su oponente.

Azariel aprovechó para volver a virar el barco y colocar la proa frente a sus rivales.

—Sujétense —comentó desanimado.

El par de hechiceros siguieron la orden de su capitán. Una serie de eventos pasaron al mismo tiempo. Un haz azul salió de la popa del barco, Ann canalizó maná a Clawdí para que la tempestad aumentara y Azariel soltó una sonora carcajada.

La Centella Mortal se estrelló contra el bergantín y lo hizo crujir mientras se desplazaba. Por obra de un milagro, ninguno de los tripulantes salió volando. Cuando el barco se detuvo, el pequeño navío se desplazó otro poco.

Ganzo se veía mareado, pero se irguió por mero orgullo.

—¿Crees que eso me atemoriza? —gritó potenciando su voz con ayuda de su hechicero—. ¡El navío de Fets puede disparar cada cuatro minutos! Tu simple reliquia tiene que recargar. Es momento de que...

—Tu pitivarilla a la que llamas barco está a punto de desmoronarse —contestó Azariel con ayuda de Ann—. Eso hizo la popa, ¿quieres ver qué hace la proa?

El cañón de maná se desplegó al frente. Un tiro se empezó a cargar. El rostro de Ganzo solo mostraba terror, dio la orden para escapar mientras sus hombres corrían despavoridos por la cubierta.

Azariel cayó junto a Ganzo rodeado de un aura azul, un hechizo que requería mucho control de su amiga. El capitán del bergantín quiso alzar la guardia, pero no fue lo suficientemente veloz y recibió dos rectos en el rostro. El capitán de la Centella sujetó los hombros de su rival y lo hizo bajar para conectarle un rodillazo. Ann bajó con gracia impulsada por el maná, mientras los ganchos de abordaje se clavaban por todo el barquito.

Los tripulantes intentaron hacer algo frente a la bruja, pero ella los repelió con maná. El hechicero de aquel barco se hincó y puso sus manos a la nuca indicando que se rendía.

—¿Crees que me puedes hacer algo a mí? —gritaba Azariel mientras seguía con aquella brutal golpiza—. Yo navego desde niño en altamar —decía al tiempo que le sujetaba un brazo a su rival y le asestaba un golpe al hombro—. Tú no eras más que un cobarde que apenas si se atrevía a despegarse de la costa —le conectó una patada al vientre.

Le asestó un gancho al mentón y lo sujetó de la nuca para estrellarlo contra la barandilla de la borda.

»¡Si ese día no hubiera estado indefenso te habría matado a puño limpio! —gritó y le dio un recto a la oreja izquierda de su víctima.

Azariel levantó a su pobre presa y la empujó contra el palo central. Clawdí lanzó un hechizo que mareó a todos los marinos de aquel barquito. Ann se acercaba para posarle las manos en la frente al rival de su amigo.

—Cuéntame qué ha hecho Fets —ordenaba la bruja con una voz gélida—. ¿Qué planea hacer?

Ganzo escupió sangre y empezó a reírse.

—Ha matado a tanta gente como el asesino que es. Piensa que puede ocupar el lugar del temido Rey Pirata. Ya sabes, Ajab, el que negoció con ustedes, el par de hermanitos, hace unos años. Acabamos de dar con la Academia de prodigios en Tortuga. Los matamos a todos, pues serían un problema en el futuro. Yo mismo maté a algunos de los profesores y a bastante alumnado —empezó a carcajearse.

Sin previo aviso, Clawdí bajó cargando maná y apartó con gentileza a Ann mientras le sujetaba los brazos al desgraciado costambulante. Canalizó una descarga de maná tan violenta que le calcinó los brazos. El pobre tipo aulló de dolor y después perdió el conocimiento. El muchacho formó un puño sobre el pecho de su víctima para asestar un golpe mortal.

—¡Basta! —ordenó Azariel y apartó a Ganzo para que no muriera—. Debe pagar por sus actos, todos los criminales deben hacerlo —le sostuvo la mirada al apuesto hechicero.

—Es un monstruo, Azariel, tanto como tu hermano. ¡Debe morir, ya no tiene remedio!

—No ensucies tus manos, aún eres muy joven.

Ann posó una mano sobre el hombro del muchacho. Este bajó el brazo resignado y se apartó.

Azariel se dio media vuelta y se dirigió a la tripulación.

»Todos serán llevados a juicio en Tiburón, aquellos que sean prisioneros vayan preparando su discurso. Hay que subirlos a la Centella —ordenó a sus amigos—. No les quiten el hechizo de mareo. En cuanto a este —dijo señalando a Ganzo—, hay que seguir interrogándolo. Daremos la noticia de que murió.

El capitán de la Centella Mortal ahora tenía un rival menos.

Capítulo 26

Caleb, Noemí, Najib y la bruja Ximena estaban reunidos en uno de los pasillos de la Universidad de Narval. El edificio era una obra maestra de arquitectura, construida hacía más de medio milenio atrás. Se construyó sobre un risco cerca del mar, daba un aspecto imponente cuando te acercabas a la isla. Estaba a un lado del fuerte Colmillo. Dos fortalezas, una militar y una de saber se habían construido juntas para demostrar el poderío de la familia real.

Dentro de la edificación había un piso de mármol adornado con escenas que representaban parte de la historia de la diosa, era de techos altos y columnas lisas, algunas bancas y retratos de profesores ilustres distribuidos en patrón por cada uno de los pasajes de la escuela.

Una chica menuda, una de las ayudantes de sanación con túnica larga, acompañaba a Dara, la hechicera que había traído Ann hacía poco tiempo. Ingresó en calidad de paciente y tenía un mejor aspecto que el día en que llegó. Sonrió a sus visitas mientras la ayudante se retiraba con una ligera reverencia.

—Me alegra verlos Caleb y Najib, un gusto que me visiten —saludó con una mano.

—Dara, tiempo sin vernos, te presento a la pequeña Noemí y a Ximena —señaló Caleb a las jóvenes con una cabezada—. Son brujas talentosas. Noemí es la alumna de Ann y Ximena es mi encantadora de confianza.

Ambas saludaron con una ligera reverencia. Dara se quedó un momento pasmada, el asombro se reflejó en su semblante.

—¿Ann puede entrenar brujas?

—Y lo hace muy bien —contestó Noemí.

—Te sorprenderías de todo lo que hace la hechicera —comentó Caleb—, podría contarte un sinfín de sus hazañas.

Los pasos de varias personas se escucharon a sus espaldas.

—O podría contárselas yo misma —habló Ann—. ¡Es bueno verlos, rufianes y marinos! —se burló mientras agitaba una mano a modo de saludo.

Detrás de ella venía Azariel con un disfraz de glamur junto al apuesto Clawdí. Ambos saludaron, pero fue Azariel quien se apresuró a abrazar con cuidado a Dara. Ella respondió el gesto de igual forma. A pesar del hechizo, podía verlo con claridad. Después de un momento, fue el marino el que habló.

—Bendita la diosa que te vuelvo a ver, Dara.

—Me alegro de que estés bien —decía mientras se separaba un poco de él para observarlo bien—. Aunque estás un poco flaco. ¿No comes carne, querido?

Azariel rio y volvió a abrazarla hasta que Clawdí carraspeó sonoramente.

—¿A tu hermano no lo saludas? —dijo el hechicero extendiendo los brazos.

Dara abrió los ojos de par en par y corrió a abrazar a su hermano. Este la alzó y dio un giro completo antes de depositarla en el piso.

—¡Bendito mi destino que te vuelvo a ver! No has cambiado nada, hermano —habló Dara al apartarse un poco para observarlo bien—, ¿o sí?

—Claro que sí, estoy más guapo —contestó—. Me da mucho gusto verte, *hermanota*.

Ella le dio un codazo amistoso y luego se posicionó para ver a todo el grupo. Tenía una increíble sensación creciendo en su pecho. Algo más que la alegría estaba llenando su corazón.

—No saben cuánto me alegro de que todos estén aquí. Tengo tantas preguntas por hacerles, no sé por dónde empezar.

—Yo me ofrezco a contarte toda la historia, al menos lo que presencié —comentó Azariel.

—Solo hazlo rápido, para que yo cuente lo verdaderamente importante —fanfarroneaba Caleb—, mi historia de incontables vidas salvadas. Incluyendo la tuya, claro —se burló.

Y así comenzaron a contar por fragmentos toda la historia, desde el amotinamiento, hasta el plan de Ann y la adición de Clawdí al equipo.

—Yo hui —aclaró Dara cuando parecía que habían acabado–. Me di cuenta de que algo no cuadraba ese día del motín y empecé a buscarte, Azariel. Ganzo me contó que te habías retrasado y que Fets ordenó esperar otro poco en el muelle. Pensé en ir al mercado al centro de Solar, pero noté que alguien me seguía. Traté de ocultarme, de verdad, pero me di cuenta de que eran demasiados mis perseguidores, así que intenté despistar a algunos con un señuelo y varios hechizos.

»Entre ellos se encontraban dos hechiceros muy fuertes, era cuestión de tiempo para que dieran conmigo a pesar de mis ilusiones. Me oculté lo mejor que pude y traté de usar un hechizo rastreador para dar contigo. Fue cuando escuché que te iban a matar, pero que necesitaban el momento justo para hacerlo. Sentí pánico, no podía llevarlos contigo —empezó a temblar—. Debía deshacerme de ellos, así que corrí hasta una balsa y me adentré al mar. Ellos tomaron un pequeño bote e intentaron seguirme. Hice que se hundieran —dijo con pesar—, pero un barco más grande me siguió después.

»Llevé como pude la balsa hasta Primera Fase y ahí me colé en aquella embarcación. Les hice creer con ilusiones que había huido en un barco hasta Noche Eterna. Cuando llegamos, a todos los enloquecí con delirios, algunos murieron, otros escaparon de aquella isla donde creían que habitaban sus pesadillas. Estaba segura de que vendrían más, pues nadie me vio morir y, estaba bien, yo quería eliminar a cuantos enemigos tuvieras, Azariel.

El cazarrecompensas se quedó callado ante esa historia, quería hablar, pero no sabía qué decir.

»Pasado un tiempo, me fui perdiendo a mí misma. No sabía quién era aliado o enemigo, así que ahuyentaba a todos de la isla. Solo quería estar sola, sentía que, si intentaba rastrearte, me seguirían y te darían muerte. O que, si me atrapaban, me obligarían a buscarte por ellos. En mi delirio, no podía correr ese riesgo. Por suerte Ann —volteó a ver a la hechicera—, supuso que estaba viva y fue a buscarme. No se la puse fácil, pero al final me venció y me trajo hasta acá. Es una bellísima persona, ahora entiendo por qué es tu mejor amiga.

Ann se recargó sobre Dara y le acarició el cabello.

»Sé que quieres dar caza a tu hermano, querido —suspiró—.

Te ayudaré en tu misión, pero...

Un alboroto se empezó a manifestar en la Universidad y lo que iba a decir Dara se vio interrumpido. Maestros, ayudantes, prefectos y estudiantes empezaron a correr por el lugar despavoridos.

—¡Nos atacan! —gritaba un alumno que pasó corriendo cerca del grupo.

—¡Traten de mantener la calma! —gritó un hechicero con túnica alargada y oscura de maestro—. Vayan a la salida sur de forma ordenada.

El grupo intercambió miradas y corrieron en dirección contraria a donde deberían huir. Dara fue con ellos.

Al llegar afuera, vieron que el fuerte marino estaba respondiendo un ataque. No creían que hubiera alguien tan loco como para arremeter contra a la imponente Narval. Disparos de maná chocaban con los muros y hacían temblar el suelo. Era el preámbulo de una guerra, la antesala del caos.

Azariel echó a correr a la costa y pidió que lo siguieran. Él tenía un plan: llegar a la Centella Mortal y ayudar a rechazar el ataque junto a todos sus aliados.

Llegaron hasta un pequeño muelle y vieron con horror como una enorme flota de buques asediaba el fuerte marino. Al frente de ellos estaba un navío con velas rojas y la bandera de un cerdo decapitado. El capitán Fets había llegado con el Trueno Lejano a atacar Narval.

FIN DE LA SEGUNDA PARTE

Capítulo 27

Fets había llegado a Narval con una flota con la que seguramente podía derrumbar el Fuerte Colmillo. ¿Podría sostener un encuentro directo con toda la marina de Narval? No podía quedarme de brazos cruzados a averiguarlo. Corrimos a toda prisa, sabía que podía impulsarme con magia, pero no pensaba desperdiciar ni una sola gota de maná en ello. Debía guardarme toda la energía posible para atacar a Fets y su flota. Disolví el encantamiento glamur en mi amigo mientras corríamos. Estábamos acercándonos a la costa, podía ver el punto donde sumergimos el barco de Azariel.

—Tuve la estúpida idea de pedir que se llevaran mi nave a Tiburón —gritó Caleb a un costado mío—. Tendremos que combatir todos en la Centella Mortal. ¡Ximena, lanza una bengala de maná! Ojalá venga a alguien a ayudar.

La bruja cargó de maná un dije de madera y lo disparó a los cielos, un estallido de magia color verde formó un narval sobre nuestras cabezas.

Ya casi alcanzábamos la orilla cuando un aluvión de flechas nos cortó el paso. Clawdí mostró unos reflejos excelentes al crear un escudo de maná sobre todos nosotros. Un pequeño barco de ahumantes había sido el responsable y estaban peligrosamente cerca de la costa.

—¡Maldita sea! —gritó Azariel—. Ni siquiera son piratas —se

quejó.

Era verdad, los ahumantes eran marinos que se dedicaban a ahumar y salar alimentos, mayoritariamente carne, para luego venderlo en los muelles o en altamar. ¿También se habían unido a la causa de Fets?

Vimos a la lejanía que los arqueros preparaban otra descarga de proyectiles. Dara empezó a cargar maná preparándose para disparar.

—¡Espera! —le ordené presurosa—. Tú la forma, yo la fuerza.

Nos detuvimos mientras ella ahuecaba las palmas y después juntaba los dedos hacia el frente. Me coloqué a un costado de ella. Me puse en posición como si cargara un arco invisible. Rodeé su maná con el mío y ella lo dejó en mis manos. Dara formó una especie de aguja y yo la impulsé. El disparo surcó el mar y le dio de lleno al despojo de barco de ahumantes causando que se hiciera añicos. El estallido de madera resonó por toda la costa. Algunos de los tripulantes de los barcos más cercanos voltearon a vernos.

—Me toca a mí —comentó Clawdí y sus ojos se tornaron verde alga—. Es hora de embravecer el mar.

El gran azul empezó a agitarse donde estaba toda aquella flota. Algunos barcos empezaron a cesar sus ataques. Aprovechamos esa distracción para llegar hasta la Centella. Deshice el hechizo de glamur para revelar el barco de mi amigo. La pasarela se desplegó ante nosotros y subimos a toda prisa.

—¡Caleb y Najib, a las armas de babor y estribor! —gritaba Azariel a todo pulmón—. Noemí, enlaza el Maremoto. Dara, Clawdí, Ann, Ximena, ¡al frente!

Nos colocamos todos en nuestras posiciones mientras el barco avanzaba. Viramos para tener de frente a toda la flota. Eran al menos veinte barcos, algunos de ellos colosales buques de guerra. No obstante, el que más me daba miedo era el Trueno Lejano, que empezó a cargar un disparo en su cañón de maná. Al parecer su objetivo era la Universidad. La ira empezó a invadir mi cuerpo y con ella, mi magia fracturada. ¿Qué clase de cobarde atacaría ese hogar de estudiantes? Me empezó a escocer el pecho y chispas empezaron a saltar por toda mi piel.

—¡Maestra, no toda la carga es suya! —decía Noemí a mis espaldas—. Le brindaremos maná.

Volteé para apreciar un semblante de determinación sobre su rostro oliváceo. El resto de los usuarios de magia asintieron con la cabeza. Empecé a sentir el flujo de maná en mi cuerpo y eso tranquilizó un poco la vorágine en mi interior. Desvié la vista al frente y empecé a concentrar un disparo en mis manos.

—Noemí, déjame hablar con mi hermano —ordenaba Azariel desde su puesto.

Escuché como Azariel aclaraba su garganta mientras su voz se potenciaba con magia.

»¡Qué cojones los tuyos de atacar la isla del Rey! —su voz resonó en todo el lugar—. ¡Lástima que el Trueno no tenga un capitán de verdad!

En ese momento vi cómo un cañonazo de maná puro impactaba contra la muralla de la Universidad y la hacía trizas. No pude más, solté con toda mi ira la magia que concentraba en mis manos y la dirigí contra el Trueno Lejano.

El mar se partió en dos y el estruendo me ensordeció un momento. El impacto fue tal, que pulvericé la barrera mágica e hice virar el barco con violencia. Si no se volcó, fue meramente por su constitución.

Amplifiqué mi vista con magia y pude observar que Fets tenía una expresión de terror. Llevaba un uniforme de capitán de colores negro y rojo que hacían juego con las velas y bandera del barco. Su barba delineada hacía que se notaran más sus facciones desencajadas por el miedo. Rápidamente pidió la presencia de un hechicero y este proyectó maná a su garganta. Recobró la compostura un poco.

—¡Hasta que por fin me encaras, adoptado! —gritó en dirección a nosotros—. ¡Me alegra poder verte...!

—¡Traga mierda, infeliz! —contestaba Azariel mientras accionaba las flechas perforadoras de la proa.

Una lluvia de proyectiles voló hasta el Trueno Lejano. Su hechicero hizo lo que pudo para desviarlos, pero algunas velas fueron rasgadas. El barco intentó ponerse de lado para tenernos a tiro. Hubo un alboroto en la cubierta y nos empezaron a señalar confiados. Algunos hasta se burlaron. Volteé para ver a mis compañeros y todos tenían una expresión osada en sus rostros. Mis colegas mágicos aún canalizaban maná hacia mí.

Extendí mi palma hacia el Trueno mientras algunos trataban de cubrirse. La descarga de maná impactó con una barrera mágica levantada con prisas e hizo que el barco se inclinara peligrosamente de nuevo.

—¡Ahora, hermano! —gritó Dara.

El mar se empezó a agitar aún más y cristales de hielo se formaron sobre la superficie alrededor de nuestro barco. Los hermanos Clawdí y Dara podían canalizar dos hechizos al mismo tiempo, me dejaron sorprendida.

—¡Maestra, prepare un tercer disparo! —gritó Noemí a mis espaldas al tiempo que aumentaba el flujo de maná hacia mí.

—Es posible que destruya el barco —grité y me di la vuelta para ver a Azariel.

Él asintió con la cabeza, muy serio, antes de contestar.

—En ese naufragio buscaremos a mi hermano.

Concentré aún más magia para una última descarga. Mis sentidos empezaron a extenderse, podía percibir lo que pasaba a mi alrededor. Dos buques se estaban aproximando a nuestros costados y fueron repelidos tanto por flechas como por cristales de hielo. No sabía si podríamos contra toda la flota enemiga, pero debíamos aprovechar nuestra ventaja momentánea.

El Trueno Lejano empezó a virar y se quedó de popa a nosotros. ¿Tendría un cañón como el nuestro? Una vibración llegó hasta mí, algo malo estaba por ocurrir. Un remolino se empezó a formar ante nosotros y la velocidad con la que giró nos empezó a arrastrar. Cuando alcé la vista, el barco de Fets tomó altura y emprendió su huida. Claro, el cobarde ordenó la retirada. Su flota intentó huir también, pero una de las embarcaciones perdía contra aquel vórtice.

Azariel alzó la cúpula sobre nosotros y las velas se plegaron.

Sumergió la Centella y dejé de acumular maná. Di media vuelta y canalicé el maná hacia los hermanos Thavma. Ambos batallaron para calmar el mar. Después de unos instantes que se me hicieron eternos, el vórtice aminoró hasta sólo ser una corriente circular. Los tres estábamos algo cansados. Me desplomé sobre la cubierta y me relajé un momento, pues me temblaba el cuerpo. Azariel se acercó a mí y me señaló algo sobre nuestras cabezas en dirección a popa.

—El rey Abraham envió a la Marina —me sostuvo la mirada un momento—. ¿Estás cansada o adolorida?

—Un poco cansada, pero podría seguir combatiendo sin problemas —contesté confiada.

Sonrió de oreja a oreja y algo en él cambió súbitamente. Una expresión como de triunfo se dibujaba en su rostro. Regresó a su puesto y manipuló el orbe de navegación. Nos fuimos de ahí sin que nos dijera una palabra.

Capítulo 28

Fets estaba dando vueltas en su camarote como un animal enjaulado. La habitación estaba llena de lujos y excentricidades. En toda la pared había trofeos de su vida pirata: La placa fundadora de un nosocomio infantil, siete escudos de armas de Gobernantes, trozos de madera de barcos a los que había destrozado, planos de armas prototipos y otro montón de objetos que él consideraba preseas. Había un escritorio suntuoso al centro de la habitación con tres sillas alrededor, una de ellas ocupada por un achichincle. A babor había una reja con un prisionero, ese último detalle desentonaba con el resto de las decoraciones. Fets golpeó aquel ostentoso mueble lleno de furia. "¿Qué se suponía que acababa de pasar?", se preguntaba. Se supone que le quitó a su hermano el mejor navío jamás creado. No concebía que hubiera sido humillado en altamar. "¿Habrá sido mi falta de habilidad?", consideró.

—No, la culpa es de esa condenada hechicera —gruñía—. Esa maldita Ann y su blasfemo poder.

—Capitán —comentó nervioso el achichincle desgarbado—, no sabíamos que su hermano y su tripulación aparecerían. Nuestros espías dijeron que había desembarcado en Tiburón, no creímos que… —se calló cuando una taza fue arrojada a su cabeza.

—¡Cierra el hocico, bestia! —gritó furibundo—. ¿Acaso no sabes que la Centella es uno de los barcos más rápidos? No tiene que lidiar con el oleaje ni nada, porque se sumerge. Es una de las mejores naves existentes.

—¡Ja! —una persona se burlaba desde el interior de la pequeña cárcel—. Más bien tú eres un marino de pacotilla. Un verdadero pirata le hubiese plantado cara a un cazarrecompensas como tu hermano. Pero se me olvida que tú le tienes miedo, ahumante —recalcó esta última palabra.

El sujeto se asomó a la reja y sonrió con unos dientes amarillos. Era Ajab, el antiguo Rey Pirata. Sus trenzas andrajosas cubrían gran parte de su rostro. Su barba, antes cuidada y trenzada, ahora era un revoltijo mugriento. Su rostro presentaba algunos moretones causados por el mismo capitán del Trueno Lejano. Estaba muy flacucho y sus ropas harapientas le proporcionaban el aspecto de un pordiosero. Se sujetó a los barrotes y miró con sorna a Fets.

—¡No te atrevas a llamarme ahumante, remedo de pirata! —replicaba el capitán.

—Si soy un remedo de pirata, ¿por qué me tienes encerrado para consultarme todo el tiempo? Veo que, de los vástagos de Darío, tú no eres la lumbrera, ¿verdad? —se empezó a carcajear.

Fets se acercó a la reja para propinarle un puñetazo, pero su interlocutor lo esquivó.

—No contaba con que trajera los refuerzos del rey —se excusaba el capitán.

—Yo no contaba con que me fueras a traicionar y heme aquí.

El capitán fue a su escritorio y bebió de una botella de ron. Se aclaró la garganta y se dirigió al antiguo pirata.

—Eso fue un descuido tuyo, así como fue descuido mío esta última batalla contra esos hijos de…

—Perdiste contra tus hermanitos, ¡qué tierno! —se burló Ajab con voz melosa—. Con razón tu padre los quería más a ellos.

—¿Cuáles hermanitos? —gruñó Fets.

—Azariel podrá ser adoptado, pero tiene más sangre Relámpago que tú. Y a la descarriada de Ann, Darío la cuidó como si fuese su propia hija, aunque ustedes la trataran como a una amiga y no como su hermana. Se nota desde el horizonte quién es digno descendiente y quién es solo un bufón —se carcajeó.

—Te recuerdo que tú me ofreciste a mí —dijo golpeándose el pecho— ser parte de tu tripulación pirata.

—Se lo ofrecí a tu hermano —recalcó alzando un dedo—. Tú solo eras una carga que venía con el verdadero premio.

Fets alcanzó a Ajab través de la reja y quiso estrangularlo, pero el pirata se soltó con pericia.

—Cuando acabe con mi hermano y consolide mi dominio, a ti te tiraré por la borda apuñalándote primero.

Ajab lo miró desde abajo dibujando una mirada siniestra. Se acercó nuevamente a los barrotes.

—Tu hermano prometió llevarme a juicio para recibir mi condena y seguramente lo cumplirá, pues es un marino de palabra. Ya solo estoy esperando ese día. Y si él prometió que se vengaría de ti, seguramente acabará contigo, muchacho. Somos hombres muertos, Fets, esta es una conversación entre dos condenados a muerte —y volvió a carcajear.

Fets asestó un puñetazo a su escritorio, dio media vuelta y salió del camarote mientras dejaba atrás la risa descontrolada de un pirata chiflado.

Capítulo 29

Habíamos navegado un largo rato sumergidos en el gran azul. Todavía sonreía como un desquiciado y, aunque ya me dolía la cara por el esfuerzo, no podía dejar de hacerlo.

—Capitán, ¿todo bien? —preguntó Noemí con preocupación.

La miré y bajé la mirada. Mi cuerpo empezó a temblar y me carcajeé. No podía con la euforia que recorría mi cuerpo. Me sujeté el estómago y traté de inspirar hondo.

—No, no me he vuelto loco —aclaré al ver que todos me miraban preocupados.

—Tampoco pareces muy cuerdo —comentó Caleb.

Caminé un poco por la cubierta y después de controlar mi respiración y mis ganas de reír empecé a explicar.

—¿Es que no lo ven? —pregunté mientras recorría con la mirada a mis amigos—. Fets pudo haber hecho muchos destrozos y entablar una batalla directa contra nosotros, pero reculó. Hubo una razón por la que decidió irse.

—Nuestra superioridad numérica, por supuesto —respondió Caleb con sarcasmo mientras volteaba a ver a Ann.

—Exactamente, colega —concedí, pues sabía que se refería a mi amiga—, él podrá tener el mejor barco, pero no tiene lo necesario para dominar el mar. La inteligencia, sobre todo. Nosotros tenemos el recurso mágico más poderoso de todo Anápafse.

—Fue un tiro de suerte, Azariel. Se juntaron varios factores —comentó Ann—. No creo que yo pudiera repetir esa hazaña.

—Ay, mi pequeña Ann, tan despistada de la situación. Dara —le extendí una mano haciendo una invitación—, ¿podrías explicarle a Ann qué sucedió exactamente?

Dara tragó saliva y se alisó la ropa. Se aclaró la garganta antes de hablar.

—Ann, tu magia fracturada no te lastimó esta vez. Es decir, nada. Fluía en ti tan caótica como siempre, pero la dominabas casi en su totalidad. Destructiva y al mismo tiempo controlada.

—No entiendo qué quieren decir —nos miraba alternadamente.

Me senté un momento en la escalera que daba a la cabina de navegación.

—Ann, creo que ya es hora de que rompamos la maldición de Najib —comenté para cambiar de tema—, pero antes —alcé un dedo—, necesito ir con la Gobernante de Tiburón. Hay un favor que necesito pedirle.

Todos intercambiaron miradas y algunos tragaron saliva.

—¿Está seguro, capitán? —preguntó Najib—. Entre sus iguales ella es la más rígida con la ley y usted sigues siendo un prófugo.

—Créeme, amigo. Es una oferta que no rechazará. Además, es íntima amiga de nuestra hechicera ilustre.

Ann me miró con cara de pocos amigos, pero la decisión estaba hecha. El plan para vengarme de mi hermano acababa de cambiar para bien.

Llegamos un día después al anochecer hasta Mandíbula, en Tiburón, la isla más esplendorosa de ese archipiélago. En la cima de un monte, se encontraba el palacio de la Gobernante Magna Yael. La ciudad en la que se erigía dicha construcción era de las más acaudaladas de todo Anápafse. Habíamos ocultado la Centella en un hechizo de glamur y pasamos la noche en ella. Al día siguiente nos movilizamos a regañadientes hasta el hogar de la mandamás. Ann hizo el favor de disfrazarme con otro hechizo. Me veía como un mercader bonachón con un bigote muy poblado.

—No me hace gracia que uses mis influencias para un plan tan poco meditado —se quejó sin voltear a verme.

—Vamos, amiga, confía en mí. Esto funcionará.

El Palacio era una edificación con una muralla circular defendida por cuatro torres señalando los puntos cardinales. Tenía unos jardines preciosos que adornaban el edificio en el centro. Un castillo en toda regla era el hogar de Yael. Me había colado una vez ahí y sabía que las paredes estaban imbuidas con magia y que había una muralla invisible de maná.

Apenas llegamos al portón principal, el guardia reconoció a Ann y la saludó con una marcada reverencia. Le informamos que queríamos una audiencia en días próximos para ver a la Gobernante, pero el guardia corrió hasta el portón interior para informar de nuestra visita.

—Puede verla hoy, hechicera Ann —anunció con otra reverencia—. Tenía varios ciclos esperando verla.

—Muy amable—contestó Ann y nos escoltaron al interior del

Palacio.

Estaba regocijándome de volver a estar ahí cuando la escolta cambió de dirección a la izquierda y nos guio hasta el jardín trasero de la residencia. Sentada en una tumbona con varios guardias alrededor se encontraba nuestra anfitriona. Una mujer robusta, pero muscular estaba tomando el sol como si nada. Apenas vio a Ann se levantó y se dirigió a unas sillas ostentosas debajo de unas sombrillas para jardín. Nos invitó con señas a sentarnos.

Su físico era impresionante, tenía sus músculos bien definidos, y estaba completamente bronceada. Su cabello castaño estaba recogido en una trenza perfectamente peinada. Sus delicadas facciones contrastaban con su cuerpo y la hacían ver más joven de lo que en realidad era. Llevaba una blusa blanca que dejaba al descubierto sus brazos y unos pantalones de caza un poco holgados. Aun así, esa mujer derrochaba porte real.

—Mi preciosa Ann, es un obsequio tenerte aquí —saludó efusivamente y besó en ambas mejillas a mi amiga—. Advierto que traes un amigo contigo —dijo y me saludó con una cabezada—. He de suponer que vienen a hablar de negocios. Te concedo la palabra y la privacidad, Ann.

Dio dos palmadas al aire y los guardias se retiraron. No lo advertí hasta que se movió, pero un hechicero se desplazó hasta nosotros y creó una barrera cristalina a nuestro alrededor.

—Querida, —musitó— ¿podrías distorsionar nuestra habla con glamur para que no puedan leer nuestros labios? —lanzó una mirada cómplice a Ann y ella agitó sus dedos.

Sentí el hechizo cerca de mi boca, era un cosquilleo muy extraño.

»Dime, mi apreciada hechicera iluminada, ¿qué nuevas te han traído hasta mi hogar?

—Fets ha atacado Narval con una flota inmensa. Quisiera...

—Y tú los has repelido —interrumpió—. Claro, solo tú podrías, tú y el criminal de Azariel. Me informaron de eso.

Traté de no reaccionar ante el comentario. Usé todos mis dotes de actor para esa hazaña.

—Mi señora, vengo hasta usted para pedirle...

—"Mi señora", ¡qué halagador! —sonrió—. Querida amiga, tú puedes llamarme Yael sin problemas. Yo te diré Ann, ¿de acuerdo?

Mi amiga asintió y se aclaró la garganta.

—Tenemos un plan para acabar con Fets, pero necesitamos cuantos aliados se sumen para poder hacerle frente —empezó a explicar—. Azariel y yo contamos con...

Yael la hizo callar con un ademán, cuadró los hombros y giró el cuello. Nos miró con franqueza antes de hablar.

—Ann, no puedo ayudar al prófugo de tu amigo, si espero que mi pueblo siga la ley, debo predicar con el ejemplo. Va contra las pautas ayudar a un criminal ¿Tú qué opinas, Azariel? —dijo mirándome.

El alma se me vino a los pies. Me había descubierto y me puse nervioso. Volteé sobre mi hombro para buscar a los guardias que se abalanzarían sobre mí, pero no había ni un solo movimiento a mis espaldas. Devolví mi vista a nuestra anfitriona que esperaba una respuesta.

—Usted tiene razón, excelencia.

—Fets ha sembrado el miedo entre mis iguales, ha cometido atroces actos contra el pueblo. Ni siquiera los niños se han salvado de sus bestialidades. Ha desterrado a piratas y todo tipo de calaña marina para instaurar su orden en todo el gran azul. El rey en Ballena le teme mientras que el soberano de Narval le hace frente como puede. Dime, muchacho, ¿crees que un fugitivo como tú puede hacerle frente a una amenaza así? ¿Crees que puedes encarar a alguien que siembra el miedo entre los más valientes?

Sabía toda esa información de mi hermano gracias a las investigaciones de Ann y Caleb.

—Por supuesto —contesté sin dudar.

—¡Eres un fanfarrón! —soltó de golpe—. El barco de tu padre, el que está sumergido en mis costas, es inferior al que posee tu hermano. Tu tripulación es mucho menor, aunque se sume el prodigioso de Caleb. Fets tiene una cuadrilla de hechiceros dispuestos a fortalecer su barco y el resto de su flota. Dime, hijo del difunto Rey del Mar, ¿cómo osas mentirme en mi cara con semejante aseveración?

—Mi hermano no tiene mi ingenio ni mi habilidad —contesté lo más educado posible—. El Trueno Lejano no ha volado desde que yo fui traicionado y lo abandoné. Estoy seguro de que puedo ganar y usted lo sabe.

La Gobernante me sostuvo la mirada un largo tiempo y luego soltó una carcajada.

—Yo lo sé, porque tú le causas terror a tu hermano —decía sonriendo—. Ann, tus aliados y tú pueden detener esta vorágine de eventos. ¿Sabes qué planea Fets, muchacho? Sí, sí que lo sabes.

—Quiere matar al rey Abraham para que los enemigos de la corona lleven a cabo una guerra contra Ballena. Él está a punto de controlar el mar y con ello, controlar el conflicto mismo. Se haría del poder sin tener que llegar a ningún trono.

—Eres brillante, Azariel —se admiró mientras se rascaba el mentón—. Eres el digno sucesor de Darío. Ustedes dos lo son —comentó dirigiéndose a Ann y a mí.

Ann se levantó súbitamente emocionada.

—Entonces, ¿nos ayudarás, Yael? —le brillaban los ojos.

—Una Gobernante no puede auxiliar a un criminal como Azariel Relámpago.

Veía la derrota en el rostro de mi amiga.

»Sin embargo, hay unos corsarios encubiertos muy diestros. Ellos podrían hacerle un favor al rey Abraham y salvar su vida —nos miró con complicidad—. Ya hay una recompensa: aquel que capture a Fets será ascendido a Magno Corsario en Narval entre otra lista de beneficios.

Ann asintió y se relajó bastante.

—Te lo agradezco infinitamente, amiga.

—Cuando el conflicto se desate, ellos acudirán. Mis espías estarán al tanto de eso. Me alegro haberlos recibido en mi hogar, queridos aliados. Comprendo que su visita era meramente diplomática, así que pueden retirarse —nos despidió con una seña.

—¿No va a intentar detenerme, Gobernante? —pregunté alzando una ceja.

—No veo aquí a ningún ofensor de la ley. Solo veo a mi querida

Ann y a su amigo comerciante.

—Apreciamos tus atenciones, Yael —se despedía Ann con una reverencia.

—No obstante —dijo mientras la barrera se disolvía y nos alejábamos—, ¿sabe el hijo del Rey del Mar que la ley lo alcanzará tarde o temprano?

La verdad, es que contaba con ello. El plan estaba yendo demasiado bien, casi todas las piezas estaban en su lugar.

La magia y la Diosa

Llegué con Noemí que ya estaba preparando la comida. Llevaba un pequeño delantal y ropa muy holgada, pues se había vestido con algunas de mis prendas. Traía conmigo un pastel de carne que yo misma ayudé a hornear. Coloqué un hechizo sobre él para que no se enfriara y lo dejé sobre la mesa. Me aclaré la garganta antes de hablar.

—¡Feliz día, pequeña aprendiz!

Ella se sobresaltó y casi tira la olla donde preparaba el estofado.

—¡Maestra, me asustó! —dijo con una mano en el pecho—. ¿Qué estamos celebrando? —dijo al desviar su vista al pastel.

La abracé y después quité la olla del fuego para colocar una tetera.

—Llevas un año conmigo, eso hay que celebrarlo.

—Cierto, hace un año que me salvó la vida.

—Hace un año que eres mi alumna —corregí—. Y me alegro todos los días de esto.

—Usted debería tener más aprendices, maestra. Su saber no debería ser solo mi privilegio. Creo que debería impartir clases en la Universidad.

Quería ignorar ese comentario, pero era muy directo. Suspiré antes de contestar.

—Le tengo miedo a mi magia. Alguien así de caótica no debería ser maestra.

Me levanté por la tetera y fui por platos y bandejas para servir la comida. Verduras, pastel de carne, sopa de cebolla y unos postres de miel.

—Buen provecho, Maestra —me dedicó una sonrisa.

—Buen provecho, Noemí.

Degustamos la comida y le serví un poco de vino para finalizar. Empezamos a hablar de cosas sin importancia hasta que recordó que era día de clases.

—¿Vamos a continuar con las lecciones? Hoy toca Historia y filosofía.

—No tengo los ánimos para filosofar —acepté—. ¿Cuál es el tema de hoy según tus notas?

Fue por su cuaderno y empezó a revisarlo.

—El origen de la magia —alzó la vista y me miró expectante—. Nunca fueron muy diestras mis maestras brujas con ese tema.

Me aclaré la garganta y me acomodé en mi asiento. Ese era un tema que yo dominaba.

—La magia fue entregada a los humanos por nuestra madre Aionia después de que nuestro padre Sorrento nos dejara en la Tierra —empecé a recitar—. Tres dones únicos y balanceados fueron depositados en los bebés de un rey que deseaba descendencia. La fuerza para el primogénito, la voluntad para el segundo, la sanación para la tercera. Solo había una condición: el rey debía dimitir y sus hijos debían servir a su pueblo. La magia era un regalo para ayudar, no para gobernar.

»Así se vivió en paz por años, su prole se esparció por el mundo junto con el don y el mandato de ayudar. Nuestra madre al ver esto, decidió otorgarle poder también a sus hijas más ilustres, las llamadas sabias o brujas. Sin embargo, hubo quienes empezaron a desobedecer el mandato principal. Quisieron gobernar haciendo uso de la magia. Aquellos primeros humanos fueron convertidos en aberraciones, algunos lo aceptaban, otros se aprovechaban de ello, otros se ocultaban. Los más malvados intentaron ir contra la diosa, pero ella menguó sus fuerzas con una ventisca brutal que cayó de las alturas. "Del cielo el azote gélido caerá", se oyó en los cielos.

»Con el paso del tiempo, la maldición que caía sobre aquellos traidores fue menguando hasta parecer que ya no los afectaba en nada.

—Fue cuando la diosa decidió morir, ¿no?

—Fue cuando la diosa decidió trascender, pero siempre hubo fieles que protegían su mandato. El dolor de nuestra madre fue tanto, que fracturó el mundo y con él la magia. Ahora ya no existe tal división del don. Dicen que ella vino a estas tierras para su descanso y que asignó guardianes que la cuidaran.

—Usted tiene magia fracturada, ¿no es así? —preguntó con genuina curiosidad.

—La ira desata esa magia —confirmé—. Hay veces en que no puedo controlarla en absoluto y suceden desgracias.

—¿Se arrepiente de lo que pasó hace un año?

—Para nada —me encogí de hombros—. Ellos tuvieron su merecido y seguramente lo volvería a hacer si lo ameritara.

—Hay personas que salen muy lastimadas al desatar esa magia, algunas incluso mueren. Usted salió caminando de ese lugar conmigo.

¿Ha alcanzado el estado Xékilos?

Se refería al punto de máxima afinidad mágica que puede alcanzar un hechicero o bruja. Sonreí, pues esa chica me tenía demasiada devoción.

—Ese estado se consigue con mucha práctica y meditación. Quienes lo llegan a alcanzar tienen alrededor de cuarenta años. Yo no estoy tan vieja, soy una bella y joven hechicera —sonreí.

Noemí se me quedó viendo un momento tratando de contener su sonrisa. Al final se rio.

—Somos muy jóvenes para alcanzarlo, es verdad.

—Te traje un regalo —dije mientras sacaba un paquetito de mi chaqueta—. Espero te guste.

Noemí abrió el regalo con sumo cuidado. Dentro había unos aretes y un tótem de un lobo tallado con mucho cuidado.

—Usted los hizo, ¿no es así?

—No solo de la magia soy artista.

La chica me abrazó. Sentí mucha calidez y la abracé también.

—Muchas gracias por todo, maestra. Juro que aprenderé lo más que pueda de usted.

—Yo juro por Aionia que no te voy a abandonar, Noemí.

Capítulo 30

La reunión con la Gobernante de Tiburón había ido mucho mejor de lo esperado. No fui sentenciado a muerte y nos prometió ayuda, por así decirlo, para combatir a mi hermano. Estábamos a dos movimientos de ir directo contra él. Al fin podría cobrar mi venganza. Ya casi habíamos llegado a Crepuscular y tenía en mente un plan gracias a una conversación con Dara. Noemí se veía ansiosa, pero se controlaba.

—Se me hace un poco cruel que llevemos a la pequeña bruja a donde se perdió su aquelarre —objetó Caleb mientras me miraba con el entrecejo fruncido—. Y se supone que el pirata desalmado soy yo.

Me acerqué a la pequeña bruja y le sostuve la mirada.

—Noemí, sé que esto es difícil, pero necesito ir a ese lugar para romper la maldición de Najib. Yo…

—Lo entiendo —me interrumpió y sonrió—. Tarde o temprano tengo que superarlo, ¿no? Además, es por el bien de nuestro maestro de armas.

Najib se encontraba peor que Noemí. Miraba con aprehensión la costa de la isla mientras sujetaba con fuerza el disparador de las ballestas de estribor.

—Hemos venido hasta esta isla porque hay una gran concentración de magia —expliqué a toda mi tripulación—. Dara y yo llegamos a la conclusión de que las brujas no murieron o las masacraron. Si lo que creemos es verdad, ellas trascendieron o algo parecido.

—Creen que las brujas siguen con vida —alzó una ceja Ann.

—Estoy casi segura —respondió Dara con una mano en la barbilla—. Es decir, ellas siempre quisieron superar la fractura que divide al mundo y, según lo que le contaste a Azariel, no hay rastro de violencia en donde ellas estaban. Simplemente desaparecieron —se encogió de hombros.

Todos asintieron. Por supuesto, tenía sentido. Si las brujas lograron o no superar la fractura, acumularon un montón de magia y la tierra aún debía estar impregnada de ella.

—Las brujas no tenemos maná propio —comentó Ximena—, ¿cómo lo habrán logrado? —preguntó al aire.

—El aquelarre de Noemí se encontraba al norte de la isla —meditó Ann en voz alta—, cerca de la costa y bordeando el bosque y esos dos lugares…

—Son donde más magia suele haber —concluyó Ximena—. Bosques y el océano, por supuesto. ¡Ahí canalizaron el embrujo!

—¿Lo ven, mi gente? Soy más que un apuesto capitán —me di la vuelta mientras me dirigía al orbe de navegación—. ¡Prepárense para abarloar! Hemos llegado —anuncié sonriendo.

Rentamos dos carruajes de caballos que nos llevaron hasta nuestro destino. El lugar de su aquelarre eran varias casitas pequeñas y un edificio central que servía de escuela. Aquella edificación parecía una universidad en miniatura. Contaba con dos pisos, era de mármol negro, obsidiana y otras piedras oscuras. Un poco más al oeste se encontraba el bosque que colindaba con el mar.

Noemí se adelantó y fue hasta su antigua escuela. La alcancé junto a Ann y leímos la inscripción a un lado de la puerta.

"Las sabias fuimos bendecidas sin la frontera propia de la magia, pero con menos poder. Aprender, enseñar, ayudar y amar son la encomienda de la Luz".

Noemí recitó en voz baja aquel lema y una lágrima se derramó en su mejilla. Ann se acercó a abrazarla por la espalda. Yo me agaché a recoger un brazalete de obsidiana que me llamó la atención. La chica se limpió el rostro y caminó sin decir nada. Nos guio hasta el lugar donde se solían reunir sus compañeras.

Era un claro que estaba en medio del bosquecillo y la costa. Pude advertirlo en cuanto llegamos, había demasiado maná en el ambiente. La piel se me erizaba un poco y noté que el cabello de Ximena y Noemí ondeaban ligeramente con tanto poder.

Dara se situó en el centro de aquel lugar y lo examinó con la mirada.

—Es verdad, aquí hay demasiado maná concentrado. De hecho, este sitio está más impregnado e inestable que Noche Eterna. Es el lugar perfecto para la bendición.

Nos explicó brevemente el plan que había ideado. Toda maldición puede romperse, por más poderosa que sea. Debían colocarse alrededor del afectado a una distancia prudente por si el maná era muy abrasivo. Cada uno tenía que canalizar poder alrededor del sujeto maldito para hacer flaquear aquella condena y en el momento justo hacer una contramaldición. Solo que el método de Dara era diferente.

—Vamos a contrarrestar una maldición con una bendición —dedujo Ann.

—Así es, amiga. Noemí es la mejor para esta tarea, ya que ella puede deducir los hechizos y contrarrestarlos. Vengan —ordenó con apremio—, les daré instrucciones.

Ximena se situó al norte, Clawdí al este, Dara al oeste y Ann al sur. En el centro estaba Najib y situado frente a él se encontraba Noemí. Con tanto poder acumulado ahí, el cabello de la chica empezó a ondear somo si estuviese sumergida en agua.

Todos los portadores del don empezaron a movilizar el maná. El flujo de magia era tal, que chispas empezaron a volar por toda la zona y rodeaban tanto a hechiceros como a brujas. Ann hizo una forma como si se preparara para combatir y extendió un brazo hacia Najib. Un vórtice de poder se empezó a formar frente a ella y lo desplazó con lentitud hacia mi amigo. Un aura como el azul del cielo empezó a cubrir a Ann mientras sus ojos brillaban del mismo color. Hizo varios giros con las manos y después volvió a extender una mano señalando con dos dedos. Aquel remolino de poder se detuvo al envolver al maestro de armas y a la joven.

—Oh, diosa, que el poder de la Luz deshaga lo que se hizo con maldad —recitó Noemí.

La chica empezó a resplandecer con un aura verde y colocó dos puños al frente como si sujetara algo invisible. Los otros usuarios de la magia empezaron a imitar los movimientos de Ann y el vórtice giraba con mayor velocidad. Por un instante, vi a través de la maldición el verdadero aspecto de mi amigo: Un joven con coleta de caballo, apuesto y musculoso, pero sin llegar a verse tosco.

La chica cambió de postura. Era la pose ancestral de concentración máxima que alguna vez me mencionó papá: los ojos cerrados, las palmas de las manos juntas a la altura de su barbilla, permitían el nexo, un estado espiritual que permitía crear un vínculo entre cuerpo y alma. Elevó una de las manos al cielo y abrió los ojos.

Un sonido como de explosión me llamó la atención, la magia fracturada de Ann volvía a aparecer. Chispas rodeaban todo su cuerpo, pero no parecía adolorida. Su aura se había hecho más clara y parecía casi blanca.

—¡Lo tengo! —gritó triunfante Noemí y empezó a orar—. Perdona toda ofensa y bendice cada uno de nuestros días. Que todo maleficio sea disuelto en tus hijos fieles. En tu nombre, querida madre, disuelvo esta maldición.

Bajó las manos de golpe y tanto vórtice como chispas desaparecieron. Como si fuese un óleo rasgándose, la maldición fue deshaciéndose y reveló a mi amigo tal y como era en realidad. Este se miró las manos y empezó a derramar lágrimas. Se palpó el cuerpo y después miró a Noemí con cariño. La alzó en un abrazo mientras le agradecía.

—¡Por fin soy yo! —gritaba—. ¿Me ve, capitán? Por fin se deshizo esta pena. ¡No puedo creerlo! —estaba eufórico.

Ann tenía un brazo flexionado hacia un costado de su cintura, el dedo índice estaba casi pegado a sus labios, imitando la señal que sugiere guardar silencio. El otro brazo, igualmente flexionado, cruzaba de un extremo a otro su pecho, el puño iba a la altura de su corazón, como si estuviera en guardia. Después, ahuecó las palmas frente a su pecho concentrando todo su maná y lo depositó en el suelo mientras se hincaba. Abrió los ojos y contempló el trabajo de todos, la maldición se había deshecho. Volteó a verme y sonrió. Yo le devolví la sonrisa, pero no por el mismo motivo que ella. Seguía sin poder creer lo que había presenciado.

Capítulo 31

Fets se encontraba navegando cerca de Calamar, había intentado sin éxito hacer volar el Trueno Lejano otra vez. Se sentía furibundo. Su humor no había mejorado desde aquella humillante retirada de Narval.

—Capitán, ¿le sucede algo? —preguntó un hombre flacucho con cara de ratón y sonrisa maliciosa.

—No sucede nada, Porto. Solo estoy pensando.

El tal Porto era la actual mano derecha de Fets, en ausencia de Ganzo. Vestía el uniforme propio de Maestro de Armas: chaleco, camisa de manga corta, pantalones ajustados y botas de media altura. Todo el conjunto en tonos oscuros. En su cinturón, portaba varios puñales. Llevaba una cola de caballo sujeta con un trapo mugriento.

—¿Está preocupado por su hermano? Si quiere yo lo mato, me quedé con las ganas desde que nos amotinamos.

—No hace falta, amigo. Yo mismo lo mataré con mis manos cuando llegue la oportunidad. ¿Ya mandaste traer a todos nuestros aliados para la incursión en Narval?

—Por supuesto, mi capitán. Yo mismo...

Se quedó callado cuando el barco se sacudió. Un navío de alta velocidad surgió de la nada y empezó a lanzar hechizos en ráfaga.

—¿Quién sería tan loco como para atacarnos? —preguntó Fets confundido.

Él y Porto corrieron a la borda para averiguar quién era su atacante. No conocían a nadie de esa tripulación. Todos eran marinos de piel oscura u olivácea. Parecía que recitaban una saloma.

—¿Qué será lo que dice? —preguntó Porto y mandó llamar al hechicero para que magnificara su oído y el de su capitán.

La saloma aumentó súbitamente de volumen a propósito y les lastimó el oído a ambos.

— "Al fondo del mar, el cerdo irá. El Trueno robado por un animal", recitaban todos los tripulantes.

—¿Cómo se atreven? —gruñía Fets—. ¡Todos a posición! ¡Quiero que hundan esa maldita pitivarilla!

Los marinos en aquel barco cambiaron su expresión cuando vislumbraron las armas de aquel poderoso buque.

—¡Fuego! —ordenó Fets a voz en cuello.

El disparo de maná fue muy potente, pero cuando se disipó la brisa, no había ni rastro de aquellos marinos.

—Escaparon, capitán —informó Porto—. Qué raro, es la quinta vez en este ciclo que nos atacan unos pusilánimes.

—Hemos perdido el respeto, al parecer. ¡Cambia el curso a la guarida! —ordenó furioso—. Y quiero que todos los preparativos estén listos para nuestro atraco final.

—¿Iremos a enfrentar a Delfín y Narval inmediatamente?

—No, tenemos una presa todavía por desollar antes de ir por el pez gordo —decía Fets con una sonrisa maligna.

Capítulo 32

Habíamos llegado a Presa, la isla en Delfín donde descansaba mi padre, sintiéndonos como unos ganadores. Habíamos reunido un equipo de ensueño que culminaba con Najib sin maldición. Era hora de planear el principio del fin, pero también quería descansar. Najib, en cambio, me pidió que entrenara junto a él. Fueron días de un entrenamiento bastante parejo, no me había dado cuenta cuánto lo limitaba su maldición. Casi me igualaba en habilidad y técnica. Después de más de un ciclo de combate, decidí descansar, pues quería pasar un tiempo con Dara.

Nos habíamos acurrucado cerca del peñón al lado norte de la isla. Dara descansaba sobre mi regazo y estaba dormitando. Escuché unos pasos a mi espalda y sabía de quién se trataba.

—¿Cómo era entrenar con tu papá? —preguntó Ann a mis espaldas.

Traté de girar con cautela para no despertar a Dara.

—Siempre fue interesante, por decir lo menos.

Mi amiga se sentó junto a mí y observó con cariño a Dara. Después me miró a los ojos.

—¿Interesante cómo?

Suspiré y traté de dar con una respuesta.

—Papá siempre nos corregía cuando entrenaba junto a Fets. Era muy estricto y buscaba siempre que lo hiciéramos lo mejor posible, todo bien meditado y previniendo cualquier situación. Claro que era imposible, pero él quería que estuviésemos listos para todo. Era un entrenamiento rudo, pero efectivo. Éramos unos pobres cachorros siendo entrenados por el más astuto de los lobos. Apenas cumplí los diez, papá nos llevaba a sus misiones, pues no quería dejarnos solos y aseguraba que estábamos más protegidos con él.

Me acomodé un poco para estar más cómodo.

»Hubo una ocasión, cuando tenía apenas doce años, desembarcamos después de un contrato en Tortuga. Estábamos hospedados en una posada lujosa y nos preparábamos para dormir cuando se escuchó alboroto afuera. Un incendio en una casona de huéspedes era el origen del bullicio. Papá fue a ayudar inmediatamente. Nos ordenó que nos quedáramos hasta que volviera.

—No le hicieron caso, ¿verdad? —preguntó sonriendo.

—Por supuesto que no. Salimos corriendo en cuanto lo vimos por la ventana. Alcanzamos a papá justo cuando entraba en el edificio. No sabíamos que se había echado un balde de agua helada para enfrentar las llamas. Quisimos entrar, pero uno de los lugareños nos detuvo.

»Pasaron unos instantes eternos y papá salió con una mujer en brazos que a su vez cargaba a un bebé. Volvió a aquel horno y después salió con dos niños en los hombros y jalando a un anciano. Se veía imponente. El viejo quería volver, pues decía que su amigo estaba aún dentro en el primer piso. Papá replicaba que no había nadie más en el edificio. Fue cuando se me ocurrió que tal vez se refería a un animal de compañía. Mientras papá intentaba tranquilizarlo, yo me vertí un balde de agua y me adentré al incendio.

Adentro la luz me cegaba y el humo me dificultaba respirar, pero sabía que aquel anciano se afligiría si no rescatábamos a su amigo. Vi a un perro enano de color negro en una de las esquinas, hecho un ovillo y temblando descontroladamente. Para no extenderme, salvé a aquel animalito y se lo entregué a su dueño. Estaba completamente cubierto de hollín, pero feliz de ver a aquel dúo junto.

—Tu papá se enojó —afirmó Ann mirando al océano.

—Estaba muy cabreado, se le veía en su semblante, pero no me dijo nada. Estaba por alzar la voz cuando un borracho estúpido habló hipando. Decía que habíamos sido unos entrometidos y unos imbéciles. Había admitido que él inició el incendio y que lo hizo para que construyeran un mejor edificio. Nos escupió y luego miró con desprecio al anciano que había salvado papá. "A ese ya lo hubieran dejado dentro, le falta muy poco para estar en el hoyo", dijo burlándose.

—¡Tremendo idiota!

—Ni que lo digas. No me di cuenta en qué momento Fets se acercó a aquel idiota y empezó a darle una golpiza horrible. Un muchachito de trece años había puesto en su lugar a un adulto desquiciado. Le rompió ambos brazos y estaba a punto de romperle las piernas, pero papá lo alzó y se lo llevó del lugar. Yo los seguí.

»Ese día nos dio una regañada como pocas. Nos llamó inconscientes e impulsivos, nos dijo que nos iba a triplicar el entrenamiento y que estábamos castigados —suspiré—. Luego nos felicitó a los dos. ¿Sabes por qué?

—Porque a pesar de ser unos insensatos, resolvieron la situación. Al menos, lo mejor que pudieron.

—Así es. Salvamos una vida y reprendimos un criminal.

—Darío nunca me reprendía ni me regañaba. No sé si me consentía. Recuerdo que una vez me trajo unos libros muy dispendiosos sobre hechicería. Me encantaron y aprendí mucho de ellos junto a mis tutores.

—¿Tus tutores te los asignó tu hermano? —siempre quise saber eso.

—Él los pagaba, yo los elegía —se estiró un poco y luego se recostó sobre la hierba—. Darío nunca me entrenó en persona, prefería que su hijo el talentoso jugara conmigo. Yo creo que tal vez eso dio mejores resultados —me miró de reojo.

—Yo también lo creo —acaricié el rostro de Dara que dormía plácidamente.

—¿Por qué eras tan duro contigo mismo cuando entrenabas por tu cuenta?

—Porque no quería ser como el imbécil que abandonó a mi mamá Miriam.

—¿Disculpa? —se quedó pasmada.

—Papá me explicó que Miriam me había tenido con complicaciones y el sujeto que la embarazó no ayudó en nada. Venía con más problemas que soluciones y vivir con él era un calvario. Todo eso se los contó mamá Miriam a mis padres cuando me adoptaron.

—¿No consideras a aquel señor tu padre?

—¿Qué tengo de él? Solo su sangre, ¿no? Si nunca estuvo, no

fue un padre. Solo fue un imbécil —le impregné más veneno a mi voz de la que quería.

—Lo lamento, Azariel, yo no quería…

La interrumpí con un ademán mientras contenía la ira.

—Mamá Miriam trató de cuidarme, pero su salud estaba muy delicada, sabía que iba a morir. Fue cuando se carteó con su mejor amiga y le explicó la situación. Mamá atendió su llamada y fue por mí junto a papá. Me quisieron como a un hijo propio, me dieron un hogar y me educaron como mejor creyeron.

»Papá me reveló lo de aquel imbécil un día que me sentía mal mientras recordaba a mamá. Me dijo que aquel se fue con la excusa de que se sentía un inútil y que nos abandonó a mamá Miriam y a mí. Ese día decidí que yo sería mejor que ese poco hombre en todo sentido.

—¿Tienes talento nato, amigo?

—Para la pintura, tal vez. Para lo demás me entrenaba arduamente, cada que cometía un error lo repasaba en mi mente y me corregía. Lo hacía hasta alcanzar la excelencia. Por eso creían que era un prodigio, pero si mi hermano hubiese entrenado con la misma disciplina que yo, me igualaría. El talento es lo de menos, la constancia fue lo que me hizo excepcional. Pasé dos días completos tratando de descifrar cómo se navegaba la Centella. Al siguiente ciclo ya la manejaba mejor que papá. Cuando llegó el Trueno, hice lo mismo. No sé cómo Fets no puede hacerlo volar.

—No es solo eso, Azariel. Hay más cosas involucradas.

Alcé una ceja y antes de disponerme a hablar, Ann continuó.

»Ambos son barcos mágicos y la magia está viva. Por alguna

razón que desconozco, esa magia fluye bien para ti, aunque no tengas el don. Tal vez sea una bendición, quién sabe, pero dominas esos barcos así de bien porque su maná te lo permite. No digo que seas un mal navegante —alzó las palmas a la defensiva—, eres excepcional. Simplemente digo que el poder actúa en tu favor.

Me quedé pensando en eso un momento cuando volví a escuchar pasos a nuestras espaldas.

—Amigo, los espías de Caleb han llegado. Traen el informe que requería la señorita Ann —anunció Najib.

Sonreí de oreja a oreja. Era momento de poner manos a la obra.

Capítulo 33

De nuevo Diann nos había prestado el recibidor de su casa como sala de reuniones. Los informes detallados de los espías ya estaban sobre la mesa y tanto Caleb como Ximena los estaban estudiando.

—Ann tenía razón al final —comentó la bruja al desplegar un pergamino—, Fets cree que es intocable teniendo ese barco y ha sido muy descuidado. Tenemos la ruta de desembarco, escondites y lugares de recarga de maná. ¡Qué tonto ha sido!

Caleb estudiaba lo que parecían unos planos y se llevó una mano a la barbilla.

—Estas armas son bestiales, pero son muy imperfectas. Prácticamente podrías desbaratarlas pegando en el sitio correcto.

—Una de mis brillantes ideas —dijo el anciano tecnomago sentado frente a él—. Son fácilmente desarmables con la excusa de que es para darles mantenimiento.

Mi amigo capitán estudiaba con empeño los planos e iba tomando notas en un pergamino.

Tomé asiento junto a Ximena y pedí los informes para revisarlos yo mismo. El nivel de detalle era impresionante. Tenían la cantidad de hechizos lanzados, las medidas de respuesta de mi hermano, un bosquejo de su ruta, los puertos y escondites donde desembarcaba y un montón de notas más. Si no podíamos detenerlo a la primera, podríamos ir a cazarlo, era pan comido.

—No sé cuánto les pagues a tus espías, Caleb, pero espero sea una fortuna, esta información es muy valiosa.

Tomé otro informe, este tenía todos los ataques grandes que había hecho mi hermano. Desde Ballena, hasta el más reciente en Narval. El atraco a Tormenta seguramente fue donde aprisionó al tecnomago. Seguí hojeando para ver que casi todas las islas habían sufrido asaltos por el Trueno y su flota. Solo Noche Eterna y la isla más al centro se habían salvado.

—¿Martillo fue la segunda isla que atacó? —pregunto Noemí sobre mi hombro.

—Y seguramente así logró que Lois fuera su perro de guerra —contestó Caleb—. Podría apostar que Fets estaba tras la detención de Ann y la recompensa por Azariel. Pero eso está por acabarse, amigos. El encargo de Ann ya está puesto en marcha. Cuando acabemos con tu hermano, iremos por esos canallas que aún quedan que amenazan a la corona.

Yo ya había pensado lo mismo sobre el precio de nuestras cabezas. Fets se había hecho de un poder inmenso, pero seguía siendo descuidado y confiado, claro, yo tampoco había pecado de precavido y por eso se amotinaron en mi barco.

El último informe lo ubicaba en Calamar, en la parte más cercana Piraña. Al parecer no se había movido mucho de esa zona últimamente. Subrayé esa parte y le pasé el pergamino a Ann.

Azariel me tendió un pergamino y se levantó de su asiento. Lo leí aprisa y vi que había subrayado la última parte. Releí el documento y me percaté de lo que quería decirme.

—Tu hermano es muy previsible. Ya sabemos dónde va a atacar.

Mi amigo asintió y se fue a asomar a una ventana que daba al oeste. Seguí con los otros informes y me di cuenta de que, en efecto, los actos de Fets eran muy predecibles. Había atacado directa o indirectamente a todos los soberanos de las islas y a blancos en específico para sembrar terror.

—Solo falta alguien —comenté al grupo.

—Y por los intervalos entre cada ataque, sabemos cuándo lo va a hacer aproximadamente —comentó Caleb sonriendo.

Revisé nuevamente las fechas de cada atraco y era verdad. Solo distaban por uno o máximo dos días de diferencia, pero seguían un patrón muy marcado. Ahora que sabía que podíamos hacerle frente a su condenada tripulación, seguramente se prepararía mejor.

—Estamos a pie de ofensiva —señalé—. ¿Ya estamos listos para el ataque?

—¿Hoy ha salido algún barco? —preguntó de la nada Azariel.

—Solo un barco armero, amigo —contestó Najib—. Se subió una chica que era pescadora aquí.

Azariel sonrió de oreja a oreja y nos volteó a ver mientras se ajustaba su chaqueta.

—Ya estamos más que listos para detener a Fets.

Capítulo 34

El Trueno Lejano estaba detenido sobre las aguas más profundas entre Calamar y Piraña. Fets, su capitán, estaba parado sobre la borda viendo directo hacia la profundidad del mar.

—Lancen otra —ordenó a sus hechiceros.

Estos lanzaron una descarga de maná al fondo marino que lo iluminó por momentos, dejando ver varios bancos de peces. Una ligera sacudida se sintió en todo el barco. El capitán sonrió para sí y se encaminó al orbe de navegación del barco.

—¿Todo bien, Capitán? —preguntó Porto, que seguía pegado a la borda.

Fets lanzó una carcajada sonora y se inclinó sobre el orbe de navegación.

—Ya tenemos todo listo, amigo —lo miró a los ojos—. Confirma a mis aliados que estamos listos. Manda el mensaje diciendo que el ataque es en dos días.

Porto miró confundido el fondo marino y luego a su jefe. Se rascó la cabeza y preguntó preocupado:

—¿Está seguro, mi capitán?

—Haz lo que te ordeno, imbécil —tomó el orbe de navegación y trató de elevar el barco con esfuerzos, pero fue inútil—. Maldito Azariel —musitó—. Todo aquel que no acuda al llamado será considerado traidor y después de matar a mi hermano, sufrirá el mismo destino. En cuanto tengamos el camino libre y solo tengamos gente confiable, iremos por el rey Abraham.

Porto tragó saliva nervioso y asintió. Volvió a desviar su mirada al mar y se ajustó su chaleco.

—Capitán, ¿ya nos vamos? Parece que venir aquí fue una pérdida de tiempo.

Un torrente de agua se alzó a babor y salpicó a Porto. Desvió su mirada a esa corriente mientras sus ojos se abrían como platos.

—No, Porto. Venir aquí fue lo más adecuado, necesitábamos más ayuda —una sonrisa tétrica se dibujó en su rostro.

Caleb había salido de la casa, ya vestía su uniforme de capitán de colores claros y se estaba ajustando sus pantalones bombachos cuando vio a Azariel hablar algo con Dara. Ella tenía una expresión de preocupación genuina. Negó varias veces con la cabeza y él la sujetó de los hombros. Murmuró algo y la abrazó con fuerza. Ella se apartó, asintió mientras le murmuraba algo y se despedía con un beso de su amado.

Caleb miró con extrañeza esa escena. Se acercó a Azariel que miraba en el horizonte cómo se acercaban varios buques de guerra.

—¿Estabas despidiéndote por si morías? —preguntó Caleb mientras se ajustaba su chaleco.

—Tienes una flota estupenda, amigo —contestó sin voltear a verlo—. Es el fruto de un capitán prodigioso y de trabajo duro. No está mal para ser un falso pirata.

—No has contestado a mi pregunta, tonto —reprochó Caleb.

—Dara tiene uno de los trabajos más difíciles en esta misión, amigo. En caso de que suceda lo peor, destruirá el Trueno Lejano mientras provoca un remolino. Los pondrá a salvo primero, obvio, pero le cuesta trabajo aceptar la idea de que tal vez yo no sobreviva. Pero quiero sobrevivir. Quiero venir y ver a papá antes de que le llegue la hora. Ya me dijo Diann que hace lo que puede para frenar la enfermedad en el corazón de papá —suspiró—. No sabemos cuánto le quede, pero es posible que yo me vaya antes.

—¿De verdad crees que vas a morir? —alzó una ceja.

—Lo dudo bastante, aunque me creas un fanfarrón —se sacudió el pantalón y volteó para a ver a su amigo—. Estoy listo para renegociar nuestro trato —se aclaró la garganta—. Caleb, prométeme que, si algo malo me pasa, cuidarás de todos nuestros amigos. Además, quiero que jures que harás lo que te pida cuando te entregue a mi hermano o lo que quede de él —extendió una mano—. Sí, Caleb, te lo voy a entregar y a toda su tripulación.

—Trato hecho. Mientras no me pidas nada romántico o un beso, todo bien —y cerró el trato con un apretón de manos. Azariel se rio y volvió a ver el horizonte.

—No te preocupes, no tienes tanta suerte. Iré a despedirme de papá, solo por si acaso.

Capítulo 35

Habían pasado dos días desde que Fets mandó llamar a todos sus aliados y ahora algunos de ellos se desplazaban hasta Mandíbula, en Tiburón. Apenas se podía ver en el horizonte la costa. El trueno Lejano encabezaba esa flota. Veinticinco barcos estaban listos para asediar la isla y asesinar a la Gobernante Yael. Se desplazaban con una precisión mecánica, todos ellos eran casi invisibles gracias a hechizos ilusorios. El costo de maná era inmenso, pero para Fets valía la pena.

Alcanzaron a divisar un barco de la marina de Tiburón patrullando el perímetro. Había muy pocas personas en la cubierta, seguramente por lo temprano que era. El sol de la mañana les permitía ver que el navío estaba muy bien armado, pero nada que Fets no pudiera destrozar.

Mandó cargar un tiro de maná de su cañón frontal para aniquilar ese barco y anunciar el inicio del asedio. Cuando estuvo listo, el disparo resonó por todo el lugar e hizo añicos la embarcación que estaba frente a ellos. Un barco menos por el cual tendrían que preocuparse. Deshicieron el hechizo ilusorio que los ocultaba.

Se acercaron para ver si había algo de valor que pudieran robar en aquel naufragio. Cuando estuvieron lo suficientemente cerca, se quedaron confundidos al ver que no había cuerpos flotando, solo unos maniquíes vestidos como marinos y un montón de objetos sin valor. "¿Era un barco señuelo?", se preguntó Fets.

Sin darles tiempo a reaccionar, dos barcos del final fueron arrastrados al fondo marino por dos pequeños vórtices en miniatura.

El capitán del Trueno Lejano no sabía qué estaba pasando.

—¿Asustado, hermanito? —escuchó una voz que retumbaba a estribor—. Te doy oportunidad de que te rindas, infeliz traga mierda.

A la vista de todos apareció la Centella Mortal, el barco insignia del Rey del Mar. Su actual capitán, Azariel, el Príncipe del Mar, estaba en la cubierta cercano a la proa al lado de una hechicera pelirroja que le potenciaba la voz.

Fets no se quedó atrás y mandó pedir a un hechicero para que le hicieran lo mismo.

—¡Tienes muchos cojones de venir aquí y tratar de hacerme frente, adoptado! —gruñó furibundo—. Ese vejestorio no tiene oportunidad contra toda mi flota, estúpido. Cometiste un error al venir solo y retarme. Lo de la vez pasada fue solo suerte.

Una carcajada exageradamente potenciada con magia resonó por todo el lugar. Azariel recobró la compostura antes de replicar.

—Ay, hermanito, por supuesto que no vendría solo.

Dicho esto, una decena de barcos aparecieron al deshacerse su hechizo ilusorio. Todos ellos eran buques de guerra, la mayoría pertenecían a Caleb y unos cuantos eran de Delfín. Cada uno ondeaba una bandera con sus emblemas distintivos.

»¡Qué estúpido eres, Fets! —dijo mientras le daba la espalda, se dirigía al orbe de navegación y Ann cargaba un tiro de maná. Un aura de color celeste resplandecía alrededor de ella mientras sus compañeros de magia le canalizaban poder.

Fets miró asombrado aquella escena. No tenía tiempo de virar y preparar otro tiro, pues tenía que esperar un poco para que se recargara su cañón.

Una lluvia de proyectiles empezó a caer en dirección a su flota, uno de los barcos no alcanzó a levantar una barrera de maná y fue dañado de forma crítica. Una segunda ola incendiaria terminó de hundir aquel barco.

De la flota de Fets se separó Titán y empezó a adelantar la formación. Había sido remodelado y contaba con armamento nuevo. Dos barcos de Caleb se adelantaron para hacerle frente a aquel rival tan imponente. Apenas se tuvieron a tiro, empezó la batalla naval. Proyectiles de todo tipo surcaban el aire mientras se gritaban órdenes a diestra y siniestra.

El resto de la flota de Azariel se dirigió contra Fets. Nueve poderosos navíos incluida la Centella Mortal se dirigieron a toda velocidad para continuar el combate. Los barcos aliados del Trueno Lejano no darían tregua, estaban tan bien equipados como cualquier otro navío de guerra.

El mar empezó a embravecer sin que tuviera nada que ver con los hermanos Thavma. Las olas chocaban contra los cascos mientras cientos de flechas y hechizos volaban en medio de la batalla. Todos alzaban barreras mágicas como podían, esto iba a ser una batalla de desgaste.

Fets miraba todo desde la cubierta. Una sonrisa se empezó a dibujar en su rostro mientras esperaba que su cañón de maná cargara por completo. Un estruendo a babor llamó su atención. Tres de sus barcos asediaban a uno solo de Azariel, la ventaja numérica estaba dando sus frutos. El desventajado estaba siendo acribillado con montones de flechas y hechizos. Proyectiles incendiarios empezaron a volar contra la pobre víctima y lograron desarbolarla. Ahora el navío inerme flotaba a la deriva en medio de aquella calamidad. Escuchó como cargaba una de las armas que había forzado a aquel viejo hechicero a crear. Un solo disparo y el navío de sus rivales fue deshecho hasta las astillas. Regresó su vista hacia sus rivales y al menos dos más parecía que correrían la misma suerte. Regresó la vista a la Centella y estaba siendo cubierta por los flancos por dos navíos, evitando que lo atacaran. La hechicera seguía canalizando un disparo, pero alcanzó a apreciar con un catalejo que tenía los ojos abiertos muy concentrada, *"¿qué estará tramando?"*, pensó Fets. No quiso preocuparse de momento y mandó reforzar la barrera de maná de su barco.

Un estallido de maná llamó la atención del mayor de los Relámpago. Vio a babor que uno de los barcos enemigos estaba prácticamente desarbolado y empezaron el atraco. Los marinos de Caleb intentaban repeler el abordaje, pero ya era muy tarde.

—¡Maestro Lu, abandone el barco! —urgió un marino moreno a su superior—. Sálvese usted y luche después —decía al tiempo que desenvainaba sus armas.

Las llamas ya estaban en gran parte del barco, el palo mayor era el único en pie y la mayoría de las armas estaban deshabilitadas o destruidas. El barco crujía sonoramente mientras la batalla no daba tregua.

—Ni hablar, marino. Yo lucho con ustedes —decía al tiempo que se ajustaba unos guanteletes y empezaba a canalizar maná.

Los marinos enemigos ya se habían columpiado para abordarlos. Cayeron como depredadores y empezaron a atacar con superioridad numérica el barco del maestro de armas Lu.

—Cuando se lo ordene, marino, corta los amantillos y todo cabo que esté a su alcance.

El marino asintió y se lanzó al ataque. Estaba repeliendo el ataque de dos rivales cuando vio de reojo que su superior formaba un aro de maná alrededor de su cintura, lo sostuvo con los guanteletes como si se tratara de una hoja circular y empezó a arremeter contra los incursores. El barco ya crujía y comenzó a naufragar. Cuando las grietas atravesaron la mitad del barco y los hombres perdían terreno inminentemente, el maestro de armas corrió hacia el palo central.

»¡Ahora, marino! —gritó mientras clavaba su hoja de maná contra el madero y empezaba a derrumbarlo.

El marino en cuestión cortó todos los cabos a su alcance y permitió que la estructura de madera cayera sobre el barco rival lo que causó un daño considerable. El maestro de armas manipuló su hoja de maná y la lanzó contra aquel navío. Ahora las dos naves estaban a punto de naufragar.

—Si el barco flota, navegamos juntos —recitó el marino.

—Si se hunde, nadamos juntos —replicó el maestro de armas mientras combatía con el agua llegándole a los tobillos.

Batallas como esa se libraban en todo el mar cercano a Tiburón.

Fets había perdido un aliado, pero estaba satisfecho porque otro de los barcos de su hermano también se estaba hundiendo. Seguía teniendo la ventaja, a este paso ganaría la batalla y sería inminente el ataque a Tiburón. Caminó un poco por la cubierta cuando un copo de nieve tocó su nariz. Desvió su vista al cielo, pero no vio nada, entonces un escalofrío le recorrió la espalda y lo hizo voltear a ver a la Centella para ver que Ann seguía canalizando su hechizo.

—Señor, el cañón está listo —informaba un grumete a Fets—. Podemos disparar a su hermano si quiere.

—Yo creo que sería lo mejor, apunten y tengan listo el tiro. No confío en esa maldita.

La Centella empezó el ataque contra un buque de la flota de Fets y estaban muy parejos. Ninguno de los dos hacía mella en el otro. Dos elementos de la cuadrilla de Fets emparejaron a su líder y empezaron a cargar sus cañones de maná.

»Por más resistente que sea el barco de papá, no podrá contra un triple tiro —sonrió con malicia—. ¡Fuego! —gritó y el mecanismo empezó a activarse.

Un chorro de magia muy lastimero fue expulsado del arma del Trueno, apenas si fue un hilillo de maná. Fets se mostró consternado y miró con enfado a su grumete.

—Iré a preguntar a Porto, mi señor —y se precipitó por una escotilla a ver qué sucedía en la central de armamento.

No hizo falta que le informaran qué pasaba, pues apenas dio un paso sintió el crujir de los cristales de hielo. Habían congelado las armas.

"¿Eso sería lo que estaba tramando Ann?", especuló.

Un sonido de oleaje distrajo al capitán y volteó a ver a la

Centella y a su hermano. El barco se inclinaba peligrosamente sobre babor. Por un momento pensó en festejar hasta que se dio cuenta que el navío lo hacía para derribar a su rival con el Maremoto y el ancla mágica. Eso bastó para que el otro barco se ladeara y fracturara su barrera de maná. Justo cuando se estaba recuperando, llegó otro navío de Caleb para embestirlo con su espolón. El daño fue considerable y se hundió finalmente por el ataque combinado de ambos barcos rivales.

Fets estaba intranquilo, empezó a considerar que tal vez menospreció a su hermano. Ese pensamiento le circulaba en su mente cuando escuchó sonoramente cómo se aclaraba alguien la garganta. Desvió la mirada para ver cómo la amada de su hermano proyectaba maná a la garganta de Ann.

La hechicera tenía ambas palmas extendidas en posición de lucha, sus pies se encontraban en diagonal uno del otro. La calma que emanaba de ella era impresionante. Cerró los ojos y el agua empezó a elevarse como si lloviera en sentido contrario. Fets retrocedió varios pasos y miró al cielo con pavor.

—Del cielo, el azote gélido caerá —recitaba la hechicera mientras elevaba una de sus palmas y después la hacía descender con brusquedad.

El agua empezó a descender mientras se transformaba en lanzas de hielo. Los barcos de su flota que estaban más al frente intentaron elevar escudos por arriba de sus palos y velas, pero fue inútil. Uno a uno, fueron atravesados y el daño fue tan brutal que algunos quedaron a punto de naufragar. Fue cuando comenzó la verdadera batalla.

—¡VIVA EL PRÍNCIPE DEL MAR! —se escuchó gritar desde la flota de Azariel mientras avanzaban impulsados por remos y magia.

Ahora el combate era más brutal y había dejado el mar muy picado. Las olas alcanzaban hasta los diez metros de alto y hacían muy difícil el combate. "Si tan solo pudiera hacer volar esta maldita cosa", empezó a renegar Fets para sus adentros. No podía arriesgarse a crear un torbellino a menos que pudiera escapar.

Habían pasado varios minutos sin ningún naufragio y Fets estaba cada vez más intranquilo. Sus nervios se calmaron un poco cuando vio a su maestro de armas, Porto, salir de una escotilla.

—No pudimos reparar el arma principal, señor. No sin el viejo, al menos. Ya empezaron a reemplazarla.

—Es una pena que haya muerto el imbécil.

—Eso dicen, capitán, pero nunca encontraron el cuerpo.

—¿Cómo dices? —se alarmó Fets.

Una sacudida en todo el Trueno lo hizo tambalear. Buscó con la mirada el origen de aquel ataque y vio a la Centella aproximarse a toda velocidad mientras descendía de una ola. La imagen del barco blanquiazul que dominaba el mar era espectacular. Fets no sabía cómo el barco lo atacó desde ese ángulo hasta que recordó el mini Disipador de Tormentas.

"¿De verdad vienes a combatirme frente a frente, adoptado?", pensó el pirata y una media sonrisa se esbozó en su rostro.

»Tienes los cojones bien puestos, lo reconozco —musitó—.

Preparen todas las armas posibles para asediar a mi hermano —ordenó a Porto y se encaminó a la proa—. Veamos si tu pitera tripulación me puede hacer algo, Azariel.

La Centella aumentó su velocidad y disparó el cañón de maná trasero para partir la ola que la precedía. Su velocidad aumentó considerablemente. Por un momento parecía que su plan era estrellarse contra el Trueno, pero Fets no se tragó esa treta y siguió su curso. Justo cuando parecía que había solo dos barcos de distancia entre ambos hermanos, la Centella se sumergió.

—¿Qué pirañas hace Azariel? —gritaba Porto a espaldas de su capitán.

Fets trataba de buscar a su hermano con la mirada, pero resultaría inútil. *"Me va a atacar desde abajo"*, especuló. Fue cuando se le ocurrió que podría "pescarlo".

—¡Preparen las mordidas! —gritaba a todo pulmón—. Vamos a sacar a esos imbéciles del fondo del mar.

Unos ganchos y pinzas descendieron al fondo marino para tratar de atrapar a la Centella.

»¡No descuiden alrededor! —volvía a alzar la voz—. Podría ser una trampa.

Uno de los ganchos de estribor topó con algo y luego varios más. Porto dio la orden de alzarlos y los magos canalizaron maná para estabilizar al Trueno.

—Parece que lo tenemos, Capitán —se regocijaba Porto.

Repentinamente, los ganchos se detuvieron y el barco se sacudió con violencia. Tanto así, que el arma principal de maná que estaban cambiando se accionó a la nada.

"*¿Qué estaba pasando?*", se preguntó Fets.

Las cuerdas fueron cortadas súbitamente y otros ganchos salieron del mar para aferrarse al Trueno. Todos ellos tenían la mandíbula de un tiburón en el centro. Un inmenso navío inframarino parecido a una bestial tortuga de madera y cristal salió de las profundidades mientras varios piratas salían despedidos de torrentes de agua. Todos ellos cayeron grácilmente sobre la coraza de aquella bestia. Un hombre delgado de cabello blanco con atuendo de pirata se alzaba entre todos ellos.

—Vaya, Fets, no te siento tan bravo sin tu estúpido cañón —decía Chay mientras empuñaba su vara—. Sé que no es la pesca que esperabas, pero créeme que devoraremos a toda tu estúpida gente como la carnada que es, para compensar.

Capítulo 36

Azariel veía todo desde cerca de la superficie. El barco tortuga de Chay había entrado en combate contra el Trueno Lejano en una batalla de inframar contra navegación mágica. Fets hacía como podía para contrarrestar los embates de Chay, pues el primero no solía combatir contra inframarinos.

—Creo que es una insensatez, amigo —habló Najib a un costado de Azariel—. Por muy bueno que sea como navegante, el Trueno es superior en tecnomagia. Al final, los más avanzados derrotan a los más obsoletos.

Azariel no despegaba la vista de aquel combate. Chay hundía su barco y aventaba ganchos al Trueno para intentar desbaratar sus armas. Según el creador de estas, eran fáciles de desmontar o desarmar bajo la excusa de que así se les daba más fácil el mantenimiento. Suspiró sonoramente y se encaminó al orbe de navegación donde estaba Caleb, que fungía como timonel. Este lo miró levantando una ceja.

—¿Crees que sea suicidio? —preguntó sin más mientras manipulaba el orbe para mantener quieto el barco.

—Lo dudo bastante —respondió con desgana Azariel—. Chay no es ningún temerario, siempre pelea con un as bajo la manga. Estoy seguro de que planea algo.

—¿Deberíamos ayudar? —preguntó Clawdí que estaba canalizando maná a Ann.

—Ayudaremos a nuestro modo —se cruzó de brazos el capitán—. Dejaremos que combatan solos, pues no sé cómo suele combatir Chay. Apartemos todos los barcos que intenten entrometerse. Nadie de ambas flotas puede combatir en inframar, salvo nosotros y no pienso que sea buena idea.

Caleb asintió y desvió el curso hacia el resto de la batalla. Hizo emerger el barco y después de mirar con un catalejo se lanzó al ataque contra Titán, el cual prácticamente había ganado su combate.

Chay se sumergía y emergía del agua tanto como se lo permitía el oleaje. Despistaba a Fets y lo atacaba por su lado más vulnerable. El corpulento hechicero del barco tortuga hacía lo suyo al crear burbujas que salían a la superficie para confundir a sus oponentes. Eventualmente cuando pasaban cerca lo golpeaba con el espolón y cuando estaban justo debajo, le lanzaban ganchos para desbaratar las armas. Ya había conseguido desbaratar al menos dos de las principales. Tenía proyectiles listos para lanzarle en cuanto lo desesperaran un poco más. Solo tenía que esperar el momento justo y salir a la superficie.

—¿Crees que funcione el plan, Chay? —preguntó su hechicero corpulento mientras se rascaba su barriga con pereza.

—Tiene que funcionar, no le quiero deber nada a Azariel. Con esto puede que él me deba un favor.

Chay se dirigió a la cabina de cristal para poder observar mejor al Trueno. El asedio era tan implacable que no tardaría en recurrir a medidas extremas.

Fets estaba de un lado para otro mientras trataba de coordinar las contramedidas junto a Porto. Sin embargo, el inframarino no era un rival al que él estuviera acostumbrado. Constantemente salían ganchos a rasgar la estructura y armas del barco; además de poderosos torrentes de agua que lo hacían oscilar violentamente.

—Señor, tendremos que usar el Vórtice o nos va a despedazar. ¿Lo empezamos a preparar? ¿O prefiere el Llamado Abismal?

Fets no estaba listo para admitirlo, pero seguramente su hermano sí sabría cómo contrarrestar a una amenaza así. Hacía años se había encargado de una bestia en Calamar usando el Llamado Abismal, pero él no contaba con la pericia para usar ese armamento sin que el barco se balanceara violentamente. Tampoco podía usar el Vórtice sin arrastrar a sus aliados a una muerte segura.

—No, hay que usar el ancla mágica —escupió el comentario–. ¡Diles a los magos que extiendan sus sentidos! —ordenó—. Cuando lo sientan por debajo aciónenla y resquebrajaremos esa coraza de vidrio.

—Pero señor —tragó saliva—, si hacemos eso, tendremos menos reserva mágica para el resto de las armas.

—¿Qué no fui claro, idiota? ¡ACATA LAS MALDITAS ÓRDENES!

Porto corrió a la escotilla para comunicar las nuevas ordenanzas.

—Haré que tu estúpida concha de vidrio se desmorone, Chay. Ojalá pudiera ver cuando esos pedazos te corten el gaznate.

Chay sintió una ligera sacudida en el caparazón de su nave. Desvió la mirada hacia arriba y vio que el pivote del Trueno lanzaba una lastimera onda de choque. El arma no hacía mella alguna en su barco.

—¿Qué intenta hacer Fets, señor? —preguntó el regordete

hechicero.

—Seguramente el idiota no sabe la diferencia entre vidrio y cristal y piensa que puede hacer pedazos el caparazón. ¡Qué imbécil es!

Tanto Chay como su hechicero rieron al unísono.

—No podremos mantener por mucho esta farsa, Capitán.

—Lo sé, amigo. No tardará en desesperarse. Hay que empezar a subir, no nos queda mucho tiempo de inframar. Ten lista una bengala, por favor. Solo en caso de ser necesario.

El barco tortuga empezó a emerger y prepararon las ballestas y las lanzas. Tenían listos los braseros y el hechicero prendió varias flechas antes de ser disparadas. Fets no se había dado cuenta que el barco estaba detrás de ellos, cerca de la popa. Sin dar ninguna orden vocal, el ataque empezó al unísono y una lluvia de fuego cayó sobre el Trueno. Los hechiceros del barco pirata no alcanzaron a protegerlo con algún tipo de barrera y diversos proyectiles cayeron directo sobre la cubierta. Varios piratas perecieron en el acto y otros resultaron gravemente heridos. Porto alcanzó a ser rosado por una saeta en llamas y empezó a chillar de dolor como un ratón.

—¡Mantén la compostura, maldito cobarde! –vociferó Fets mientras lo tomaba del cuello de la camisa y lo sacudía con violencia–. Ese maldito de Chay —apretó los dientes— me las va a pagar.

Fets corrió directamente a un mecanismo parecido a un timón y empezó a girarlo desesperadamente.

»Con dos vueltas bastará —decía cegado por la ira—. ¡Prepárate a recibir el Vórtice, maldita mierda! —gritó y giró un mecanismo parecido a una manivela—. Te veo en el fondo del mar, canalla —musitó con una cara de desquiciado.

Una especie de eco resonó por el lugar. Las aguas se calmaron por un momento. Chay tragó saliva mientras estaba expectante de lo que iba a pasar. Intercambió miradas con varios de sus piratas y una de las chicas negó con la cabeza y se santiguó.

—Tampoco me gusta nada esto —comentó Chay en voz baja mientras desviaba la vista al mar debajo de ellos.

Un vórtice se empezó a formar justo frente a su vista y comenzó con un ligero arrastre. El capitán dio la orden de alejarse, pero iba creciendo en tamaño y poder. Toda la tripulación sabía lo que se debía hacer y corrieron a los remos mágicos. Empezaron a mantener al barco en la orilla del vórtice para evitar ser tragados por el gran azul.

Fets sabía que podía escapar de ese remolino y se dirigió al orbe de navegación. Se concentró al máximo para navegar hasta aquella vorágine. Cuando estuvo cerca del borde, se enfocó en elevar el barco y este lo hizo un poco.

—¡A las armas, ratas inmundas! —gritó encolerizado—. ¡Denle con todo a esa apestosa tortuga!

El barco en cuestión combatía el arrastre con esfuerzo mientras Fets se acercaba peligrosamente levitando con su barco. Aún quedaban suficientes armas en el Trueno para diezmar el caparazón de su rival y Fets lo sabía. Este dio la orden de atacar a discreción y todas las ballestas a babor se activaron lanzando una cantidad de flechas que parecía una tempestad.

Chay no se molestó en dar la orden de levantar una protección mágica. Los proyectiles cayeron en las cercanías del barco y algunos alcanzaron a rasgar la concha del mismo. Sin embargo, el semblante del incantañero no cambió nada. Fets se sintió confiado y cerró distancias con su rival mientras se esforzaba por mantener el barco levitando.

»Cuando dé la orden, preparen un cañón de maná —ordenó a Porto.

El incantañero concentraba su mirada en el Trueno sin pestañear. Sabía que no podía lanzarle proyectiles a medida que se acercara, pues no lo tendría a tiro. Sin embargo, ya estaba pensando en un plan.

—Guarden los ganchos de cuerda acuática, usaremos los de cadena —ordenó a su hechicero—. En cuanto se pose en el límite de nuestro alcance, disparen a discreción al infeliz de Fets.

Cuando el Trueno estaba situado a dos navíos de distancia, un cañón en miniatura salió del casco del barco. Ya tenía un disparo cargado y lo lanzó contra el caparazón del barco rival. Este vibró con violencia y cedió unos cuantos metros contra la fuerza del remolino. A Chay se le empezó a notar preocupado.

—¿Qué acaso no le hicimos nada? —preguntó molesto Fets que observaba desde las alturas a aquella tortuga—. Preparen otro tiro —ordenó molesto mientras se acercaba un poco más.

Un segundo tiro pegó de lleno e hizo crujir la concha de aquel barco. Pequeñas grietas empezaron a formarse en el cristal y algunos de los tripulantes miraron con horror aquella escena.

—¡Levanta un escudo sobre nuestras cabezas! —ordenó Chay

y una pared de maná se formó—. Tengan listos los ganchos... ya puedes lanzar la bengala —ordenó a su hechicero.

Justo cuando Fets ser acercó al perímetro del barco, una docena de arpones con cadenas se clavaron en el casco del Trueno y empezaron a arrastrarlo hacia abajo. La bengala de maná salió disparada e iluminó todo de un tono carmesí.

—¡Ja! —se burló Fets—. Si haces eso, solo apresuras tu muerte, incantañero. Así me será fácil dispararte.

No alcanzó a decir una orden cuando el estruendo de los cristales agrietándose hizo eco en aquel lugar. Un pedazo del caparazón colapsó y fue detenido por la barrera de magia.

»¡Mira tu apestoso barco, imbécil! —empezó a vociferar—. No aguantará un tercer disparo.

Fets empezó a acortar distancia lentamente ayudado por los ganchos clavados en el casco. Estaba relamiéndose los labios cuando una ola enfrente de él a las afueras del vórtice empezó a congelarse. El alud marino descendió sobre el remolino y lo fue mermando. De entre aquellas olas congeladas surgió una nave rojiza de velas blancas con el dibujo de una rosa. Un mascarón con la forma de una mujer con espada en ristre adornaba aquel barco. Varios cañones frontales dispararon aire gélido tanto a la Tortuga como al Trueno. Esta última se soltó de su rival y fue arrastrada por debajo del agua.

Fets estaba cabreadísimo, le habían quitado a su presa y estaban por disolver su remolino gracias al recién llegado. Además, el Trueno se precipitó al agua cuando su capitán perdió la concentración.

Una chica de piel oscura se acercó al mascarón de aquel navío carmesí y sonrió triunfal antes de gritar:

—Prepara tu trasero pirata, Fets. ¡La Rosa Marina ha venido a arrestarte!

Otra ráfaga de airé gélido salió disparada desde los cañones frontales y congeló el diminuto cañón de maná del casco y lo inutilizó. Varda, la Rosa Marina, estaba lista para su combate de corsaria contra pirata.

Capítulo 37

Con espada en mano y un poco de escarcha en su barba, Fets resopló furioso mientras escuchaba cómo el barco que le robó a su hermano crepitaba ligeramente. Tenía un cañón en miniatura de maná de repuesto para el que habían congelado al frente y estaba por ordenar que lo cambiaran cuando escuchó el crujir de la madera a sus espaldas. Se quedó pasmado al ver que su hermano ya había abordado a Titán con su minúscula tripulación.

—¡Ojos a la Centella! —ordenó a un vigía regordete—. ¿Qué pasa con mi hermano? ¡Y pongan todos los malditos cañones de repuesto!

Fets no esperó respuesta y se encaminó al orbe de navegación para combatir a la Rosa Marina. La muchacha había sido una de las mejores corsarias del rey Abraham y supuso que se había retirado, pero ahora sus ojos le confirmaban que no era así.

—¡Capitán! —gritaba el vigía—. Su hermano y seis de sus aliados se lanzaron al abordaje de Titán y parece que están a punto de ganar. ¿Quiere que ayudemos?

—¡No digas estupideces! —bramó—. Hay que encargarnos de la corsaria primero. ¡Alinéense! Quiero un duelo parejo contra Varda —sujetó el orbe de navegación con furia y lo manipuló para dirigirse a su rival.

Varda maniobraba el timón con pericia y se colocó babor contra babor con el Trueno Lejano.

—¿Piensa combatir al Trueno en igualdad de condiciones, mi

señora? —preguntó la maestra de armas, Chandra, una chica de piel olivácea.

La muchacha era muy joven y tenía una expresión con un ligero deje de asombro todo el tiempo. Su cabello rizado y corto le llegaba a los hombros. Llevaba varios aretes en la oreja izquierda y unos collares platinados en el cuello. Su túnica color vino hacía juego con todo el barco. No iba armada más que con unas agujas.

—Pienso ganarle al Trueno Lejano en igualdad de condiciones —remarcó sonriendo—. Diles a los hechiceros que no quiero ningún escudo. Quiero toda la magia en la ofensiva. ¡Que se defiendan los cobardes! ¡Mi gente con púas, escúchenme! —se dirigió a su tripulación—. ¿Están listos para silenciar al Trueno?

Personas con púas o con espinas. Así los llamaba su capitana.

—¡Sí, Rosa! —gritó toda la marinería—. ¡El barco trozado y el Trueno callado! —empezaron a canturrear.

La capitana llevaba unos pantalones bombachos de color hueso, un paliacate rojizo al cuello junto a una chaqueta y chaleco de color gris.

Fets estaba la mar de confiado, un barco tan viejo como el Viento Cortante no tendría por qué ser rival para el Trueno, el pináculo de la tecnomagia. O al menos eso pensaba. Varda recibió una ráfaga de flechas y lanzas que cuando estuvieron a punto de chocar fueron repelidos por un hechizo que asimilaba un rosal con sus espinas. Dicho encantamiento avanzó hacia el Trueno y rasgó un poco el casco. Varda entonces preparó sus proyectiles: un montón de flechas, lanzas y palos todos con pinchos que fueron arrojados contra el Trueno y su escudo mágico. El escudo resistió la primera oleada, pero se empezó a fragmentar cuando una segunda los impactó. Fets no sabía qué pensar, pues se suponía que tales proyectiles no deberían hacer tanto daño. Fue cuando se agachó para recoger una de las saetas y notó que tenía un extraño metal de color plateado en la punta de sus púas.

La alzó para examinar qué era y notó que ese metal no lo conocía, se alejó del orbe de navegación y acercó esa munición a la barrera de poder solo para ver que el metal se calentaba mientras abría la barricada.

—¿Esta cosa diluye la magia? —preguntó para sí mientras una tercera oleada amedrentaba aún más sus defensas. Era extraño, los guanteletes que la gente fabricaba contra los magos contenían la magia, este metal, en cambio, la disolvía—. ¿Qué rayos es esto? —gritó a uno de sus hechiceros.

Este miró confundido a su capitán y no supo qué contestar. Negó con la cabeza mientras se concentraba para canalizar más poder y reforzar el escudo agujereado. Fets tomó una flecha que estaba completamente hecha de ese material y la sopesó. Era increíblemente ligera para ser de metal.

»¡Basta! —habló—. Mejor concéntrense en atacar —ordenó mientras pensaba en un plan para contrarrestar a su rival.

Varda, desde la cubierta de su barco, empezó a sonreír, pues sabía que había forzado al Trueno a dejar las barreras de maná.

—Grave error, imbécil —dijo confiada—. Si supieras que tengo muy poco de ese metal legendario —murmuró para sí—. A ver si puedes contra todo mi arsenal —giró con violencia el timón para embestir al Trueno mientras la tripulación preparaba los cañones de aire gélido.

—¿De verdad cree que embestirlo sea una buena idea? —quiso saber la maestra de armas.

La capitana sonrió como única respuesta.

El Viento Cortante centró al Trueno con el espolón y avanzó amenazante. El oleaje parecía no afectarle mucho. Fets tenía un semblante sorprendido y elevó a su barco como pudo. El aire gélido pasó por debajo del casco y congeló las olas que estaban ahí. La embestida del navío de Varda contra las olas congeladas arrojó escarcha en todas direcciones.

Apenas aterrizó el barco de Fets, intentó virar, pero la Rosa Marina lo azotó con proyectiles con pinchos. Del casco volaron astillas y una de las armas se despedazó. Un enorme látigo espinoso de puro maná fue creado por Chandra y lo ondeaba por encima de su cabeza.

Fets estaba muy desesperado, tenía un plan bajo la manga, pero había pensado en usarlo contra su hermano o algo igual de urgente.

—¡Incursionadores! —gritó—. ¡Prepárense para el abordaje!

Una cuadrilla de hombres con distintas armas salió a cubierta. Algunos de ellos llevaban ganchos y otros tantos unos guantes con garras metálicas. Varios de los magos se posicionaron detrás de ellos y prepararon un hechizo para impulsarlos.

Varda miraba todo el espectáculo con una sonrisa en su rostro, se agachó para tomar su arma dentada y le pidió a uno de sus marinos que fungiera como timonel. La chica se aproximó a la cubierta principal al tiempo que varios de sus marinos formaban un semicírculo a su alrededor.

—El tonto de Fets se está desesperando —murmuró para sí—. Vamos, remedo de pirata, quiero ver si tu escoria está a la altura de su fama.

Los magos de Fets impulsaron a los incursionadores, estos caían uno a uno en el barco de Varda protegidos por una barrera mágica. Se encaminaron directamente hacia la capitana, pero fueron refrenados por sus marinos. Varda blandió su arma, una combinación entre espada dentada y látigo; el mango estaba pintado de un verde esmeralda y el pomo tenía una rosa metálica por adorno. El primero de sus rivales en ser alcanzado fue despojado de su armadura y recibió un corte profundo en su brazo.

Uno de los desdichados hombres de Fets corrió contra Chandra con unos guanteletes que inhibían la magia, pero la chica ni se inmutó ante la arremetida. Cuando estaba a punto de golpearla, ella lo detuvo sosteniéndolo por las muñecas. Empezó a expulsar maná de sus manos como si nada.

—Tonta —gruñó aquel hombre—, estos guantes son antimagos, tu magia no les afecta.

—Esas porquerías van limitando la magia —dijo mientras canalizaba más poder—, pero no la diluyen. Es como una plancha recibiendo calor.

El infeliz captó muy tarde lo que trataba de decir la chica. Empezó a retorcerse para poder zafarse, pero el agarre de la hechicera era fortísimo.

»Los magos no usamos nuestro maná contra estos guantes porque nos lastima —empezó a explicar mientras hacía que su rival se hincara—. El calor nos quema la piel y nos crispa los nervios, justo como lo que vas a empezar a sentir ahora. Te recomiendo que te rindas y te arrojes tú mismo por la borda —dijo con voz monótona.

—¡No me voy a rendir, maldita perra! —gritó el desgraciado mientras se enroscaba de dolor.

La chica canalizó una fuerte descarga de maná y el tipo soltó un alarido que se fue apagando después de que Chandra le diera un fuerte cabezazo.

Algunos de los aliados del caído voltearon a ver con horror la escena y trataron de emprender la retirada con torpeza.

—¡No se irán, malditos! —gritaba Varda mientras se abría paso entre los invasores.

Enroscaba su arma y la desenvolvía mientras uno a uno caían los hombres de Fets. Parecía una esfera de puros pinchos que avanzaba mortalmente. Alcanzó a uno de los que intentaron huir y le propinó varios cortes en el pecho. Lo sujetó del cuello con su espada y lo azotó contra el piso antes de decirle con desprecio:

»Los cobardes y los traidores no tienen espacio en una tripulación.

Dicho esto, agitó su espada y tiró el cuerpo y cabeza cercenada por la borda. Los demás caídos fueron amontonados en una orilla y la tripulación ignoró a los que se tiraron al mar.

Varda dirigió su mirada nuevamente al Trueno Lejano que se había colocado frente a ella. Advirtió que cargaba su arma principal de maná de repuesto, cuando un disparo gélido salió del barco de la Rosa. El disparo pegó de lleno a Fets y sacudió todo el barco, aunque no lo congeló.

Todos los embates de Fets habían resultado en vano. Ahora él sabía que necesitaba usar su último recurso. Corrió hacia el centro del barco y empezó a preparar el Llamado Abismal.

—¡Sujétense, perros de mar! —gritó al tiempo que accionaba su arma.

Una vibración se sintió en todo el lugar y el gran azul se calmó por un instante. Era la calma antes de la tormenta.

Varda miró a su amiga Chandra y alzó una ceja. La maestra de armas se acercó a la borda y miró expectante buscando alguna señal de oleaje. Unas burbujas inmensas empezaron a salir del mar mientras algo se aproximaba a la superficie. La chica se alejó al tiempo que gritaba:

—¡Retirada, estamos en peligro! ¡Alcen los escudos y salgamos de aquí!

Una enorme figura se elevaba cubierta por las olas. Lo que parecía ser la cabeza de un calamar, emergió de las profundidades. Una criatura al menos tres veces más grande que la que combatió Azariel junto a Noemí se alzaba imponente frente a Varda. Uno de los barcos de la flota de Caleb le disparó a la parte trasera de la bestia, pero esta apenas y se inmutó. Volteo con lentitud para ver a su atacante. Un tentáculo se elevó y descendió con violencia partiendo al pobre bote.

Varda se quedó boquiabierta y totalmente pasmada. Quería huir y hacerla de timonel, pero su cuerpo no le respondía. Nunca había visto una criatura tan inmensa e intimidante.

Fets se estaba relamiendo los labios y frotaba sus palmas muy emocionado mientras su barco se zarandeaba.

—¡Esta era mi arma secreta, maldita desgraciada! —gritó a todo pulmón—. ¡Ahora todos ustedes se irán al fondo marino!

Estaba a punto de carcajearse cuando una ola lo empapó por completo. La Centella Mortal había salido de las profundidades y se elevaba por encima de sus cabezas. La sombra proyectada deslumbró un poco a Fets cuando lo dejó atrás y otra oleada lo empapó cuando el navío de su hermano acuatizó. Volteó a ver a hacia el orbe de navegación y vio que Porto estaba sacudiendo su cabeza como tratando de espabilar; se dio dos cachetadas y se propuso a controlar el barco.

—Aléjanos de aquí —ordenó Fets.

El muchacho negó con la cabeza y le indicó con señas que volteara.

El pirata observó que su hermano atacaba con todo a la criatura y esta se defendía con calma. Los ataques no parecían hacerle gran cosa.

»Tienes razón, imbécil. Hay que quedarnos. No todos los días podemos ver cómo derrocan al "Príncipe del Mar" —dijo con sorna.

El capitán de la Centella no titubeó esta vez, ordenó lanzar varias flechas perforantes a aquella bestia mientras Dara, Clawdí y Ann preparaban un hechizo congelante. No sabía cuánto maná tendría de reserva su amiga, pues ya había gastado mucho a pesar del flujo constante que le proveían, pero no podía arriesgarse a que aquella bestia se llevara a sus aliados entre los tentáculos.

De repente, Noemí cayó de rodillas mientras se sujetaba la cabeza. Parecía muy adolorida y Najib corrió a auxiliarla.

—Pequeña, ¿qué le pasa? —preguntó y trató de no alarmarse.

—Esa cosa —musitó mientras señalaba a la criatura—. Está proyectando su mente con mucha fuerza. Quiere acabar con nosotros y luego devorarnos —acto seguido se quedó callada y abrió los ojos como platos—. Se llama Insano y está muy seguro de poder vencernos.

Azariel escuchó todo eso y se preparó para embestirlo con el espolón mientras preparaba el cañón de maná frontal.

—¿Y si pasamos por debajo de él y le disparamos con el cañón trasero? —gritó Clawdí.

Era un plan muy arriesgado, pues se quedarían sin armas para combatir a su hermano. Sin embargo, si quería salvar a sus compañeros, era lo más adecuado. Se dirigió a su amada:

—Dara, necesito que violentes el mar, al punto de que esa cosa no se sienta a gusto.

La chica lanzó su descarga de hielo al monstruo y alcanzó a congelarle un tentáculo. Tomó asiento donde estaba y empezó a meditar con las manos pegadas al barco. El mar empezó a picarse al punto de que algunas embarcaciones, tanto aliadas como enemigas, emprendieron la retirada.

»¡No te vas a llevar a mis amigos, maldito marisco de cuarta!

El Insano azotó su tentáculo congelado contra los restos de una embarcación que estaba por ahí y se despedazó, lo cual hizo brotarle un chorro de sangre. Ni siquiera se inmutó.

—Ese monstruo es un sádico —musitó Ann.

La criatura entonces centró su atención en la Centella Mortal al tiempo que de esta surgían rayos congelantes, las flechas salieron volando después y finalmente el cañón de maná le pegó de lleno en la herida abierta. La criatura se cayó hacia atrás mientras la embarcación se sumergía para rematarlo bajo el agua. Ximena y Clawdí crearon una punta de flecha de maná en la proa del barco para ir más rápido y centrarla con el cañón trasero.

—Capitán, este podría ser nuestro último ataque de esa magnitud —advirtió sereno Najib.

Azariel lo sabía, eso podría significar la derrota contra su hermano, pero no podía poner vidas en riesgo por su venganza, ya no.

La Centella pasó por un costado del monstruo que parecía malherido y lo centraron con la popa para disparar el arma trasera. En cuanto tuvieron en la mira al Insano, el arma se accionó y un haz de maná seccionó el gran azul.

Clawdí y Dara empezaron a crear un vórtice antes de que las burbujas se disiparan alrededor de la bestia mientras Ximena y Noemí les transmitían maná del océano. Todas las saetas que salieron disparadas Ann las congelaba para que fueran más mortíferas. Un retumbar llegó hasta la embarcación, era como si aquella criatura agonizara. El barco se empezó a quedar sin maná y emergió.

Todos en la tripulación habían dado lo mejor de sí. La cúpula descendió y las velas se desplegaron. Había cierta incertidumbre a bordo y Ann se veía muy cansada. Clawdí también parecía agotado, pues no había librado nunca una batalla tan larga. Los demás tripulantes se les veía un poco más frescos, pues era parte del plan de Azariel. Este último estaba viendo por la borda, expectante.

—Ese desgraciado no murió —dijo al tiempo que corría al orbe de navegación y ordenó a Noemí que preparara las armas.

"¡Qué mal que aquí se acabe mi batalla!", pensó.

Un oleaje extraño empezó a emerger y la Centella se ladeó ligeramente. El Insano se alzó de entre aquella marea y parecía muy cabreado. Algunas partes de su cuerpo estaban de un color cobrizo de donde había sido herido de gravedad. Sin embargo, para asombro de la tripulación, esa bestia se curaba a una velocidad increíble.

—Es duro de roer, ¿no? —dijo Dara que se acercó a su amado—. Sus tentáculos no se han regenerado bien, Azariel. Podemos ir diezmándolos y luego huir. Es lo más sensato.

Ella tenía razón, por supuesto. Estaba a punto de dar la orden cuando vio que los ojos de Ximena y Noemí brillaron de un color azul marino. Las dos se acercaron a la borda y empezaron a jalar maná del mar. Formaron un tornado en miniatura de magia frente a ellas.

—Maestra Ann —habló en una especie de trance Ximena, uno que ya había visto Azariel en Noemí—, en cuanto le digamos, convierta este maná en estacas de hielo.

Clawdí y Ann se levantaron para preparar ese hechizo. El Insano alzó uno de sus tentáculos para chocarlo contra el navío, pero un escudo se formó y encima de este, otro con pinchos de magia se materializó.

—¡No estás solo, amigo! —se escuchó la voz de Varda a espaldas de ellos.

La criatura bramó de dolor cuando se lastimó su extremidad. Una mirada de rabia pura se formó en sus cuatro ojos.

—Esa cosa no es un monstruo común —murmuró Najib.

La criatura estuvo a punto de alzar más de sus tentáculos cuando varias cosas sucedieron al mismo tiempo: El torbellino congelante de Ann y Clawdí le pegó de lleno mientras un hechizo en forma de rosales lo embistió. Un rayo de puro hielo le pegó por la espalda mermando aún más su movimiento. Tres dragones de distintos tamaños habían unido sus fuerzas a la batalla contra el Insano. Los mismos que acudieron en auxilio de la Centella hacía un tiempo.

Azariel sonrió y estuvo a punto de llorar. Sus aliados salvajes habían llegado. No lo creyó posible, pero ahí estaban. Sintió un alivio repentino. Él mismo accionó las flechas perforantes para que se clavaran en la bestia. Corrió para acercarse a la borda para poder ver mejor su entorno. Cuando vio varias burbujas salir de dónde habían estado hacía unos momentos sumergidos se le ocurrió un plan. Se lo murmuró a su maestro de armas y este asintió.

El trío de dragones lanzó un rayo combinado a las espaldas del monstruo, pero ni así parecía ceder. Fets observaba cómo su gran aliado estaba dándole batalla a tantos rivales al mismo tiempo. Ordenó a sus magos que cargaran un hechizo para lanzarlo a los sobrevivientes del Insano. Miró alrededor y todos eran testigos de la batalla que se libraba. Al final, también se despacharía a los demás rivales.

—¡Noemí, a mí señal le dices a esos renacuajos gigantes que ataquen en triángulo! —gritó Azariel que se refería a los dragones y corrió al orbe de navegación—. ¡Najib, prepara las ballestas de enfrente como te comenté! ¡Necesito que canalicen toda la magia posible al frente del barco en cuanto dé la señal!

—¿Aunque nos quedemos sin magia, querido? —preguntó Dara.

Azariel no contestó. Tomó el orbe de navegación y apuntó con la proa al Insano.

—Papá, perdóname por lo que voy a hacer… —murmuró con un deje de arrepentimiento—. ¡Ahora, Noemí!

Antes de que los dragones recibieran la orden de la pequeña bruja, un látigo de maná puro en forma de rosales le pegó directo al Insano y lo hizo cabrear. Cuando volteó para encarar a Varda, recibió de diferentes lados una descarga de rayos congelantes de los tres dragones. Justo en ese momento, Azariel propulsó su barco con el poco maná que quedaba para saltar un oleaje y ensartar al monstruo con el espolón y las armas frontales. El rugido de dolor del monstruo resonó en todo el lugar mientras se hundía y cubría a la Centella con sus tentáculos, lo que hizo crujir el palo central al tiempo que desbarataba las velas. El navío y su rival se desaparecieron en el agua mientras los dragones miraban confundidos y después los seguían.

Fets fue testigo de cómo la criatura se iba al fondo marino mientras arrastraba su hermano con todo y barco.

Capítulo 38

Fets no sabía que acababa de presenciar. Su hermano se había ido directo a su muerte junto con el navío de su padre y toda su tripulación. Un deje de culpa se asomó entre sus emociones. Se sentía mal por el barco del viejo, pues siempre había sido su favorito. Esperó un largo minuto, pero no emergió nadie del mar. Ni siquiera los poderosos dragones daban señales de vida. Usó un catalejo para ver el barco de Varda y ella se encontraba con la mirada perdida en el mar azul.

—¿Acaso ya gané? —murmuró para sí—. ¿Así nada más?

Vio el barco de la corsaria y estaba destrozado en su mayoría. Dirigió la mirada a su propio barco, echó una hojeada a su tripulación y, salvo por los que fueron a combatir a Varda, estaban casi todos vivos. Porto estaba en una especie de trance ante aquella escena. No parpadeaba y se le veía estupefacto.

Unas burbujas salieron del mar y seguidas de ellas emergieron los tres dragones que habían llegado a la batalla. Miraron en varias direcciones y nadaron para perderse con el horizonte mientras entonaban un lastimero cántico.

Fets se relajó un tanto, se posó sobre la borda y suspiró aliviado. El resto de los aliados de Azariel empezaron a emprender la retirada. Los barcos de Fets estaban inmóviles mientras esperaban alguna orden de su oficial. Este se reincorporó y estaba a punto de alzar la voz cuando un buque de guerra de Narval apareció de entre la bruma dejada por la batalla. Supo de inmediato de quién se trataba: Malleus, tripulado por Noah y sus marinos.

"¿Un único buque? Esto va a ser muy fácil", pensó Fets.

Pidió la asistencia de un mago para amplificar su voz y amenazar al recién llegado. O al menos ese era su plan hasta que unos pequeños torbellinos de agua se empezaron a formar en el mar.

»¿Ese es el incantañero? —preguntó en voz alta.

Como si lo llamaran, un torrente de agua salió disparado hacia la cubierta del Trueno Lejano. Cuando el agua se disipó, ahí estaba Chay, quien sostenía su vara en actitud desafiante.

—Me honra que este día nos reciban como invitados —empezó a decir con una reverencia—. Saludos, queridas víctimas, yo me enorgullezco en presentar el atraco del Príncipe….

No terminó de decirlo cuando varios pilares de agua descendieron sobre el Trueno cerca del palo de mesana. La tripulación de la Centella estaba con armas en ristre con Azariel encabezando la formación.

»… del Mar —finalizó Chay.

Fets no se lo podía creer. Había dado a su hermano por muerto, incluso los dragones se habían retirado de la batalla con una actitud derrotista.

"¿Qué carajos sucedió?", pensó el pirata.

Azariel dio unos pasos sobre su barco sin bajar el arma. Sintió un alivió en su pecho y una extrañez en sus pasos. Por fin, después de muchos problemas, estaba de nuevo sobre su navío.

—Maldita sanguijuela de mar —dijo Azariel con un susurro proyectado—, he venido a cobrar mi venganza.

La tripulación de Fets que estaba sobre la cubierta se quedó pasmada. Nadie se movía en absoluto. El único que estaba con una actitud diferente era Porto, quien tenía los brazos cruzados y con cara de aburrimiento.

Una lluvia de flechas cayó sobre el navío, pero fue desviado de último momento por un escudo de magia. Malleus había comenzado a atacar. Las cosas estaban muy tensas para Fets, no podría concentrarse en dos batallas al mismo tiempo. Como si su timonel le leyera el pensamiento, el barco viró en una dirección y se quitó del camino de la siguiente oleada de saetas. Mientras tanto, en su barco, Varda se dirigía al combate hacía los barcos aliados de Fets.

—¿Quieren una invitación, imbéciles? ¡Al ataque! —gritó el pirata.

Todos los piratas del Trueno que estaban en la cubierta se dispusieron al ataque. Azariel, Najib y Clawdí empuñaban espadas, lanza y guanteletes respectivamente. Clawdí empezó a cargar un hechizo a la altura de su pecho sin moldearlo con sus manos. Esa era la maestría del atractivo hechicero. Por su parte, Dara acumulaba maná para formar un escudo de magia alrededor de Ann. Ximena y Noemí estaban con agujas en ristre preparadas para defender a sus aliadas. La hechicera pelirroja estaba en posición de combate con puños enfundados de guanteletes. Se concentraba en formar un hechizo a espaldas de su amiga.

De unas compuertas salieron cinco hechiceros que rodearon a Ann, todos canalizaban maná. Lanzaron un chorro de magia al unísono para fulminarla. Ella giró sobre sí misma mientras extendía las palmas y redirigía todo el poder en un remolino alrededor de ella. Liberó toda esa energía hacia arriba mientras extendía una palma. Ya no era problema para ella, pues ahora había alcanzado el punto de máxima afinidad mágica. Aquel torrente de poder se estrelló contra la bandera del cerdo decapitado y la hizo añicos.

Todos quedaron embobados ante aquella escena, sobre todo Fets. Sus mejores hechiceros llevaban un rato con ese maná cargado y ella desvió el ataque sin esfuerzo aparente. Estaba por gritar órdenes a sus estupefactos magos cuando Clawdí los tiró por la borda con un oleaje manipulado por magia. Más hombres salieron de las escotillas para unirse al combate contra Azariel y sus marinos.

Una oleada más de flechas por parte del Malleus voló hacia ellos, pero Porto se las arregló para esquivarla.

—¡Esto es ridículo, adoptado! —se quejaba Fets—. ¿De verdad piensas ganarme entre todo este desmadre?

Azariel se quitó a dos de sus rivales al hacerles una barrida a las piernas y derribarlos.

—Tienes razón, hermanito. Hay que irnos a otro lado a pelear, ¿o me equivoco, Caleb? —decía mientras desviaba la mirada hacia la popa.

Fets siguió la vista de su hermano, pero no veía al mencionado por ninguna parte.

—¿A quién le hablas, condenado demente? —preguntó a Azariel y le sostuvo la mirada.

—Me habla a mí, "capitán" —se escuchó una voz burlona a espaldas de Fets.

El pirata volteó de nuevo y vio cómo un hechizo de glamur se disolvía sobre Porto y revelaba que era en realidad Caleb. Eso no tenía ningún sentido para Fets. No alcanzó a hablar cuando la explicación de Azariel empezó.

—Cuando activaste el Llamado Abismal, volamos por encima de sus cabezas y tiramos con un oleaje al imbécil de Porto. Caleb lo sustituyó desde entonces. ¿De verdad creías que aquel idiota tenía la habilidad para manejar así al Trueno? Los estúpidos no hacen milagros, hermanito.

La furia se reflejaba en el semblante de Fets, la vena por encima de sus cejas estaba por reventar. Su hermano, con planes o improvisación pura, ahora se encontraba frente a él. Sabía que tenía que calmarse, no debía permitir que Azariel le alterara los nervios.

—Bueno, adoptado, yo quería vencerte en un combate más parejo, pero creo que no se podrá. Aquí nos va a interrumpir todo el mundo —dijo con sorna—. Ojalá pudiéramos combatir bajo el mar… o alto en el cielo, ¿no crees? —decía mientras buscaba una aguja envenenada en sus pantalones.

—Tienes razón, Fets. Caleb, eleva al Trueno Lejano, por favor. ¡Haznos volar! —dijo mientras señalaba a los cielos.

—¿Qué estupideces estás diciendo, adoptado? —gritaba Fets—. Si yo no puedo hacerlo volar, menos ese remedo de pirata.

Azariel alzó una ceja muy confiado. Una media sonrisa se formó en su rostro.

—¿De verdad te crees tanto, hermanito? ¡Caleb —alzó la voz—, imagina que las velas y el casco del barco son más ligeros que el viento y tira del orbe hacia ti.

—¡No seas ridículo, Azariel! —se quejó Fets—. ¿Crees que tremendo imbécil va a lograr...? —se quedó callado cuando su equilibrio se tambaleó, pues el Trueno Lejano se despegaba un poco de la superficie marítima—. ¡No puede ser!

El barco empezó a vibrar un poco mientras se mantenía a escasos metros de la superficie del gran azul. El asombro y la falta de balance hicieron que Fets tirara la aguja que pensaba usar contra su hermano. Todos los tripulantes del Trueno tuvieron que sujetarse a algo.

—¡Azariel está tratando de hacernos volar! —gritaba uno de sus excompañeros—. ¡A él, ratas de mar!

Azariel volteó a ver a aquel marino mientras lo saludaba como burla. Cuando atrajo su atención, le señaló al verdadero timonel de tal hazaña. Caleb estaba muy concentrado y empezó a sudar un poco. Una flecha salió volando hacia él, pero una barrera de maná se alzó para protegerlo.

—¡Dejen en paz a mi excapitán, moluscos pegajosos! —gritaba Clawdí al tiempo que concentraba maná para hacer avanzar el escudo y tirar a varios de sus rivales—. ¡Vamos a despegar!

Tras un momento de confusión, el combate siguió su curso y no pintaba nada bien para Fets. Azariel caminaba hacia su hermano con una lentitud tenebrosa. Llevaba dos espadas cortas desenfundadas, pero con la hoja que apuntaba hacia abajo. En el trayecto pateó un sable y permitió que su hermano lo levantara. Esperó a que Fets se lanzara al ataque para desviar sus embates y le propinó un puñetazo al pecho que no pareció inmutarle. De los dos hermanos Relámpago, el mayor siempre fue el más fuerte. Un combate de técnica contra fuerza bruta acababa de empezar. Justo en ese momento, Caleb hizo volar al Trueno Lejano y se elevó alto en los cielos.

La batalla enardeció en todo el barco, mientras los amigos de Azariel combatían a todos los piratas de Fets. La mayoría de los rufianes no eran rival para la tripulación de la Centella, solo aquellos que habían sido compañeros del Príncipe del Mar mantenían el combate parejo.

Ximena y Noemí canalizaban maná a los hechiceros. Clawdí y Dara se abrían paso entre los piratas con hechizos y golpes potenciados con magia. Najib había corrido a la cubierta de navegación para cubrir a Caleb y Ann se encargaba de los magos más poderosos al desviar sus hechizos. Solo los combatientes más expertos podían darse cuenta de que Ann estaba cansada y que su maná estaba por llegar al límite.

—Lo que más me intriga, adoptado, es cómo pirañas pudiste sortear a la bestia que convoqué y salir vivo —decía al tiempo que usaba su descomunal fuerza para tratar de someter a su hermano.

—Admítelo, Fets. Un estúpido lobo de mar como tú quiere saber sobre mis planes. He visto cangrejos ermitaños menos curiosos que tú —decía mientras detenía con esfuerzos un tajo vertical.

El pirata se hartó y con una patada hizo retroceder a su hermano.

—No juegues conmigo, imbécil.

—Si tanto quieres saber, te lo diré —dijo Azariel y clavó las espadas a la cubierta—. Empalé esa horrible bestia con el barco de papá al tiempo que subía la cúpula. Los dragones nos siguieron y terminaron de congelarlo. Chay hizo lo suyo al embestirlo con lo que quedaba de su barco tortuga. Es duro como perla ancestral, ¿sabes? —se reclinó sobre unas cadenas y empezó a hablar despreocupado—. Los dragones se encargaron de partirlo como una concha vieja y separaron los pedazos mientras los trituraban con garras y dientes. Fue duro de ver. Tratas muy mal a tus aliados, Fets.

Azariel había logrado cabrear a su hermano quien se lanzó torpemente con una estocada frontal. Fue recibido con un zurdazo al mentón y una bofetada con el brazo derecho que lo hizo tambalear. El Príncipe del Mar se apartó un momento mientras su hermano espabilaba.

—Hablas de él como si fuera un hombre —gruñó Fets.

—Era un hombre, Fets. Uno tan ruin que se convirtió en un horrible adefesio. Yo creo que tú tendrás el mismo destino de convertirte en molusco, después de todo, ya eres un adefesio.

Un grito de ira acudió a la boca del pirata mientras se abalanzaba de nuevo sobre su hermano con estocadas y tajos que le hacían perder terreno. Enojado, era aún más fuerte que Azariel.

Dara y Clawdí ya tenían dominados a casi todos los piratas de Fets, pero la fatiga se empezaba a asomar a su semblante.

—¿Cansada, hermana? —preguntó Clawdí entrecortadamente mientras detenía la patada de un rival y lo lanzaba por la borda con su fuerza aumentada por la magia—. Luces fatal.

—Aún tengo una carta que jugar, pequeñín —trató de que su comentario pareciera burlón, pero no lo logró.

Ann, por su parte, encaraba con determinación a varios magos desviando sus hechizos o regresándoselos. El color de su aura era de un azul celeste y titilaba por momentos debido a la escasez de su maná. En otra parte del barco, su alumna y Ximena habían dejado de canalizarles magia y habían empezado a lanzar embrujos a sus rivales. La batalla seguía aún favorable para los marinos de la Centella, pese a toda la energía que habían derrochado ese día.

Noemí volteó a ver alrededor para buscar a Chay, pues desde que bajaron no lo había visto. Fue entonces que lo vio salir de la escotilla de cubierta lanzando embates con su vara de pelea. El capitán inframarino se había colado a causar desmanes al interior de Trueno. Una hilera de piratas lo seguía. Algunos se marearon al ver el paisaje celestial que les brindaba el vuelo del Trueno y otros por un encantamiento de la joven bruja.

Fets seguía ganando terreno frente a su hermano, cuando este le desvió un tajo y con una patada giratoria lo hizo trastabillar. Sin embargo, sí cayó de espaldas al tiempo que uno de sus propios marinos era arrojado contra él.

—¡Ya basta, Azariel! —alzó la voz y se levantó con ineptitud—. En esta batalla no vamos a llegar a ningún lado con tantas interrupciones. En una pelea uno a uno no me podrías ganar.

El Príncipe del Mar soltó sus armas, le sonrió a su hermano y cuadró los hombros. Empezó a hacer estiramientos de piernas antes de hablar con fanfarronería.

—Adelante, hermanito, te puedo ganar hasta sin armas —mencionó Azariel sin si quiera levantar la guardia.

—Siempre tan talentoso y tan desperdiciado de tu don de

perfección —escupió Fets—. Por eso te traicioné. Esa fue la razón por la que te vendí para aliarme con el Rey Pirata. Derrochaste todo tu potencial por intentar ser un corsario en lugar de tomar todo el mar para ti.

—Lo suponía —contestó y bajó la mirada—, pues siempre fui mejor que tú en todo.

Fets no esperó y corrió hacia su hermano, pero su falta de técnica le cobró factura, pues Azariel le esquivó un derechazo al tiempo que se agachaba y le regresó un golpe directo al estómago. Se coló por detrás de él y lo guio hasta la borda donde se posicionó de espaldas al mar.

—¿Qué pirañas estás haciendo? —gritó Caleb cuando volteó a ver a su amigo.

—¡Ahora, Dara! —gritó Azariel a todo pulmón.

Al unísono, con la precisión de una orquesta bien organizada, Clawdí capturó a todos los marinos que habían dejado sus aliados, Ann dio un pisotón cerca de la proa para desbaratar las armas frontales y Dara se sentaba en el piso del barco para empezar a meditar.

Todos sus amigos, excepto Dara, voltearon a ver a Azariel mientras este se tiraba por la borda llevando a su hermano al fondo marino. Ann intentó moverse impulsada por maná, pero la magia ya no acudió a ella. Algo similar pasó con Clawdí, que tropezó a medio impulso.

El resto de los tripulantes se quedaron pasmados mientras los Relámpago se precipitaban al vacío y el grito de Fets inundaba el lugar. Cuando Dara abrió los ojos, un torbellino de agua alcanzó al par de marinos en el aire y los aspiró al fondo del océano. El Gran Azul se había llevado a ambos hermanos.

Capítulo 39

Fets y yo fuimos arrojados a una caverna por el torrente que provocó Dara. Le cumplí ese capricho a mi hermano y el combate naval había quedado atrás. Ahora sería un uno a uno como verdaderos marinos y no como esos peces de agua dulce que tenía de tripulación. Estábamos en una caverna que yo conocía, en Dorsal, tiempo atrás había sido un escondite para algunos piratas, pero ya estaba abandonado. La cueva tenía una iluminación natural gracias a las plantas y hongos que ahí habitaban. Atrás de mí estaba el ojo de agua que nos trajo y donde conectaba al mar. Adelante, estaba el túnel que te llevaba hasta la isla. Me adapté rápidamente a la poca luz y me puse en pie como camarón cañonero. Como siempre, el mar me trató como el hijo consentido que era. Estiré un poco el cuerpo y me puse en posición de guardia para repartirle unos puñetazos al imbécil de mi hermano.

Fets se reincorporó con dificultad mientras escupía agua salada. Se puso de pie con torpeza y adoptó una postura lamentable de defensa. Era más un novato bobo que un luchador en forma.

—¿Por qué no me golpeaste mientras estaba tendido en el piso? —decía mientras tosía un poco de agua.

—Ya te lo dije, hermanito, soy mejor que tú en todo.

Se abalanzó contra mí con un grito encolerizado, como una gallina que alardea con las plumas. La lluvia de golpes que lanzó era furibunda, pero torpe. Todos ellos pude bloquearlos o desviarlos. Es verdad, seguía siendo más fuerte que yo, pero no me igualaba en técnica. Me hizo retroceder con sus bravuconerías y cuando estaba a punto de tocar el agua, le atrapé uno de sus puños, lo jalé hacia mí para propinarle dos puñetazos al pecho. Retrocedió por el dolor el infeliz.

—Claro —dijo después de trastabillar—, siempre fuiste un fanfarrón.

Me acerqué a él con la lentitud de un depredador y lo sujeté del cuello de la camisa para arrojarlo contra la pared. Le volví a conectar dos puñetazos al tronco y uno a la barbilla.

—No sabes ni lo que dices, hermanito —y me alejé de él esperando que se rindiera.

Él tomó aire y se irguió con esfuerzo. De verdad que era idiota.

—Siempre odié que fueras perfecto, adoptado —me escupió con odio en sus palabras—. Para ti todo era muy fácil. Con esos talentos, cualquiera sobresaldría.

No esperé que se lanzara con una patada a profundidad. La detuve con mi antebrazo y el costado de mi cuerpo. Ante su sorpresa, le di una bofetada y varios golpes en el muslo. Sentí cómo se estremecía del sufrimiento.

—¿Talento? —pregunté con una voz gélida—. Yo practicaba y practicaba mientras me corregía mentalmente. Cada error era una oportunidad para hacerlo mejor —solté su pierna para sujetarlo por los hombros y propinarle un rodillazo—. Yo alcanzaba la excelencia a base de correcciones y reprimendas propias.

Él intentó alejarse cubriéndose el estómago, pero yo lo sujeté del cabello para darle una palmada en todo el rostro. Lo que dijo me hizo hervir la sangre.

»Tú tuviste la suerte de nacer bajo un padre y una madre que te amaban. ¿Sabes qué hizo el sujeto que embarazó a mi mamá Miriam cuando nací? Huyó —dije mientras apretaba los puños—. Dijo que no tenía el valor o las aptitudes para mantenerse a él y a su familia. Escapó bajo la excusa de ser un inútil y jamás la volvió a ver. Cuando lo supe, me hice la promesa de ser mejor que ese imbécil en todo sentido.

—¿Cómo sabes todo eso? —preguntó con un hilo de voz mientras me miraba a los ojos.

—Papá me lo contó. Mamá Miriam le explicó todo y un día él se sinceró conmigo. Él admitía que odiaba al imbécil que me abandonó de bebé. Ese tipo no era nada de mí. Yo trataría de imitar a mi verdadero papá y superarlo. Aprendería todo lo posible de él. El Gran Darío Relámpago nunca vería a aquel idiota en mí. La sangre no importa, Fets, la familia la forman otros lazos. Por eso nunca me molestó que me dijeran "adoptado", portaría ese título con orgullo, pues fue decisión de papá brindarme un hogar.

—Qué tierno, adoptado, pero sigues siendo la persona que vencí. O sea que mejor que yo, no fuiste —me miró burlón.

—¡Pudiste traicionarme porque te amaba como mi hermano! —grité mientras me acercaba a golpearlo repetidas veces en el tórax—. Jamás pensé que me harías algo así, pues se suponía que éramos amigos de verdad —dije casi a gritos mientras saltaba para caer con un golpe giratorio en su clavícula—. ¡No sabes cuánto te odio!
Lo tomé del brazo derecho y se lo extendí para golpearlo varias veces en el codo hasta que escuché un crujido.

»¡Desperdiciaste la educación de papá y el sacrificio de mamá! —dije al tiempo que lo abofeteaba—. ¡Papá está en ese estado por tu maldita culpa! —le conecté el revés—. ¿Te amotinaste por una falsa promesa y tu estúpida avaricia? —alcé la pierna para pegarle una patada en el pecho y la hice descender para pegarle en la cabeza—. Hiciste que me arrestaran y me enjuiciaran en Ballena para poder deshacerte de mí y ganarte favores de gente igual de ruin que tú —lo sujeté del cuello de su camisa para que no cayera—, pero eso no me molesta tanto, pues ya sabía que eras una rata. Lo que realmente me cabrea —lo golpeé de lleno en el rostro—, es que te ibas a llevar Ann en el camino. ¡Papá la amaba como a su hija! ¡ES MI MEJOR AMIGA Y LA IBAS A MATAR! —bramé y empecé a golpearlo en el rostro con toda mi furia.

La sangre le brotaba de nariz y boca, intentó decir algo, pero primero escupió un poco.

—¿Qué importa? Con tal de que te murieras tú y cumplir mi cometido, no me importaba quién lo pagara. Nadie es inocente.

Esas palabras resonaron en mi cabeza, pues era parecido a lo que le había dicho a Ann cuando nos libramos de unos cazarrecompensas.

—Sabías que yo amaba a Dara y le hiciste vivir una pesadilla mientras huía de tus matones. ¡NO SABES CÓMO TE DESPRECIO! —le grité y lo arrojé contra la pared mientras le soltaba otra lluvia de puñetazos—. ¡Jamás te perdonaré eso, maldito monstruo!

El último puñetazo lo detuvo para mi sorpresa y me sonrió con malicia con su dentadura cubierta de sangre. Intentó darme un cabezazo, pero lo esquivé y yo le propiné uno. Tiré de su brazo izquierdo y le propiné un golpe que se lo dislocó. Su grito inundó toda la cueva.

»¿Sabes qué va a pasar a continuación? —pregunté aún furioso mientras me miraba horrorizado y yo buscaba algo en mi cinturón y la ira aún hervía.

Todo a mi alrededor se veía borroso. Me había desahogado de muchas cosas en esos instantes. Me sentía como un tiburón que ya había acabado con su presa. Temblaba aún de todo lo que pasó.

»No te voy a matar, Fets. A diferencia de ti, no voy a manchar el legado de mis padres ni me voy a rebajar a tu nivel. Dejaré que te lleven las autoridades y te den un juicio justo por tus fechorías.

Saqué una cuerda y lo até de manos y piernas. Mientras lo hacía, respiraba hondo para serenarme un poco.

»Te dejaré vivir para que sufras en vida las consecuencias de tus actos y para que vivas con el amargo recuerdo de esta derrota. Ni aunque tuviste mejor barco y mayor tripulación pudiste vencerme. Que esta humillación esté presente en tu memoria hasta el final de tus miserables días.

Me dejé caer para descansar un poco. El torbellino de emociones que había en mi interior, así como todo lo sucedido ese día me tenían abrumado. El hecho de que todo hubiera ocurrido de acuerdo con el plan me había sorprendido. Bueno, solo faltaba una cosa.

Escuché pasos en la cueva al cabo de unos instantes, me puse de pie y me sorprendí ver a Caleb que llegaba solo. Llevaba su sable en mano listo para el combate, pero se relajó al verme a mí victorioso y a mi hermano sometido. Se detuvo de a poco y parecía que no sabía cómo actuar.

—Pues ya lo venciste —dijo por fin—. No me dejaste mucho al parecer.

Fets nos miraba alternadamente a él y a mí con el rostro hinchado. No decía palabra alguna.

—Te lo dejo a ti, Capitán —dije al posarle una mano en el hombro—. Confío en que harás lo correcto.

—Quería ponerme creativo, pero ya viene el Almirante Máximo de Narval. Seguramente me enjuiciaría por lo que le haría a Fets —decía al tiempo que se escucharon otros pasos en la cueva.

Era perfecto. Tomé vuelo para darle un puñetazo a mi hermano en la cara y hacerle perder el conocimiento. Sujeté la muñeca de mi amigo y este me miró confundido.

—Caleb, me prometiste que cuidarías de todos y cada uno de nuestros amigos, recuérdalo. Y también me prometiste que harías lo que te pidiera cuando te entregara a Fets. Pues es hora de cumplir ambas promesas.

Esperé a que los pasos estuvieran lo suficientemente cerca y jalé el brazo de mi amigo simulando que me daba un puñetazo. Caí al suelo de la forma más creíble posible y me sostuve la cara fingiendo dolor.

—¿Qué haces? —musitó Caleb alarmado.

—¡Usted gana, capitán Caleb! —dije con mis mejores dotes de actuación—. ¡Me rindo! —alcé los brazos—. Hizo bien en evitar que matara a mi hermano, pero ya no puedo combatir contra usted. Estoy muy cansado y no quiero morir bajo su hoja —me hinqué frente a él y extendí mis brazos al frente.

Justo en ese instante escuché cómo se detenía toda una comitiva. Alcé un poco la vista para ver cómo el Almirante Máximo nos miraba con asombro.

—¡Capitán Caleb! ¿Usted detuvo a ambos hermanos Relámpago? No esperaba menos de un prodigio como usted.
Le sostuve la mirada a mi amigo sin decir nada, tragó saliva y después miró al recién llegado.

—Almirante Noah, es un gusto informar que capturé a ambos criminales —hizo una ligera reverencia—. Evité que Azariel matara a su hermano y espero que ambos reciban un juicio justo —remarcó esta última palabra.

—No espere menos del rey Abraham, Capitán. Fets será llevado a juicio por los crímenes de atraco, piratería, genocidio, alta traición, intimidación a la corte en ambos reinos y conspiración antimonárquica.

Unos guardias se acercaron a colocarme grilletes, pero uno de ellos se arrepintió al verme. Simplemente me hizo una llave de brazos y me ayudó a levantarme. Escuché otros pasos que se aproximaban y alcancé a ver que llegaban Dara y Ann. Mi amada asintió al verme, pero mi amiga se veía preocupada y se cubrió la boca con las manos.

—¿Qué pasará con el capitán Azariel? —preguntó en voz alta Caleb—. Él no es un pirata.

—Azariel Relámpago debe afrontar los crímenes de fingir su propia muerte, burlar a la autoridad en Martillo, escapar de un juicio en Ballena y atentar contra el Capitán Daigón.

—Tengo pruebas de que el Capitán Daigón es un criminal y forma parte de los hombres de Fets. También, tengo toda una lista de nombres de criminales y dónde encontrarlos. Además de todos los enemigos de la corte del rey Abraham.

—Me deja sorprendido, Capitán Caleb —hizo una ligera reverencia—. De ser así, estaré dispuesto a colaborar con usted.

—Todo esto fue posible gracias a Azariel, el Príncipe del Mar. ¿Cuál sería su condena? —preguntó educadamente.

El Almirante se llevó una mano a la barbilla mientras meditaba. Caleb le hizo señas a Ann para que no forcejeara con Dara, pues la sujetaba de un brazo.

—La sentencia sería de varios años o la pena de muerte, pero si ayudó a capturar a Fets, su condena podría reducirse. Además, nos informaron que él mató a la bestia marina de Calamar. Y si es verdad que él mató a otra el día de hoy, podría jugar totalmente a su favor.

—No diré nada, que hablen los testigos —comenté.

—¿Cuál es la recompensa por atrapar a ambos, Almirante? —quiso saber Caleb.

Noah se aclaró la garganta e infló el pecho.

—Solo por Fets se ofrece el Puesto de Magno Corsario en Narval, setenta coronas de oro, dos plazas en la Universidad de Narval, un buque de guerra con tecnomagia y dos puestos de ministro. Es una recompensa llamativa.

—Perfecto, ya tengo a quiénes ofrecérselas. Muchas gracias, almirante Noah.

—El capitán Azariel no está bien de su mente —interrumpió Dara—. Debe ir a sanación como yo lo hice. Debe ser parte de su reformación, Almirante.

—Así se hará, señorita hechicera —concedió con una mano en la barbilla—. Yo me aseguraré de que reciba ayuda mientras cumple su condena.

El plan había resultado tal y cómo lo esperaba. Todas las piezas se ajustaron en su lugar como un mecanismo de tecnomagia. Salí de la cueva escoltado como un prisionero, pero por dentro me sentía como un ganador. Dara y Ann me siguieron a una distancia prudente y noté que contuvieron las lágrimas. En el trayecto al buque Malleus, vi que Noemí se me quedó viendo con una expresión confusa y trató de llegar a mí, pero Najib la detuvo. Él me sonrió y se llevó un puño al pecho en señal de respeto.

Cuando subimos al barco, Caleb insistió en navegar con nosotros, pues iba a negociar los términos de la recompensa. Apenas zarpamos, los navíos de Varda y Chay lanzaron bengalas mágicas. Todos los tripulantes nos saludaron al pasar. Un hechicero formó en el aire el escudo de mi familia: La tormenta estruendosa en el mar y el depredador sigiloso de las profundidades.

Mi amigo me miró de reojo y me sonrió. Ann y Dara podrían ser maestras; Caleb tendría su puesto de corsario junto a Ximena, Najib y Noemí; Clawdí podría dedicarse a lo que quisiera y yo pude vengarme de mi hermano y detenerlo de asesinar al rey Abraham. Al final, había cumplido mis dos promesas.

El Trueno Lejano

Epílogo

La clase había acabado y ya habían llegado las vacaciones previas a las fiestas de la diosa. Noemí y mucha más gente siempre tuvieron razón, yo tenía madera para la enseñanza. Salí al pasillo y ella ya me esperaba con su mochila a la espalda. Me dedicó una sonrisa y se dispuso a acompañarme a donde Dara.

Ya habían pasado tres quads desde que vencimos a Fets y lo pusimos tras las rejas. Debido a la corrupción se pudo salvar y fue condenado de por vida a una prisión. Eso jugó a nuestro favor, pues todos aquellos que votaron para no matarlo eran los potenciales enemigos de la corte que me faltaban por encontrar. Caleb, como planeó Azariel, actuó tal cual como sombra asesina que era y dio fin a ellos. No esperaba otro final. El antiguo pirata se había hecho el campeón no oficial del rey y su corsario más habilidoso junto a Varda. Sí, ella también había vuelto, pero con menos responsabilidades. Clawdí había elegido hacerse a la mar de nuevo y se había enlistado en otra tripulación.

Dimos vuelta a un pasillo más estrecho y nos encontramos de frente a Dara. Acababa de ver a Azariel en el reformatorio. La sentencia de mi amigo se había reducido progresivamente de pena de muerte a veinte, quince, diez y dos años al final. Solo faltaba demostrar que él había acabado con tres de los monstruos de Calamar y así le darían cinco quads de penitencia. Medio año no está mal.

—Está bastante bien —dijo Dara después de saludarnos—. La curación de su mente está casi completa y le han permitido entrenar a algunos aprendices de marinos. "Ayuda para que te ayudes", decía mi madre.

Me alegraba mucho escuchar eso. El plan de Azariel lo cambió a la mitad, había decidido entregarse para limpiar su nombre. Solo Dara sabía de esto y fue doloroso para ella, pues si no salía bien, mi amigo podría terminar en la hoguera.

Caminamos las tres hasta salir de la Universidad y nos dirigimos a la costa. Ximena nos alcanzó a la carrera a los pocos minutos.

—¡Ann, querida! —dijo mientras trataba de recuperar el aliento—. Tu encargo está hecho, Caleb las espera en el muelle.

—¿Qué encargo? —preguntó Noemí que nos miraba a Ximena y a mí.

—Yo siempre cumplo mis promesas —le sonreí y le agité el cabello—. Tenemos que partir a una misión muy urgente.
Era una suerte que ya no hubiera clases.

Navegamos por un ciclo en el barco tortuga de Chay, a Caleb no le hacía mucha gracia, pero nadie debía verlo interactuar con el pirata inframarino, pues este ahora fungía como espía en Tiburón para Yael. Me sorprendía que este navío fuera casi tan rápido como la Centella Mortal. ¿Qué les pasó a los barcos de Darío Relámpago?, seguramente se pregunta mucha gente. La Centella fue restaurada por el tecnomago que rescatamos y la usaba Varda a veces para ataques sorpresa. Con la bendición de Darío de por medio, claro. El Trueno Lejano, sin embargo, estaba bajo la protección del rey Abraham. Mi hermano prometió devolvérselo a Azariel cuando este cumpliera su condena. Él en persona me lo garantizó. Ese día me dio un abrazo, no podía recordar una sola ocasión en mi niñez en que él me abrazara.

Llegamos hasta una pequeña isla lejos de Tortuga, que estaba pegada a la fractura mágica que dejó la diosa cuando trascendió. El aire ahí era electrizante. Mi cabello no dejaba de ondear por la cantidad de maná que había. Nos encaminamos Ximena, Dara, Noemí y yo hasta la barrera de magia que dividía al mundo. Era como una pared de cristal que se extendía de norte a sur de Anápafse y que solo dejaba ver neblina. Noemí había estado muy callada desde que desembarcamos.

—Maestra, ¿qué hacemos aquí?

—Ann nos pidió que buscáramos rastros mágicos de tu aquelarre —contestó Ximena—. Clawdí se encargó de seguirlos y lo guio hasta aquí. Él ya pudo cruzar gracias a un hechizo de protección de Dara y tu maestra. Nos dijo que lo viéramos aquí hoy. Dice que tiene pistas de qué les pasó a tus compañeras brujas.

Noemí volteó a verme con ojos cristalinos y me abrazó con fuerza. No pude contener las lágrimas mientras le devolvía el abrazo. Justo cuando me soltaba, vimos la barrera ondularse y varios chispazos de colores brincaron cuando una persona la atravesó con esfuerzo.

Clawdí nos sonrió, estaba tan guapo como lo recordaba. A él lo habíamos mandado a seguir el rastro del brazalete que había tomado Azariel del hogar del aquelarre. Cuando el hermano de Dara se hizo a la mar con Chay, llevaba ese objeto para canalizar un hechizo de rastreo. Detrás de mi emisario venía una chica que lo sujetaba de la mano, era menuda, de piel clara y cabello castaño ondulado. Sonrió a Noemí apenas la vio y corrió hacia ella.

La chica llenó de besos a mi alumna en todo el rostro y no la soltó de su abrazo hasta que me aclaré la garganta.

—Yetzali —dijo emocionada Noemí— te presento a mis amigas Dara, Ximena y a mi maestra Ann —volteó a vernos—. Amigas, maestra, ella es Yetzali.

La chica no soltaba la mano de mi alumna, me dio un vuelco el corazón de verlas tan felices. Ella era la persona por la que a Noemí se le rompió el corazón.

—Noemí —dijo Yetzali con un acento muy diferente a los que conocía—, no me vas a creer lo que vi al otro lado. Fuimos tras la barrera siguiendo el llamado de la diosa. Me habló en sueños para ir al otro lado. Allá la magia sí tiene división, pero las brujas ya no existían hasta que llegamos. ¡Ha sido increíble! Hay mucho por contarte. Viene una amiga a explicarles.

La barrera volvió a ondearse y una chica menuda con expresión seria cruzó el umbral como si nada. Chispas rojas saltaron de la neblina como si anunciaran a la recién llegada. Tenía el cabello a los hombros de color negro con puntas rojas. Vestía una capa con capucha en color negro y detalles carmín. Tenía un corsé del mismo color y calzaba unas botas negras que le llegaban hasta la rodilla. Llevaba una espada corta a la cintura y por el sonido que emitía, seguramente tenía más armas ocultas.

Nos miró a todos los presentes y sonrió satisfecha. Su voz la sentí muy fuerte en todo mi ser.

—Me llamo Vita —hizo una reverencia— y voy a necesitar toda la ayuda posible en un asunto que nos supera a todos.

Agradecimientos

Esta es la parte más difícil para mí, porque me cuesta plasmar las palabras que reflejen mi sentir. Van a leer muchos gracias en esta parte, se los advierto.

Algunas de las ideas más destacadas de este libro fueron idea de Victoria. Siempre aprecio todo el apoyo y la crítica acertada sobre los aspectos personales que imprimí a esta novela. Me ha mostrado buen juicio cuando a mí me faltó y me dio valor cuando empecé a flaquear. Es un pilar muy importante en mi vida y mi puerto seguro cuando la tormenta quiere asolar conmigo. También es la responsable de la portada.

Quiero agradecer a mis padres por el apoyo incondicional y el amor con el que me criaron, pese a que yo no fui un hijo común o fácil de criar.

A Isa, por su genialidad que mostraba a la hora de consultarla o preguntarle dudas sobre el lenguaje.

Este libro siempre fue revisado en ritmo y trama por CEA, le agradezco por estar en todo el proceso de este. Supongo que jamás podré encontrar la forma de pagarle todos los desvelos que hizo en favor de la obra y de todas las sugerencias que hizo en sesiones nocturnas.

Valoro mucho a Janim Escobar, una asombrosa escritora a la que siempre le insisto para que escriba mis prólogos. De un colega y amigo, le aprecio mucho todas las observaciones sobre esta obra, de verdad.

Tengo un especial aprecio a todos mis amigos y colegas por escuchar mis ideas que planeé para esta obra. Sin importan cuán ridículas o absurdas parecían al inicio. Amigos, mi estima hacia ustedes no cabría en estas páginas.

Por todo, mi amigo Rafa Soldara que siempre aclaró mis dudas históricas, pese a su pesada agenda.

A mi amigo y colega, Lalo Vázquez (junto al taller de La Casa de la Cultura), por tomarse el tiempo de aportar ideas y corregir mis textos. Aunque no siempre coincidamos, siempre tuve su apoyo y camaradería. Ojalá me siga guiando para futuras obras.

Al taller Diezmo de Palabras por guiarme en los pasos iniciales de esta novela, que empezó a tomar forma a partir del capítulo seis. En especial al profesor Enrique Soriano, quién defendió mi idea de no plasmar tanto contexto.

Y finalmente, quisiera agradecerte a ti que adquiriste esta obra. De verdad que aprecio mucho el apoyo y la confianza por adquirir mi trabajo.

Contenido

Dedicatoria iii

Prólogo v

El Trueno Lejano 9

Capítulo 1 10

Capítulo 2 19

Capítulo 3 27

Capítulo 4 32

Capítulo 5 44

Capítulo 6 51

Mejores amigos 62

Capítulo 7 70

Capítulo 8 73

Capítulo 9 78

Capítulo 10 89

Capítulo 11 94

Capítulo 12 101

Capítulo 13 110

FIN DE LA PRIMERA PARTE 115

Capítulo 14 116

Capítulo 15 120

Capítulo 16 127

Capítulo 17 134

Capítulo 18 146

La oferta del Príncipe del Mar 159

Capítulo 19 162

Capítulo 20 167

Capítulo 21 179

Capítulo 22 188

Capítulo 23 199

Capítulo 24 209

Capítulo 25 220

Capítulo 26 228

FIN DE LA SEGUNDA PARTE 233

Capítulo 27 234

Capítulo 28 240

Capítulo 29 244

La magia y la Diosa..252

Capítulo 30 256

Capítulo 31 262

Capítulo 32 264

Capítulo 33 270

Capítulo 34 274

Capítulo 35 277

Capítulo 36 287

Capítulo 37 295

Capítulo 38 308

Capítulo 39 319

Epílogo..329

Agradecimientos 334

El Trueno Lejano

El Trueno Lejano

Made in the USA
Columbia, SC
17 August 2023

21698773R00202